台湾文学ブックカフェ〈2〉中篇小説集

バナナの木殺し

［編著］呉佩珍　白水紀子　山口守
［訳者］池上貞子

LITERATURE FROM TAIWAN
作品社

台湾文学ブックカフェ〈2〉 中篇小説集

バナナの木殺し

もくじ

バナナの木殺し

邱常婷

邱常婷（きゅう・じょうてい、チウ・チャンティン）

一九九〇年生まれ。中篇小説集に『新しい神（新神）』、短篇小説集に『怪物の郷（怪物之郷）』などがある。聯合文學小説新人賞や教育部文芸創作賞の受賞歴がある。

「バナナの木殺し（殺死香蕉樹）」◉使用テキスト＝『新神』（聯經出版、二〇一九）所収のもの品琴(ピンチン)はいったいどんな女の子なのか。それは今に至っても説明するのは難しい。彼女は僕の車にぶつかったとき、はるか遠く、両腕をひろげて数メートル先のアスファルトの路上まで飛んだ。僕はすぐに車からおりて近よった。彼女が路上にうつぶせになっていたので、「痛む？　大丈夫、救急車を呼んだからね」と言ったが、ひたすら泣くばかり。大泣きしながら、無理やり絞り出すような声で言ったのである。

「午後三時のアスファルトの道路って、熱いのねえ」

彼女の声にはなんとも言いようのない、ある種の幼さがあって、小学校にあがったばかりの子どもとまちがえそうだった。しかし、かすかに頭をかしげて無表情のまま涙を流していたところは、午後三時の真夏の陽光のような老練さを帯びていた。彼女の短い髪をなでると、頭はきゃしゃで小さく、しかもぶるぶるふるえていた。救急車に乗り込むとき、隊員に兄だといつわり、途中、ずっとその手を握っていた。彼女の手指の爪が僕の手の甲に深く食い込み、今でもはっきりとその跡が残っている。

実際、冒頭で述べたように、品琴は自分から僕の車にぶつかってきたのだ。巨大なカーキ色の登山用リュックを背負い、安全地帯の茂みに隠れていた。彼女が道路を横切ろうとしたまさにそのとき、僕はその顔をうかがい見た。まるで一瞬を切り取った写真みたいで、写真のなかの彼女はどこか遠くのかなたを見つめ、憂うつそうなぼんやりとした目をしていた。その年頃にふさわしくない人生が透けていた。きっと誰かのために哀悼しているのにちがいないと、僕はにらんだ。しかもこのままいったら、彼女の時間は消すことのできない記憶の洪水の流れのなかに留められてしまうだろう。

こうして事故は起こった。事故が発生したのは午後三時ちょうどで、今はもう四十五分経過している。

品琴の手首にまかれた紙のリストバンドには、本人の基本情報が記されている。江品琴(ジアン・ピンチン)、二十歳、民国八十〔西暦一九九一〕年七月六日生まれ。

僕はコンビニへ行って、使い捨てのショーツと洗面具を買った。彼女には必需品だ。こうしたことをすることで、疚しさを軽減することができる……彼女がベッドのうえであちこち検査されているところや、うっ血して腫れあがった顔の包帯を見ると、僕は疚しさを感じて……ところが実はまったく疚しさなど感じていなかった！　それどころか、ニュースで見た事件のことに頭を巡らしはじめていた。偽の交通事故で金儲け、二百万で和解、やくざによる脅し等々。まっさきに、勝手に道路を横切った江品琴を恨んだ。その後また、自分の冷酷非情さに恥ずかしくなり、品琴のためにあのようなことをしてやった……そう、まさに自分が疚しさを感じられるようにするために。僕は人が悲しむべきときに笑うことは望まなかったから、品琴のあちこちうっ血した顔を見ながら、懸命にこらえていた。品琴は紫色にうっ血した目を細めて僕を盗み見た。その目から涙がにじみ出ている。

思いがけないことに彼女がこう言った。ほんとうの悲劇にはいつも滑稽な要素があるのよね、ウフフフ。

僕のくちびるの端がひきつった。自分では笑おうと思っていたのだが、泣き出してしまった。品琴のベッドの端に身を伏せて、わけもなく涙を流した。

品琴は後になってたくさんの話をしてくれた。大部分は信用できなかったが、最初のことは忘れられない。

最初、というのは事故が起こったときだ。僕がわけもなく泣き出したので、品琴が話してくれたのだ。

祖父が亡くなると、品琴の家には五人の家族が残された。彼らは台湾南部の山地に住み、広大なバナナ畑をもっていた。毎日夜の明けるまえから畑の手入れをしに行き、黄金色の夕日が畑いっぱいに広がる頃まで続けた。空は紫色に変わり、それからさらに赤に、血のような赤に変わる。彼らはこうした赤色の夕暮れのなかで、バナナの木の塊茎（かいけい）から地上に伸びた偽茎（ぎけい）を叩き切るのだ。ふつうバナナの木と言っているのはほんとうは樹木ではない。木の幹に見える偽茎はひと叩きで倒れる。もう実を結ぶことのない古い偽茎を切り倒すのは、新しく植えた株を順調に生長させるためだ。そのころ幼かった品琴にはひとりで一本のバナナの木を切り倒す力はなかったが、夕暮れのなかで切られたバナナの木から流れ出る樹液を見ているのが好きだった。品琴はむかし小刀でバナナの木の幹に自分の名前を彫ろうとしてけがをしたことがあり、それ以来、父も兄も二度と彼女が刃物に触れることを許さなかった。

　品琴と家族はバナナ畑のなかの三合院〔台湾の伝統的なコの字型の家屋〕に住んでいた。建物は古ぼけ、ひとつしかない風呂場兼トイレは、お湯の温度調整がきかず、ちょっとうっかりするとたちまちやけどするか、冷たすぎた。どの部屋から出ていくにせよ、どんなことがあっても中庭の真んなかの空き地を踏んではいけないと熱心な仏教徒の祖父から厳かに申し渡されていた。そのため彼らはいつだって仕事に行くときは裏門から出るか、あるいは不潔な場所を避けるように、空き地を避けて回廊沿いに歩いた。長い年月のあいだに、その空き地も荒れはてた墓場のようになり、狂ったように砂利やほこりが積もっていた。

　祖父が亡くなると、彼らが築いた山のなかの世界はまず深い悲しみに打たれた。そして菩薩様のような顔立ちをした品琴の母は、生活必需品を買いにふもとに降りていったとき、たまたまある宗教団体に接触した。彼らは深い悲しみに沈んでいる家庭に対し、このうえない思いやりと深い愛情を注いだ。品琴の家の三合院は外界に向かって開かれはじめた。その穏やかな見慣れない人々はいつも彼らの団体のロゴマークをプリントした白い木綿の上着を着ていた。品琴の家の人に言われるとおり、そろそろと空き地の周りをめぐりながら、神秘的な仏事用の楽器をたたいた。カンカンという音をさせながら、品琴の家の人たちに共に懺悔の歌を歌うようにとひらすら頼んだ。それによって祖父の死去について告白し、報告が遅れたことのお詫びの気持ちを唱えるのだ。

当時わずか十歳だった品琴は、うごめく白服の人々のあいだで、額を戸の端にくっつけて、裸足のままクモの巣だらけの敷居のうえに立っていた。樹脂で黄色く染まった左手の親指を吸いながら、右手には枯れた白百合の花を握りしめていた。彼女の涙は祖父が亡くなったときから止まることなく、四六時中泣いていたために常に渇きを覚えて、自分の親指を吸っている。こうして唾液の分泌を刺激するのだ。そのころ、品琴はまだ祖父の思い出に浸りきっていた。その枯れた百合の花は、祖父が最も珍重する球根を何年もかけて育てたものだった。それは並大抵な苦労ではなかった。品琴は一面の靄のなかへ、祖父がはじめて百合の花を見に連れていってくれたときのことを思い出していた。彼女は花の貴重さとそこまで育てることの苦労はわかっていたが、いつもどおり祖父が気がつかないときにそれを摘んでしまった。そのとき家に来ていた大人たちがいっしょに花を見に行ってくれなかったからだ。彼女はさっと花を摘んでそうした大人たちに見せた。だが大人たちは人差し指を突き立てて彼女を責めるばかりだった、絶対おじいさんにカンカンに怒られるぞ——けれども祖父は怒らなかった。祖父は笑いながら彼女に向かって合掌しただけだった。

「おちびさん、あなたは懺悔しないの?」ひとりの白衣の人がやさしく穏やかに言葉をかけ、品琴の想いを断ち切った。

「どうして懺悔しなくちゃいけないの?」彼女は頭をあげ、目を丸くして訊き返した。

「懺悔は人生唯一の真理です。懺悔によって、わたしたちは知ることを得、許すのです」

「許すって何を?」

「あなたの犯したすべての罪を許すのです。つまりあなた自身を許し、あなたの敵をも許すのです」

品琴には敵という言葉の意味がわからなかったので、身を翻してその場を離れた。

その後の何年か、品琴の家族は白衣の人たちに助けられて、徐々に痛みから抜け出した。ついには彼らの教えを信じるようになり、彼らの団体活動に参加した。さらに彼らの儀式にのっとって祖父の遺灰を索漠とした中庭に撒いた。白い遺灰はあっというまに風にのって舞いあがり、人の目に入ったものは、涙を流させ、鼻に入ったものは、くしゃみをさせた。幾分かは口に入った。品琴は喜んで白い風のなかで口を開けた。舌先でざらざらした感触を味わい、不可思議な、言いようのない満足感を得た。

品琴が言うには、幼いときからこの宗教の教義——懺悔に対して、いっこうに理解も同意もできなかったが、いつも家族といっしょにいたのでごく簡単な懺悔の詩歌を習い覚えた。毎日、彼らは夜のとばりが下りるまえに緋色の黄昏に向かって詩歌を吟唱した。品琴はその白衣の人たちの口を通して讃え歌われる単調なメロディと歌詞は好きではなかったが、あるとき単調なメロディと歌詞のなかで、彼女はついに放心状態になり、恍惚のうちに穏やかな青空と白雲を目にした。幻影のなかを自由自在に昇っていったのである。長いこと続いていた品琴のめそめそ泣きがとつぜんやみ、何度かしゃっくりが出た。しかし彼女の悟り方は尋常のものではなかった。彼女はふとこれは死後の世界ではないかと思った。一面の穏やかな青空と白雲のなかで、愛する人々と永遠なる詩歌を吟唱しているのだ。こうして、品琴は二度と祖父のことで悲しむことはなくなった。

品琴の頬に氷囊をあてようとすると、彼女がちょっと身をすくめたので、長々続いていた話が途切れた。医者がやってきて、X線とCTスキャンはともに問題なかったと述べた。しかし頭から地面に落ちたのだから、しばらく入院して、脳震盪など起こしていないか様子を見なければならないと言う。今のところ、僕には江品琴がいったいどういう人間なのか、あいかわらずわからなかった。彼女の声は包帯のせいではっきりしなかったが、心をこめて話し続けているので、結局、僕は安心した。品琴の爪はなおも僕の皮膚に食いこんでいて、すでに僕の身体の一部になっていた。

品琴はさらに話したがった。親指を吸いたいという。

「親指なんか吸うなよ。水でも飲むかい？」僕は笑いながら、買ったばかりのミネラルウォーターを小さなスプーンにあけ、慎重に品琴の腫れあがった唇のあいだに入れた。

品琴は何口か飲むと、もう行ってしまうのかと訊いた。僕は明日の授業の時間割、それから明日と明後日の時間割のことにずっとここにいてくれるのかと訊く。僕はそんなことないと答えた。彼女はさらに、考えをめぐらして、うなずきながら、「いいよ」と言った。僕の好意は彼女を安心させたようだ。彼女の声はひと言ひと言が嗚咽しているかのようだった。まるで言葉が何かによろよろとぶつかって傷だらけの包帯姿になったみたいだ。ただ僕の止めるのも無視して話をしようとするときだけ、ひとつひとつの最後の音がつながった。

三ヶ月まえに自分はようやく宿願を果たしたと、品琴はあいまいな言い方をした。僕を困らせたくなかったのだ。けれど、しばらくは僕が彼女の素顔を見ることはないし、彼女のほうもろれつがまわらない。こんな天の采配ともいえる朦朧とした状態のうちに、僕に対して告解をしたいから、まじめに聴いてほしい、僕が聞いていてわけがわからなくても、かまわないと言った……三ヶ月まえ、人をひとり殺したと。「男の人よ」品琴の話では、ある廃棄された定期船のうえで被害者の両手を後ろ手に縛りあげ、地面に跪かせた。手慣れたやり方で男の後ろに立ち、バナナ収穫用の刀で首まわりをぐるっと切ったという。

品琴はどうやって波止場の労働者たちに見られずに男と廃棄船のなかに入り、男を椅子に縛りつけたのか、またどうやって現場を強盗殺人のように仕立てあげたのか、どうやってすこしの痕跡も残さなかったのか……こうした諸々について、彼女はまったく説明しなかった。

ただ、その日汽車に乗って南部に帰るときに見たことだけ……空が濃い金色から濃い紫色に変わり、濃い紫からさらに血のような赤に変わったことだけを話した。彼女は例の懺悔の歌を声に出さずに歌い、美しい青空と白雲を想った。

時間に傷は治せない、ただ人を鈍感にするだけだ。品琴の時間は彼女が泣いていたすべての日々に凝結している。時間は彼女に慣れることを教えたが、彼女の受けた傷には配慮しなかった。そうした奇跡は彼女の容貌や、小さな体つき、幼稚な話し方、恥ずかしげな微笑に現れていた。品琴が話し終わると、僕は彼女が安全地帯から道路に飛び出した瞬間、まるで迷子の子どもみたいだったことをふたたび思い出した。

品琴は疲れ、僕に髪をなでて寝かしつけてもらいたいと言う。僕がその短い髪をなでつけているうちに、彼女の寝息が次第におちついてきた。僕も疲れ果ててはいたが、その場を離れたくなかった。彼女のベッド番号を見あげると、7・5とある。氷嚢から融け出た水が椅子の上にまで流れて広がり、一定のリズムで地面に落ちた。病院はひんやりと、いつでもエアコンがついているのだが、静かというわけではない。様々なスマホの呼び出し音がいつまでも、間欠的に傷ついた浅い眠りを中断するからだ。品琴の顔はますます腫れてきて、正視するのが忍びないほどだった。彼女が安全地帯から飛び出した時から今に至るまで、その正体については想像に任せた。品琴はもしかしたら本人の言うとおり殺人者なのかもしれない。だが、今のひどく疲れた様子からは、ただ彼女が長いあいだちゃんと眠っていないことがわかるだけだった。その手はあいかわらず僕の手をつかんでいた、ぎゅうっと。

　僕は胃が痛くなり、空腹であることに気がついた。先ほどは品琴が必要なものを買うことばかりに気を取られて、自分が食事をしていないことを忘れていた。僕は彼女の手をそっと撫でるようにして開き、その柔らかな掌に行く先を書いた紙きれをのせると、そこを離れて、学校の近くで適当に夕食をすませた。それからすぐに学校の図書館に行き、定期刊行物室で資料を探した。もう時刻も遅い。図書館は九時に閉まる。僕はすばやく三ヶ月まえの社会面のニュースを探した。うまい具合にこの時期に廃棄船で発生した唯一の事件を見つけたが、そのニュースは、単なる未解決事件というほど簡単なものではなかった。

　今年五月、台北市新波止場の一艘の廃棄船冬嶼(ドンユー)号の中でひとりの男が喉を切られて殺されていると通報があった。死者は未登録の新興宗教団体「懺悔神雲会教」の指導者周玉斌(ジョウ・ユービン)会長だった。現場にかけつけた警官と鑑識員が目にしたのは、おおぜいの白衣の懺悔教の信徒が死体を取り囲み、教歌を歌いながら、踊り狂っている姿だった。

　現場の周玉斌はあきらかに息絶えていた。頸部が鋭利な刃物で環状に切られている。検死の結果では死後三日以上たっているが、死体にはいかなる血痕も体液も見られない。警察が疑ったのは、死体は信徒によって発見されたあと、一時間は通報されず、懺悔教の死亡儀式が行なわれ、その道のプロの手で大量の血痕と死体の体液をきれいに処理されたのではないかということだ。

この事件は匿名の通報だったため、警察は検察官による検死のあと詳しく捜査し、関係者に話を聞くべく出頭を要請していた。

このニュースがこれほど僕をひきつけたのは、その後の一ヶ月の空白期間に、まったく進展が見られなかったからだ。最初の情報もはなはだ不十分なものだった。「懺悔神雲会教」ってなんだ？　なんでまた場所が廃棄船のうえなんだろう？　僕の学んだマスコミュニケーション学では、ニュースの行方を見守ることが、すでに習慣になっている。単純に理論に没頭するのではなく、メディアの公表の裏に隠された苦心が、かえって僕を、腐肉をかぎつけたハイエナ同然にした。書かれてはいないことこそが逆にほんとうに重要なのだと悟らされた。僕はこっそりその記事を破り取り、急いで江品琴のそばに戻った。

品琴に対して、僕がいっそう好奇心を抱くようになったのは、別に秘密をあばこうという残酷な得意の気持ちからではない。しかしこの二者になんの違いがあるだろう。僕はひとりの平凡で、野心満々の大学生だ。マスコミュニケーション学専攻で、もうすぐ卒業する。在学中は何ひとつ成し遂げていない。自分の天賦の才能を信じているから、平気でだらけている。だが比類のない好奇心を持っている。好奇心は残酷だ。大衆がテレビを通してニュースの主人公のことを探りたがるのと同じだ。被害者であれ加害者であれ、みな視聴者の酒の肴なのだ。

品琴の目がかすかに開き、目をさました。たぶん僕が彼女の手を開いたときにめざめていたのに、顔がどんどん腫れてきているため、気づかなかっただけなのかもしれない。

「具合はどう？　どこか痛むかい？」僕がそっと尋ねると、彼女はかぶりを振った。

品琴はもう眠りたくない、自分の話をつづけたいと言う。

彼女は僕の残酷な好奇心に気づいたのだろうか？　それとも、ただ僕が二度とどこかへ行ってしまわないよう引き止めたいだけなのだろうか？　彼女のやせ細った手がシーツのうえで孤独にみえる。僕は右手をひろげてそれを包んで温めてやると、左手でこっそりペン型レコーダーのスイッチを押した。

幼いときから品琴にとって最も恐ろしいものは夜の真っ暗闇で、ずっと祖母といっしょに寝ていた。ひとつには祖母は心臓が悪かったので、誰かいつもそばについていれば、すこし安心できるということもあった。それに、彼女にバナナ畑の話をしてやれるのは祖母しかいなかった。闇夜のバナナは熟成が近づくと、ひと房ずつ大きな光を放って、幽霊を防いでくれる。だから、バナナ林の真んなかにある彼らの三合院は絶対的に護られているのだという。品琴は倦むことなく、祖母にひと言も変えずに同じ話をしてくれるようせがんだ。バナナがどんなふうに青緑色から黄金色に、黄金色から濃い紫色に、濃い紫色から炎のような真っ赤に変わっていくか。バナナの皮は薄く、脆くなり、ひび割れねじ曲がって花が咲いて、銀白色の果肉が月の光に届けとばかりむき出しになる。これは地球の黄昏がつかう奥の手で、夕日とも、回転している大地とも無関係だ。バナナの木は朝になるとすっかり輝きを収め、膨張した子房(しぼう)が急激にしぼんで、雄花になる。

「ほんとうは、光に刺されて傷つく幽霊が一番かわいそうなのさ」祖母のごつごつした手指が品琴の髪を梳く。

品琴は親指を吸いながら、「どうして？」と訊く。

「だってあたしたちは死んだらみんな幽霊になるんだから、なにも幽霊を怖がることはないだろ？　幽霊が会いに来たがるのは、あたしたちが恋しいからなのさ」

じゃあ、青空と白雲は？　品琴はよほど訊いてみたかった。おじいちゃんは青空と白雲のなかで懺悔の歌を歌っているんじゃないの？　今夜はおじいちゃんもバナナの光に刺されちゃったとでもいうの？

「おばあちゃんも幽霊になるの？」品琴は訊いた。

「なるともさ」

とつぜん品琴の心をおそった恐怖が、暗闇への恐怖を凌駕し、彼女はまた泣いた。祖母には見られたくなかった。これこそが自分の最も恐れていたことだと気がついたのだ。品琴は顔を背け、こっそり鼻くそをほじって食べた。

懺悔の歌を吟唱しているときに、つかのま目にした青空と白雲は、つまりは品琴の内面の一時的な感じ方のせいであって、彼女だけの奇跡なのだ。あの白衣の人たちの真実の教義なのではない。白衣の人たちの宗教は懺悔教で、彼らの神は懺悔の神、懺悔の神は死んだ霊魂をすべて幽霊に変えてしまう。自分が生前に怠った様々な懺悔の時間のために贖罪するものである（これは検討に値する問題の核心部分だ。畢竟、誰がただ懺悔のために生きるだろう？　僕はそう考え、ここに記録しておく）。

泣いている品琴の耳に祖母のやさしい声が聞こえた。怖くなったら、歌をお歌いよ。祖母の懺悔の歌は、品琴の耳には白衣の人たちの平凡で無情なそれとは違って聞こえたが、成長後は祖母の歌声も忘れてしまった。時間が彼女を鈍感にしてしまったのだ。祖母はあのとき、大きくなったら暗闇よりもっと恐ろしいものがあると言ったのだが、幼かった品琴は将来直面するであろう苦しみについて、知る由もなかった。

原点に戻ろう。事件はこうして起こった。

祖父が亡くなって丸一年たった年の大晦日のこと、四十年ぶりの稀有な寒波が襲った。品琴は家族とともに懺悔教の団体の年越しの食事会に参加し、家に帰った。めいめい髪を梳いたり顔を洗うなど、寝支度をしていた。このとき、祖母はいつものように手櫛で品琴のきれいな髪を梳きながら、ぐっすり休むようにとあやしてくれていた。と、品琴の目のまえが暗くなったり明るくなったりして、祖母の慈悲深い顔も睫毛の動きにつれて見えたり見えなくなったりした。まもなく品琴は寝入った。しばらくすると祖母がパッと目を開けて、品琴にむかって舌を出しあかんべえをした。

「おばあちゃん、どこ行くの？」

「幽霊になりに行くのさ」祖母は年寄りとは思えない勢いでガバッと身を起こし、ベッドから飛び降りた。つま先立ちで、あっというまに部屋から出ていった。品琴の耳にバナナの葉が窓を打つ音が聞こえ、窓のそとは煌々と明るかった。品琴は叫んだ。「おばあちゃん！　刺されないようにね！」

品琴は目を覚ました。母親が力いっぱい彼女の肩を揺さぶっている。祖母はあいかわらずすぐそばで寝ていたが、ただ呼吸がどんどんゆっくりになっている。

白衣の人たちが大勢でベッドのまわりを囲み、品琴の家の人たちは誰もがぼんやりとした顔つきをしていた。

「母ちゃん、おばあちゃんがどうかしたの？」品琴が尋ねたが、父も兄も母も、ひと言も言わず、手をこまねいて白衣の人たちが祖母をいじるのにまかせている。

「さてどうしたもんかな？」父親が穏やかならぬ口調で言った。「救急車を呼ぶか？」

「そうだよ。気を失っているだけなんだから、病院へ連れていけばまだ助かるはずだ」

兄も夢から醒めたようにそう提案した。

「だめです。病院に連れていってはいけません。わたしたちに応急処置は必要ありません。今は懺悔すべき時です」白衣の人たちのあいだに雑多なざわめきが広がった。「応急処置はとても苦しいものです。気管の切開とか、管を挿すことがどんなに痛いか、皆さんは知っていますか？　皆さんはご老人がそんな苦痛をうけることを望んでいるのですか？　さあ、みんなで懺悔の詩歌を歌いましょう。今が一番大事な時です。みんなで代りばんこに歌い、会長がおいでになったら、順序を決めて歌いましょう。わたしたちがいっしょに歌ってあげれば、彼女は天上の楽園に行けるはずです。幽霊になるはずはありません。今一番大事なのは彼女に懺悔の歌を歌うのを忘れさせないようにすることです。今は気を失っているけど、意識では聞こえているはずです。さあ、みんなで歌いましょう」

品琴はぼんやりしたまま白衣の人の指示にしたがって、父、母、兄とともに祖母を囲んで、手足を振りながら歌い踊った。その光景を品琴は今でも覚えている。彼ら家族全員が空しい眼差しのまま歌い踊ったのだ。祖母から少し離れたときは、品琴はこらえきれずに笑いだした。近くに寄ったときには、祖母の呼吸が止まっていることを確かめずにはいられなかった。彼女は死にたいくらい悲しかったが、魅入られでもしたかのようにどうしてもその歌舞の輪から抜け出すことができなかった。

「君は彼らがおばあちゃんを殺したと思っているの？」僕は思わず訊いた。

だが品琴の黒くうっ血した瞼のしたから幾すじかの涙が見えただけで、ひと言も言わなかった。

家族がみな、目が見えないかのように、白衣の人たちをひとりひとり区別できなかったとき、若い品琴にはそれができた。彼女は白衣の人で発言するのは終始ひとりだけだということに気がついた。その人こそが臨終懺悔儀式隊の責任者の朱鳳隊長だ。彼女は品琴の家族が救急車を呼ぶのを止めた。それに、一切の優柔不断などよめきを抑え込んで、彼らがベッドのまわりで踊るよう仕向けたのも彼女だった。品琴がため息をもらした。それはすすり泣きのようだった。その後、彼女はまた薬物の作用で昏睡状態に陥った。僕の目のまえで、まずしきりに瞬きをし、それから目を閉じて、見開き、また開けて、また閉じた。と、ふたたび開けることなく、夢のなかに入っていった。僕は品琴の黙認をもらったと考え、ベッドのしたから彼女のリュックサックを取りあげて、中身を探った。

すこしばかりの汚れた衣類のほかに、内ポケットから怪しい白い粉末の小さな包み、点々と錆びのついたバナナ収穫用の刀、新聞の切り抜きが少し、五ヶ月前のレシートが一枚、小型レコーダー一台を探し当てた。底をさぐると、四角な硬いものに当たった。取り出してみると、フレーム入りの品琴の家族写真だった。そのおかげで、僕は関連の人物について、より鮮明なイメージをもつことができた。

借間に戻るとき、地下道の暗闇が僕に中空にうかぶ白い骨を連想させた。両側の結露した塀が白色灯の点滅に映されて恐ろしげに見える。僕は品琴の僕に対する最初の無言の慰撫を思い出した。つまり、ほんとうの悲劇は常におかしな要素をもっている……これは生命の荒唐無稽さなのだろうか？

僕は考えた。荒唐無稽なのは生命自体ではない、そのなかに落ち込む人間たちなのだ。

ふたたび品琴に会ったときには、顔の腫れがすこし引いていた。医者はもう退院して家に帰ってもいいと言った。けれど品琴には家がない。僕は便宜上、というより品琴から巨額の賠償金を要求されないかと心配だったので、いかにも親切げにしばらく自分が借りているアパートに来ないかと訊いた。僕に面倒をみさせてくれと言って。品琴は長いこと僕の目を見つめた末、ようやくうなずいた。僕は彼女をアパートの部屋のバスルームに住まわせた。彼女がバスタブのなかで寝ている様子は、ある映画のなかの美しい人魚を思い出させた。絵描きが病気の人魚を下水道から家に連れて帰り、バスタブのなかで養う。人魚の皮膚のうえで日ごとに腐乱していくでき物から流れ出す七色の体液を絵の具にして、人魚が日一日と目も当てられなくなっていく様を描いた。最初の麗しさから最後の見るに忍びない醜い姿まで。今だんだんと快方に向かいつつある品琴も人魚のような結末を迎えるのだろうか？　僕は自分がなすすべもなく品琴の物語のなかに深入りしているのがわかった。

品琴はけがをした頭をバスタブのふちにもたせかけて言った。父親は彼女が十五歳のときに家出をしたと。

祖父、祖母が相次いで亡くなった。懺悔教の仲間たちの協力で、後者の葬儀を簡素かつ厳粛に営んだだけでなく、品琴も入信して教えを学びはじめた。毎日、黄昏どきには懺悔の詩歌を歌って祖父と祖母のために祈り、父と母、兄はバナナ畑の世話を続けた。

あるいは二年続けてふた親を亡くした痛手からだろうか、品琴の父はその後すっかり寡黙で粗暴になり、あげくの果てには賭博の悪習に染まってしまった。母は父を祖父と祖母の位牌の前に引っぱっていき、行ないを改めるようにと泣きわめいた。懺悔教の宗徒もやってきて諫めたが、父親はかたくなに押し黙り、かっと目を見開くと、宗徒の群れに向かって悪口雑言をあびせた。

「あんたたちがばあさんを殺したんだ！　あんたたちが殺したんだよ！」品琴は父がなんのことを言っているのかわからなかった。しかし、目のまえの母はうなだれたまま黙って涙を流し、兄はぎゅっと拳を握りしめてそっぽをむいているばかり。いつも家に出入りしている朱鳳隊長は切れ長の美しい目を赤くしていた。

彼女は一連の人たちを率いて父親の前に跪くと、黙って謝罪し、それぞれが白い帽子を脱いだ。品琴を驚かせたのは、ふだんはキラキラと眩しく見える宗徒たちが白い制服を脱ぐと、そこに現れたのは凡俗な顔つきをした、平々凡々なおばさんたちにすぎなかったことで、祖母の年代の人も何人かいた。

女性一色の顔ぶれに、父は涙を収めたが、彼女たちを相手にしようともせず、心のしこりは解けなかった。ある日、品琴がひとりで昼寝をしていると、ふいに父親がベッドのわきに座った。粗末な野良着に半ズボン姿、ぼうぼうの髪に垢だらけの顔で、髪も顔もみんな泥だらけ。なにか言うたびに口から乾いた砂ぼこりが噴きでた。太陽にさらされた黄土は細かくて軽く、ゆらゆらと中空を漂っていった。

父親が言った。「品琴や……父ちゃんはおまえに悪いことをした。先に行くよ。この家にはわしのいるところはない」

品琴は父親の手を押さえて、むせび泣いた。「父ちゃん、どこ行くの？　どこにも行かないで……」「父ちゃんは……父ちゃんは借金を返さなくちゃなんねえんだ。借金を返しさえすれば、品琴に粉ミルクを買ってやる金もできる」

まるで品琴を赤ん坊あつかいだ。頭まで泥だらけになった父親が立ち上がると、全身から乾いた泥がパラパラと落ちた。彼は一歩一歩、いかにもつらそうに品琴の部屋の戸口に向かいながら、振りかえった。今はあきらかに午後なのに、部屋じゅうまっくらで、伸ばした手の指も見えない。父の輪郭はぼんやりとしている。ドアの取っ手をまさぐる彼の手は焦げたように赤く、骨が浮き出していた。取っ手を握りしめて、開けると、品琴の予想に反して、外は中と同じように暗かった。むしろさらに暗く、父親の姿はその闇のなかに消えていった。最後に振りかえったとき、ふいに口をゆがめ目をむいて、寂しげに笑った。

品琴が泣き寝入りして、ふたたび目を覚ますと、もう次の日の朝だった。母親が部屋に入ってきて彼女を起こした。きょろきょろあたりを見回し、戸惑ったような焦ったような様子だ。

「母ちゃん、何かあったの?」品琴が訊いた。

「朝から父ちゃんの姿が見えないんだよ。バナナ畑へ行ってみたけど、やっぱりいなかった」

「父ちゃんはゆうべ出かけたんじゃないの?」

「出かけた?」母親はいっそうわけがわからないという様子をみせた。最初は信じなかったが、品琴の枕元に手紙が見つかり、家出の理由が書かれていた。なんと借金ができて、山を下りざるをえなくなったというのだ。

品琴の母はますます慌て、ひたすらひとりごとを繰り返した。「それじゃあ、誰かが金を取りに来たらどうすりゃいいんだろ?」

品琴はかぶりをふって、天真爛漫に言った。「そんなはずないよ。父ちゃんは借金を返しに行くと言ってたもの。もう出かけたから大丈夫だよ」

母親は口のなかで品琴にはわからない言葉をつぶやいている。最初はきれぎれだったのが、次第に低い嗚咽にかわった。品琴は一滴も涙をこぼさなかった。父親が出ていったのは祖父や祖母とはわけが違う。ただ彼女にはどこが違うのかわからなかった。もしかしたら父親が出ていくと言ったのには、理由や目的があるのかもしれない。あいかわらず彼女と同じ空のしたにいるのだから、それならけっこうなことだ。

母親は三日も泣きつづけた。兄はなだめきれず、武骨な大きな手で汗だらけの顔を拭い、すでに若い娘になっている品琴を戸のうちに引っぱりこんだ。「畑のバナナはどうしたって採り入れなきゃならねえ。母ちゃんのことは全部おまえに任せたぞ。いいな?」

品琴はうなずき、兄に向かってにっこり笑った。仰向いて見れば、兄は雨のような汗を流し、全身びしょ濡れだった。兄がまた手で顔を拭うと、一瞬にして汗は汗でなくなり、何とははっきり言えないものが、ただひんやりと顔じゅうに滴っていた。

「うちはどうしてこんなふうになっちまったんだろう?」ふいに兄が品琴をきつく抱きしめた。最初、彼女は驚きと恐怖でもがいたが、まもなく兄の温かな体温が風に乾いた汗の匂いとまじりあって、しだいに彼女の気持ちを麻痺させた。彼女は両脚がぶるぶるふるえ、腹部がきゅっと縮んで、熱い液体が腿の内側を滑り落ちた。どういうことかわからないうちに、品琴は兄の腕のなかにいて、ふたりは一体なのだと感じた。兄の顔の水が彼女の目のなかへ流れ、ぽかんと開けた口のなかにも流れ込み、胸や腹、股の内側に流れた。流れているあいだ、終わりも始まりもない絶望感のために、彼らは抱き合ったまま長いこと互いを放さなかった。

兄がいなくなったあと、品琴は部屋へ行ってズボンを脱ぎ、初潮が来たことに気がついた。そそくさと手当てをして、母の世話に戻った。しばらくすると、はじめて訪れた会長を取り囲むようにして、懺悔教の信徒たちがやってきた。彼女は嫌がるでもなく喜ぶでもなく、ふつうの子どものように彼らのために戸を開けた。

「懺悔は人類の最も美しい本質です」と、会長が言った。「しかもこの本質は誰の心のなかにでも見つけることができます。たとえ浮浪者だろうが殺し屋だろうが強盗だろうが悪党だろうが、一生のうちには必ず後悔する時があります。ただし、品琴、わたしたちは彼らに後悔してほしくはありません。わたしたちが彼らを懺悔へと導いてこそ、ほんとうの永遠になるのです」

品琴の母は祖父と祖母の位牌の前に跪いたまま、しきりに体を前後に揺すって泣くので、ついに信徒仲間が説得して、すこしばかり米がゆを口にさせた……。

「今日はここまでにしよう」僕は品琴をさえぎった。「明日はまた診察に行くんだから、まずはゆっくりお休み」

品琴は僕を見ながら、おとなしくうなずいた。彼女はすぐに正常に話ができることで、自分の正常さを示してみせたのだった。

品琴が寝入ると、僕は彼女のリュックサックを持ってバスルームのそとに出、またもや無意識のうちに中を開いていた。彼女に関する手掛かりをさらに集めようとしたのだ。しかしながら、前に見つけたもの以外、他の収穫はなかった。考え抜いたあげく、僕の手は例の怪しい白い粉末の包みを取りあげた。だがその瞬間、品琴が僕の手からその包みを奪い取り、ぎゅっと胸に抱きしめた。まるで僕がとんでもない悪事を働いたかのように。彼女はいつ脱け出してきたのだろう？　僕は驚いて彼女を見た。だがとつぜん彼女は輝くばかりに笑ったのである！　しばらくして、僕はようやく気づいた。品琴は笑っているのではなく、泣いているのだった。彼女は幾重にもガーゼに包まれた頭を無言で仰向けた。涙がガーゼの隙間に露出している震える唇を這っていく。僕は彼女の手を引っぱったが、どうしていいかわからなかった。例の白い粉の包みが床に落ちた。僕がそれを拾いあげて、彼女に渡すと、彼女も逆に僕の手を引っぱった。前に指の爪を肉に喰いこませたときのように、ぎゅうっと。

「ごめん」とっさに僕の口から出た。「勝手に君の私物に触れちゃいけなかったね。僕はただ好奇心で……どうしても真相が知りたかったんだ、ごめん」

彼女はいっそう激しく泣いた。頭が猛烈に揺れている。僕はしばらく押し黙ったあとで、やっと言った。「今後、二度と君のプライバシーを探るようなまねはしない。だけどほんとうにどうしても君のことを知りたいんだ。もう一度話してくれないかな？　これが最後、お願いだ」

長い長い沈黙がつづき、品琴はもう僕を信じたくないのではないかと思ったとき、彼女が嗚咽とともに話し出した。その口調には言いようもなく断固としたところがあったので、僕は止め立てしなかった。思いきり話せるように、もとの位置に連れ戻して休ませただけだ。

父親がいなくなると、品琴の兄と母だけでは、広大なバナナ畑を切り盛りしようがないため、しばらく畑を他人に貸し、三人は懺悔教の信徒仲間のツテをたよって、中部の大都市に移り住むことになった。

そこを去る日、彼らはとうに荒れ果てた三合院のまえに立って、長いあいだ見つめていた。と、品琴がとつぜん訊いた。「母ちゃん、なんであの空き地に行っちゃいけないの？」

「あの土地はうちのものじゃないんだから、勝手にできるものかね？」母の顔にはまだ涙の跡が拭いきれずに残っている。ただいい加減にふいただけなのだ。

母の話はこうだった。彼ら一家は正直者だ。三十年前に祖父があの三合院を建てるために現地の地主から土地を買った。言われた通りに少しずつ買って、最後の分を買ったときに金はすっかり払ったのだが、一ヶ所だけ名義変更をしないまま、ずるずる引き延ばしになっていた。祖父が人に頼んで訊いてもらったところ、地主は追加の銭を出さなければ名義変更しないとのこと。祖父はかんかんに怒った。すでにきちんと払っているのに、なぜさらに要求してくるのか？　人間の心は貪欲なものだ。思い切って買わずにおいたまま、家を建てた。真んなかに残された空き地は、今後誰も使ってはいけない、建物をたててもいけない、その上を踏んでもいけない、ということになった。

「おじいさんはおとなしいけど、あなどれない人だった。いろんなことを知っていた。何を考えてるかわからず、まったくの古ギツネだったよ」母はそう言いながら、ふいに笑った。実はあの家は人に見てもらったら、建築許可証は合法で、残りのあの部分は買っても買わなくても同じことだったが、その残った小さい土地の持ち主は、毎年かなりの税金を払わなくてはならなかった。祖父が亡くなったあと、父も土地を買いたいと彼らと話し合ったことがある。相手方は三十年分の税金もいっしょにして売りたがったため、一千万にもなった。農家の彼らにどうして払えただろう？　品琴の父は山を下りて法律関係の代書人に訊いてみた。すると買わなくても差し支えないことがわかり、地所を買う話はようやく沙汰やみになった。

「今はこの地所があろうがなかろうが、とっくに関係なくなったよ」母はいささか感慨深げに言った。彼らは互いに支え合って、まっすぐ平地へと下りた。

大都市では、兄は日雇い労働者に、母は人の家の使用人になって、品琴はちゃんと学校に通った。彼らの住んでいる近くに、ちょうど懺悔教の支部があった。母は暇があると品琴を連れて支部へ修行に行き、一日じゅう、詩歌を歌っていた。兄だけは支部へ行こうとしなかったが、品琴の目から見れば彼の容貌はますます父に似てきており、その事実は言うまでもなく明らかだった。兄は懺悔の二文字を聞くだけで眉をひそめ、白衣をきた信徒を見ると、ぎゅっとこぶしを握った。彼にとっては、懺悔するより肉体労働をするほうがましだった。

「俺は現世でがんばろうと思うが、彼らは来世をもたないようにと努力している。品琴、兄さんはろくに学問もないが、これぐらいの道理はわかる。少し余計に学問をすりゃあ、だんだんわかってくるさ。母さんはおまえに任せるしかないが、あんまり夢中にならせるなよ」兄はねんごろにこう言いふくめた。そのときの品琴はただはいはいと言うしかなかった。彼女はたしかに教えのなかのいくつかの活動は嫌だったが、懺悔の歌を歌っているときだけは、ほかのことを考えず、全神経を集中して、家族のことを考えていられた。あれらの、すでに亡くなった人、離れていった人、今もいる人、そして不在の人のことを。ある時は父の幸運を願い、早く帰ってくるようにと祈った。またある時は祖父と祖母の冥福を祈った。品琴は信仰をもつのはよいことだと思った。

月日のたつのは早いもので、品琴はよその土地の大学に合格して、北部へ勉強に行き、兄が中部に残って母の面倒をみるようになった。学校では、品琴は成績もよく、だんだんと兄の言ったことがわかってきた。人が盲従するのはなぜか、みだりに信じるのはなぜか、わかった。しかしほんとうの信仰は試練に耐えられるものだ。品琴はもう頻繁には懺悔教支部へ行かなくなったが、あいかわらず毎日懺悔の詩歌を唱えた。目を閉じ、懺悔のあとで深い静寂に耳を澄ますのを好んだ。

「畑はどうなったろうね」とつぜん母の声が言った。

品琴は目をあけ、あたりを見回して、気がついた。机のうえに雑然と置かれた本や文房具は跡形もなく消えて、皿が何枚か並べられている。一番大きな皿に載っているのは母の頭部だ。汚れのない、純真そのものの様子で品琴を見ている。血も見えない。他の皿には、母の手、足……など、なんというのかわからない体の部分が、別々に載っている。いずれも清潔で、美しく並べられている。品琴は母が、何かに憑かれたかのように皿の並べ方にこだわっていたことを思い出し、皿の位置を動かした。

「母ちゃん、痛い?」品琴が訊いた。皿はどう動かしても見栄えよくならない。彼女は焦った。皿はますますごちゃごちゃになった。手がふるえ、皿がひっくり返って宙に浮いた。そこで品琴は目が覚め、はあはあ喘いだ。

彼女はすぐに母に電話をした。携帯電話が何コールか鳴ると、兄が出た。母は元気で、毎日決まって支部へ懺悔をしに行き、規則正しい生活をしているから、品琴は心配しなくてよいと言った。

「あたし、やっぱり週末には一度帰るわ。どのみちすることもないから」

品琴は汽車の切符を予約し、金曜日の夜、駅へ行った。早く着きすぎたので、空いている椅子を見つけて腰を下ろしたとたん、携帯が鳴った。通話キーを押すと、思いがけないことに懺悔教の朱鳳隊長だった。

「どうしたんですか? うちの母さんは?」

「あの人……ああ……」

「どうしてため息なんかつくんですか? 何が起こったんですか?」

「品琴さん、心配しないで。お母さんが車にぶつけられて、頭を地面に打ちつけたの。でも検査の結果はまずまずだったわ。今眠っているところ」

「頭を地面に打ちつけて、無事なわけないじゃないですか?」品琴はぐっと呼吸がつまり、しばらくして落ち着いてから言った。「あたしを騙しているんじゃないですか? 母さんはほんとうに大丈夫なんですか?」

「ちょっと待って。お兄さんに替わってもらうわ」

何人か電話を替わるあいだ、品琴は頭がくらくらしてきた。じきに兄が出て、耳元でひそひそと言った。「大丈夫だよ、チビ。母さんは俺が見ているから、おまえは着いたら、また電話してくれ」

品琴は電話を切り、何分間かぼんやりしていた。スマホの画面を見てみた。ふいに、どこへ行ったらいいのかわからなくなった。そう遠くないところにブランドショップがあるのを見つけ、中へ入った。ぶらぶら見てまわっていると、笑顔のエリートバナナ・バナ夫の吊り飾りがあった。品琴は手に取って見てみた。考えているうち、目のふちが赤らみ、とつぜんこの店にあるすべての物をこなごなにしてしまいたい衝動にかられた。陳列棚のあいだをぐるぐるまわった。まわればまわるほど気持ちが急いて、この店の雰囲気にたえられなくなった。しかしまた離れることもできない。まるで祖母のベッドのまえでいつまでも続けられていた踊りのようだ。彼女はこっそりあのときの自分の手ぶり身ぶりを思い出し、ついにクスっと笑ってしまった。笑ってから疚しく思い、それからいっそう緊張してきた。そのときになってようやく店から離れることができた。プラットホームに出て汽車を待つ。

汽車の窓からまた馴染みの夕焼けが見えた。まずあたり一面黄金色になり、つづいて血が流れはじめて、傷口を染めた。傷口のまわりは黒く焦げて紫にみえ、次第に腐爛していった。一日の死は比類なく盛大で、一日の死体は歴史へと流れる。だが人は誰もみなひとりぼっちで未来を切り開かなければならない。

品琴は汽車のなかで眠った。目が覚めて、自分が乗り過ごしたことに気がついた。次の汽車で帰り着いたときにはすでに夜の九時過ぎになっていた。兄がバイクで迎えに来た。品琴はバイクにまたがると、兄の腰に抱きついて訊いた。「母さん大丈夫？」

「まあまあだ」兄はまた顔の汗をぬぐった。品琴は兄の腰をたたいて、そのパンパンに張った筋肉をほぐしてやった。

「検査の結果は問題ないの？　兄さん、緊張しないでよ」

「まだ何も知らないくせして、よく俺のことを心配できるもんだ」兄はあいかわらず顔をこわばらせていた。夜の気配が次々とクリーム色の街灯にぶつかる。品琴はふいに両腕をひろげ、上下に動かした。ゆらめく影が斜めにアスファルトの道路を飛んでいく。兄が笑った。「何やってんだ、おまえ」

「飛ぶ真似よ」品琴が言った。

夜のこととて車も少なく、じきに病院に着いた。病室の扉は開いていたが、品琴はひと目で白衣を着た懺悔教の信徒たちと、あのしょっちゅう家に出入りしている朱鳳おばさんがいるのに気がついた。彼らはがっちりとベッドのまわりを取り囲んでいて、品琴は割り込んでいけない。兄といっしょにそばで見ているしかなかった。

それは自分の母親なのに、彼女は遠く離れて立っていなければならなかった。

しばらくして、会長がやってくると、信徒たちはようやくすきまをつくった。このとき信徒たちはみな両手を軽く握り合わせて上下に振りながら、会長に挨拶した。会長もひとりひとりに挨拶を返す。この隙にようやく品琴にも母の姿が見えた。頭に幾重にも包帯が巻かれ、すこし血がにじんでいる。会長が母の頭を撫でながら、低い声で何か言うと、母は懸命にうなずこうとした。朱鳳が兄妹のほうへ歩いてきて、慰めるように言った。「あなた方のお母さんが事故にあったと聞いて、おおぜいの信徒がはるばる台北からかけつけてくれました。お母さんといっしょに懺悔の詩歌を唱えるだけのためにね。会長は一切大丈夫だ、とおっしゃいました。今ちょうど薬を飲んでいます」

会長はどこからか黒い丸薬を取り出し、例の関係のない人たちに、スプーンで薬をつぶして水といっしょに品琴の母に飲ませるよう指示した。だが、その丸薬が言うことを聞かない。ひとりがやってみて硬くてつぶせないというので、別の人に替わった。丸薬はまた跳ねて地面に落ちてしまった。ほかの人たちが次々に這いつくばって地面を探し、ようやく丸薬をもとに戻した。品琴と兄は冷ややかに傍観していたが、ついにはおかしくてがまんできなくなった。続けて砕こうとしたが、また跳ね、また抑える。こんなことを何度か繰り返した。兄が言った。「医者が見たら、絶対どなりつけただろうな」それを聞いた品琴は、ほんとうに堪えきれなくなってプッと吹き出した。無数の白いマスク越しの目が彼らを見つめていたが、おかげでふたりは却っていっそう近くに立つことができた。

母は夜十時まで様子を見るため病院にいた。信徒たちはそれまでにバラバラと帰っていった。品琴と兄は両側から母を支えてタクシーに乗って家に向かった。その途中、母はずっと、事故現場に行ってパイナップルケーキを持ち帰りたいと言い続けた。

「何がパイナップルケーキなの?」品琴が訊いた。「もう遅いから、明日、兄さんに取りに行ってもらえばいいじゃないの?」

「でも冷蔵庫に入れたほうがいいし……」母親は執拗に言いはり、腫れた唇で脈絡なくしゃべった。「今日の午後、朱鳳さんといっしょにパナップルケーキを受け取りに行ったんだよ。おまえが帰ってくるから食べさせたいと思ってさ。さもなきゃあの十字路なんか通るわけがない」

品琴はぐっと喉が詰まった。しばらくしてやっと言った。「あたしはパイナップルケーキなんか好きじゃないのに」

「あれは別だよ。うちらの地元のパイナップルだもの……」母は、自分たちはもう長いこと畑を見に行っていないから、けがが治ったら、必ず時間を見つけて帰ってみなくちゃあ、と言うのだった。

タクシーが母の事故現場を通りかかると、兄は車から降りて見て回った。そして品琴に説明した。「母さんは午後バイクでここを通りかかり、信号で停車したときに、後ろの車が無理やり突進して、母さんにぶつかったんだ」

「事故を起こした本人は来たの？」

兄はかぶりを振った。「電話ひとつ、よこさねえ」

ふたりはパイナップルケーキを見つけて車に戻った。母親は箱がどうにもなっていないのを見ると、嬉しそうに言った。「品琴や、あんたは食運があるねえ。このパイナップルケーキ、どこもなんともないよ」

「あたしはパイナップルケーキなんか大嫌いだってば」品琴は言いはなった。「これからは二度とパイナップルケーキなんか食べない」

けがをした母はもしかしたら少々判断力が鈍っているのかもしれない。その様子は品琴が夢でみたのと同じで、単純に戸惑っている。それに子どものように聞き分けがなかった。無理やり箱のなかからパイナップルケーキをひとつ取り出して品琴に手渡す。「でも信徒の人たちはみんないい人だよ。あんたたちがいないとき、おおぜいの人があたしに付き添ってくれたし、懺悔を手伝ってくれたのさ」

「あんたは死にそうになってるわけじゃない。何を懺悔するんだね」兄が前の座席からひどい剣幕でどなった。運転手はびっくりして、もう少しでハンドルを空回りさせるところだった。品琴は頭を窓のそとに向け、母はまたぶるぶる震えだした。

「ひと様もただ好意でやってくれてるだけなのに……」母は恐怖で震えが止まらない。「なにもそんなに大きな声を出さなくてもいいのに……」

家に着くと、母は頭が痛いとつぶやいて、さっさとベッドに入ってしまった。品琴と兄は交代でひと晩じゅう付き添うことにした。品琴は、自分は車のなかで寝たからと、兄を先に休ませた。実は彼女も眠れなかったのだ。急にこんな大事件が起こって、眠気もなにもなかった。母がきれい好きなことを思い出して、箒で床を掃き、台所の洗い物をした。さらに母が事故にあったときに持っていたハンドバッグがあったので、中から汚れたエコ箸を引っぱり出した。ケースを見ると、表面は血だらけだ。品琴の目から涙があふれた。母が後になってこの箸を見て驚いても困ると思い、すぐにケースを洗った。すべてのことをしおえると、品琴は椅子にかけて、静かに母の呼吸の音に耳をすました。ひとつひとつの鼻息に注意を払う。できるなら夜の明けるまで母のそばに付き添っていたいと思ったが、一方では母を起こしてしまうことも恐れた。

夜が明けるとすぐ、母は目を覚ました。品琴のそばに座って、にこにこしながら言った。「畑はどうなったかねえ」

品琴はちょうど箸を洗っているところで、顔も上げずに言った。「母さんがよくなったら、いっしょに行こうよ」

母はしばらく品琴を見つめてから、言った。「品琴や、夜遅く洗い物をするときは、音をたてないようにしなけりゃならないのを知っているかい?」

品琴はようやく顔を上げて、母を見、不思議そうに訊いた。「知らない、なんで?」

「幽霊になってご飯にありつけなかったら、音を聞いただけでも辛いだろ。これは一種の慈悲の心なんだよ」

「もう幽霊になっているのに、まだ何か食べる必要があるかしら」品琴が言い返した。母はまたおとなしく押し黙った。静かに品琴の動作を見つめ、口もとには笑みが浮かんでいる。

「品琴、子どもは自分で決めて母親の腹に入るってことを知っているかい?」

「どういう意味?」

「以前、会長さんがあたしたちに講義をしてくれたんだけど、その話によると、親のあたしたちのほうから子どもを産んだんじゃないんだって。子どもがまだ霊魂のときに、自分でどの母親のお腹のなかに入るか選ぶんだって。この世に生まれてきたら、その母親がどんなにひどくても、みんな子どもが選んだものなんだよ。ほんとうに不思議だねえ……だからね、品琴、あんたはどうしてあたしの子どもになろうと思ったんだい?」

品琴は答えなかった。母の話はお笑いぐさだ、と心のうちで思った。それなら捨て子にされたり家庭内暴力にあっている子どもも、自分で選んだからだというのか。しばらくして、品琴は沈黙の異様さを感じ、話題を変えた。「母さんは車にぶつけられたとき、心のなかで何を思ったの?」

「何を思ったかだって? あたしには懺悔の神様のお助けと詩歌のご加護がある。ぶつけられたそのときは、心のなかで懺悔して、すぐに気を失っちゃったから、痛くもなかった。目が覚めたら、地面に腹這いになっていた。で、思ったのは……」

「思ったのは?」

母はにっこり笑った。「午後三時のアスファルト道路のうえは、なんて熱いんだろうと思ったね」

品琴は、ほんとうは笑いごとではないと思った。しかし、母がこのことを笑い話として話したので、思わず声をあげて笑い出し、やがて笑いながら目覚めた。

兄が意識のない母を抱きかかえて部屋の入り口に立っていた。品琴の笑顔はにわかに歪み、床に敷いた寝具から這い起きて、兄といっしょに母を病院へ連れていった。

医者は出血したせいだと言ったが、母は一時間後には亡くなってしまった。連れて来るのが遅かったからではなく、病状がそれほど重篤だったということだ。品琴は最初信じられず、駅のブランドショップをぶらついているような気がした。自分はまだあそこにいてぐるぐる回り歩いているのだったらよかったのに。

品琴と兄は長いあいだ寄りそっていた。何をすべきなのか、母のことをどう処理したらいいのか、わからなかった。そのうち懺悔教支部の朱鳳隊長がこっそり彼らに代わって煩雑な用事を片づけてくれた。告別式も信徒仲間が手伝ってくれた。無数の白衣の人たちが家を出入りしている。心細くなっていた品琴は、安心した。ただ兄はあいかわらずこだわって、あまり彼らと話をしたがらなかった。家での葬儀が済むと、品琴はひとりで朱鳳隊長にお礼を言いに行った。彼女は相談したいことがあると言って、品琴を誰もいない部屋に引っぱっていった。

「あの事故を起こした人のこと……あなたたちはどうするつもり?」

「兄さんは何も言っていません。あたしも考えはありません」

朱鳳はため息をついた。「あちらもかわいそうなのよ。わざとではないし。品琴、あなたのお母さんはずっと懺悔教に深い信仰をもっていたわ。彼女だったら、きっと許すことを選ぶわね」

品琴はぽかんとして朱鳳の目じりの皺を見ながら、訊いた。「それじゃあ、あたしは兄さんになんて言えばいいんですか？」

「言えることも言わず、取れるものも取らないで、許してやるように、と言いなさい。あなただって、いつか兄さんが罪を犯したとき、誰か許してくれる人がいればいいと思うでしょう？　わたしたちは決して火事場泥棒みたいなことはやりません。わたしたちは一銭も取らないようにすべきです」

品琴はうなずいた。朱鳳隊長の言っていることは正しいように聞こえる。もっとお金があっても、どのみち母は帰ってこないのである。そのことに考えが及ぶと、品琴はとつぜん悟った。母はもういないのだ。

実際、もうたくさんの人がいなくなっている。

祖父、祖母、父、母。彼らはひとりまたひとりと去っていった。彼女はもう二度と温かく抱擁されたり、やさしい声を聞くことはできないのだ。青天と白雲だとか、いっしょに懺悔の詩歌を歌っただとか、そんなことは関係ない。いなくなった者はいなくなったのである。

後になって品琴が兄から聞いたところでは、母は病院に運ばれるとすぐ、事故を起こした人の名義でまとまった金を懺悔教に寄付したという。丸々五十万元をだ。

往時の罪業を消し去り、幾多の悪縁を消し去る……

「あなたがあたしの話を聞きたがっているのはわかってるわ」すべてを語り終えると、品琴が僕に言った。「でも、もしあたしがここまでしか話せなくても、あなたはまだ続けてあたしのそばにいたいと思うの？」

「思う」僕はすこしもためらうことなく、答えた。

一日おいて、僕は品琴を病院に連れていき、医者に薬を換えてもらった。顔の腫れはもう完全にひいていた。その包帯と薬品を取り去った顔は、見たところ僕の記憶のなかの静止画面と同じだった。その画面のなかで、品琴は天真爛漫に戸惑いながら僕の知らない場所を見ていた。あいかわらず傷口やうっ血の跡がいくらか残っているものの、今は僕をまっすぐに見つめることができた。ちょうどはじめて会ったときのように。

そのあと、僕は彼女を連れて家に帰った。

品琴は母親の話をした。僕は二度と結末を追究しないと約束した。結末のない話というのはとても不安な気持ちにさせられるものではあったが。品琴は自分の語る物語では言葉のなかの幽霊のようだった。何もかも話したように見えるが、ただ自身の存在はいっそう曖昧にしていた。彼女は泣きもわめきもしなかった。僕は以前、ちょうど彼女のような棄てられた子どもに会いに行ったことがある。警察署で静かに待っていた。もしかしたら永遠にかかってくることのない家族からの電話を待っていたのかもしれないし、またもや棄てられることのないように、おとなしくしていたのかもしれない。日一日と過ぎたが、僕はあいかわらず品琴の話を売るという考えをやめることはできずにいた。かつて僕は、自分はべつに善人ではない、と言ったことがあるのだ。冬になり、日増しに凍てついてくる、がらんとしたキャンパスからアパートへ帰っていくとき、遠くから自分の部屋に小さなあかりがついているのを見て、誰かが僕の帰りを待っているとわかった。まさにそのとき、僕は湧き上がるような悲しみと恥ずかしさを感じた。自分が、そしてそれよりさらに品琴が憐れに思えたのだ。何年ものあいだ、僕は映画を好まず、ドラマもバラエティも見ないで、社会的なニュースに夢中になっていた。ニュースで自分よりもっと憐れで憎むべき人を目にしつつ、一方で食事をしたり飲み物を口にしていた。他にもまだ千万の視聴者が僕といっしょに罵ったり笑ったりしながら画面のなかの人物を断罪していると考えたのは、別に僕がそれらがうそだと思ったからではなく、ひとりの十七歳の少年が両親を刺殺したこと以上の真実はないと知ったからだ。僕の世界はこのように二分されていた。僕は真実を信奉し、それ以外はみな虚無だと思った。

だが意外にも品琴は二分されている世界のなかで実線になれるのだった。

季節はますます寒くなった。僕たちは人影のまばらな通りに立って、たそがれていく様子を見ていた。一本の枯れ木が風に吹かれて葉を落とし、太陽の残光が枝葉のすき間からきらめいた。

「君は死ぬのが怖いかい?」僕はとつぜん理由もなく訊いた。「君みたいな人は、死の苦しみが怖いだろうね」

「あたしは死ぬことの痛みなんか怖くないわ。あたしが怖いのは……」品琴は最後のほうになると、声も出さず、無表情で、僕を見ていた。「ずうっとあたしは人と付き合わないでいたの。自分が弱虫だってわかっているから、これ以上人間関係を増やしたくなかった。身近にいる人はいつかかならず死ぬんだもの。だけどこの宿命的な悲劇は、その過程でまた人を笑わせてもくれる。まったくいい加減なもんだわ」

「君は、人生ってもともと喜劇だと思わないかい?」と僕は言った。「何が真実かわからないから、まるで何をやってもかまわないみたいな」

「あなたの言ってるのはバナナの木を切り倒すこと?」彼女が訊いた。

僕には彼女の言っている意味がわからなかったが、うなずいて言った。「そうさ、つまりバナナの木を切り倒すことさ」

一日一日とすぎていったが、僕はますます不安になった。もしかしたら、生活の平穏さに対する不安かもしれない。いつ破滅するかわからないのだ。逆に自分からすすんで破滅を求めたいと思った。そうすれば、いたるところに危機が潜んでいるという恐怖がなくなる。

物語の結末を知りたいと、僕は痛切に願った。

このところ、品琴自身はそとでアルバイトをしていて、あまり家にいなかった。僕には彼女の行く先をつかみようがなく、いつか未完の物語を携えたままいなくなってしまうのではないかと心配だった。ある日、彼女がまだ出かけないうちに訊いてみた。「君の亡くなった家族の話のなかに、兄さんは出てこない。兄さんはまだ生きているんだね」そうして、わざとためらうように言った。「こんなこと訊いていいのかな?」

品琴の肩が一瞬、固まったが、それから振りかえって言った。「平気よ、兄さんはまだ生きてるもの」

「いつか会っておしゃべりしたいんだが、かまわないかい?」

「手紙を書いて、一階のメールボックスに入れておけばいいわ」

僕はびっくりした。「どういう意味?」

「あたしが放浪しはじめてから、兄さんはずっと跡をつけてきてるの。しかも毎日あたしの住んでる場所に一番近いところにあるメールボックスをチェックするの。何か兄さんと連絡をとりたいことがあるなら、一階のメールボックスを使えばいいわ」

僕は品琴の言ったとおりにし、兄さんと会いたい旨を表明しておいた。一日置いて返事を受け取った。

真っ赤な封筒に承諾の返事が入っていた。住んでいるところの近くの喫茶店で会うという。僕はてっきり品琴もいっしょに行くのだとばかり思っていたが、彼女は口をゆがめ、力いっぱい頭を振った。

「あたしたち、もう長いあいだ会ってないの。今も会おうとは思わないわ」と言う。

僕は母親亡きあとのことについては何も訊かないと約束してあるので、結局はひとりでことを進めるしかなかった。その喫茶店にはいくつか暗がりになった静かなコーナーがあった。ドアを入ってすぐのコーナーの、古い木のテーブルのうえに真っ赤な封筒がおいてあり、黒いハンチングをかぶった、青白い顔の男が通路寄りの位置に座っていた。十二月だというのに、ひどく薄着だ。薪のようにやせ細った体に半袖シャツを着ていた。テーブルに置かれた手は、肘が異常に鋭く突き出ていた。不思議なことに、そのやせ細った体がとがった骨格をしているために、逆に僕に脅威を与えた……僕は勝手に彼の向かいの席に腰を下ろした。いわれのない恐怖をつよく感じた。

「あんた、反逆者みたいだな」僕が口を開くまえに、男はすでにしゃべっていた。そこで僕は席に腰を下ろし、急いで応えることをしないで、慎重に顔をあげて相手を観察した。

兄という人はすこしも品琴に似ていなかったし、彼女の家族写真にあった色黒の青年とも全然ちがっていた。顔色は石膏のようにまっ白、落ちくぼんだ眼窩に黄色く濁った眼球が隠されている。瞳孔には生気がなく、黒ずんだ目のしたが白目を際立たせている。それ以外は顔じゅう髭だらけだった。

そこで僕は我にかえって訊いた。「申し訳ない、今なんて言いました？」

「あんたは反逆者だと言ったんだよ」品琴の兄は勝手にうなずき、次の瞬間にはまたまったくちがう平静さで僕に茶を注いでくれた。

僕は黙っていた。

「実は俺と品琴は長いこと会ってないんだ。彼女どうしてる？　元気にやっているかね？」

「君はずっと彼女の跡をつけているんじゃないの？」と、僕は訊いた。

「跡をつける？　いや、俺はただたまに今ごろどうしてるかなと気にするだけだよ。母さんが亡くなったあと……知ってるんだろ、俺たちいっしょにはいられなくなった」

「懺悔教のせいで？」

「あんた、そんなことまで知ってんのか？」品琴の兄は僕を見た。ちょっと驚いたようだったが、すぐにまた視線をそらした。「懺悔教は、彼女が無邪気すぎたために、さんざんなめに遭わせた」

「いずれにせよ、僕はただ君に言いたいだけなんだ……僕は彼女のことを理解して、彼女に関する物語を書きたいと思っている。君にいくつかのことを訊きたいんだ」

品琴の兄は眉をひそめ、考え深げに僕の目の底を覗き込んだ。一瞬、毒づかれるのではないかと思ったが、彼はため息をついただけで、低い声で言った。「彼女について何か訊きだそうというなら、直接本人に訊くべきだね」

品琴の兄はそう言うと、立ち上がって去っていった。僕は太ももに取り着けていたペン型レコーダーをテーブルのうえに取り出し、しばらくぼんやりしていた。

僕は反逆者だ。

この明らかな事実は、はじめて品琴に逢ったその日から運命づけられていた。

翌日、家を出るとき、靴を履きながら振りかえると、品琴が日差しのあふれる窓辺にもたれてクレヨンで絵をかいている。僕は自分がいることに気づかれないままに、長いあいだ彼女の動作を見つめていた。彼女は顔も上げなかった。太陽の光のなかで彼女はとても心地よさそうに見える。僕は何てすばらしい朝なんだろうと思わずにはいられなかった。そっと「またね」と言ったが、品琴の耳には届かなかった。

さらに多くの証拠を集めるために、僕は昨夜帰ってきたときに二度目の面会を申し込む手紙をメールボックスに入れておいた。今、メールボックスから品琴の兄の赤い封筒を取りだしたところだ。封を切ってすばやく目を通し、すぐに家の近くの公園に飛んでいった。

品琴の兄は公園のベンチに座っていた。頭を仰向かせ、足元ではハトが餌をついばんでいる。僕が近づくと、ようやく座り直し、興味津々といった様子でこちらを見た。

「あんた、宗教は誰のためにあるんだと思う？」僕が座ったとたん、とつぜん訊いた。

僕は黙って向かい合ったまま、ポケットに手を入れてペン型レコーダーがちゃんと作動していることを確認した。

「考えすぎるなよ、ただあんたの考えを聞きたいだけだ」品琴の兄はまた言った。「ある人は宗教誕生の原因は恐怖だと思っている。そのとおりだと思うが、逆に言えば、恐怖のない人には宗教は必要ないのだろうか？　いったいどういう人間には恐怖がないんだい？」

「たぶん殺戮というものを知っている人間じゃないか」品琴の兄から彼女に関わる意見を引き出すために、僕はわざとそう答えた。

「あんたの言うとおりだ。殺戮というものを知っている人間は狩猟者で、強者だ」彼の目が輝いたかと思うと、ふいに身を乗り出した。「だから、宗教は弱者のためにあるんだ」

僕はいい加減に同調することはできなかった。「金持ちは？　地位の高い権力者は？　彼らも弱者かい？」

だが品琴の兄は笑った。「そういう人たちは死の陰にいる弱者さ」彼はこの言葉のもたらす余韻を楽しんだあとで、続けた。「死を恐れる人も弱者さ。わかるか？」

僕たちふたりはこの形而上学的な対話のためにしばし無言になった。しばらくして、兄がたばこを一本手渡してよこし、自分も吸いながら言った。「俺も今のあんたと同じ年頃に品琴と出会ったんだ。あの頃の彼女には今よりもっとなんとも言えない天真爛漫さがあった。なぜかわからんが、見かけはひどく幼いのにもかかわらず、俺にはやっぱり背後に隠されている悪魔的なふるまいが見えた……彼女は禽獣も及ばないようなことができてしまう……これは悪口ではないぜ」彼は平然と僕の目を見つめながら、小声で言い訳した。「あんたはこれを侮蔑だと思うだろうが、品琴にとってみれば最高の誉め言葉なのさ。世のなかの規則なんて誰が決めたんだ？　あんたは品琴のことを無神論者だという。ところが無神論は神のいない有神論だということを知らない。またあるいは神は自然の別名にすぎないのかもしれない。これは別に詭弁ではない。ただ人類が偉大な力を模倣して定めた法律に過ぎない。ひとたび文字か言語を付与すると、何と浅薄になることか」彼はちょっと話を止めると、両手を握りながら僕におじぎをした。「俺が自分自身の信仰を探すようにしむけたのは品琴なんだ。だが、俺は俺自身の神だ。あんたもそのなかから助けを得られるよう心から願っている。なぜなら彼女はもともと苦難を救うために人間世界に来たんだからだ」

　僕はすでに我慢の限界にきていた。真実と虚言、物語と現実。僕はぶるぶる震えながらポケットから一枚の切り抜きを取り出した。それは僕が昨日帰ってから探し当てた、要(かなめ)となる資料だった。この男の顔には見覚えがあった。何年も前に各大新聞の社会欄の大見出しを独占していたやつだ。

学校のそとで男児を誘拐した嫌疑で、最後には江（ジアン）という青年を巻き込んだバラバラ死体事件だが、証拠不十分で不起訴になった。僕は新聞に載っていた江という青年こそ品琴の兄だと確信した。そして目のまえのこの人物は、当時、事件の容疑者とされた林徳良（リン・ドーリアン）だ。

「そもそもあんたは品琴の兄さんなんかじゃない」

「品琴の兄さん……」林徳良は低い声でつぶやきながら、ふいに言った。「覚えてる。奴は皮膚の真っ黒な若者だ。あの頃、年はだいたい俺と同じで、目が皮膚の色に浮き立ってきらきら光っていた。奴は裸でバナナ畑のなかを突っ走るのが大好きだった。抜けたところもあったが、仕事は牛みたいにがんばるし、粘り強かった。両腕の盛りあがった筋肉から川のように汗が流れ、太陽の光のしたで金色をしていた。そのため奴がどんなにきれいに見えたことか……」彼はうなずき、また頭を振った。情愛のこもった黄色く濁った眼球をわずかに見開いた。「だが、奴の体で一番きれいな部分は、誰も知らない。腹のなかの小腸だよ。真っ赤で、しかも柔らかいときてる。その腸を見たとき、俺はすぐになんで奴にあんなに夢中になったのか納得したよ」

僕はゆっくり立ち上がり、跡形もなく消えようと思った。男は自分の世界に浸りきっているらしく、僕のことなど気にもせずに、しきりにつぶやいている。「もしもこの世界は神がさらによく自分を観察するために創造したのだとしたら、ほんとうの神はきっと普通の人が想像するよりずっとどうしようもない奴のはずだ。戦争、強姦、殺戮、強盗、奇形……俺みたいな人間だって、神の一部なんだ」

僕はついに何歩か遠ざかりはじめた。しかし彼が品琴のことを言いだしたので、思わず振りかえった。恐るべき好奇心により完全に動作が止まってしまったのである。

「正直言って、彼女には驚いたね。なんの関係ないテレビの視聴者が俺を切り刻んでも足りないと思っていたときに、品琴はなんと俺に会ってくれた。笑いながら……一方で泣いているみたいにして言うんだ。「あなたはきっと後悔してるんでしょ。きっとわざとじゃなかったのよね。あたし、あなたを許してあげる。ほんとうよ。理由なんかいらないわ。あなたはあたしの家族よ。これからはあなたがあたしの兄さんよ」彼女のなりふりかまわぬ様子はまるでこうでもしなきゃあ苦痛のおさめようがないとでもいうようだった。そこで俺はこう考えた。喜んで受け入れようじゃないか。彼女には言わなかったが、俺はもともと男をいたぶるのが好みなんだ。特に男の子をな。彼女の兄貴は例外だった。あんなふうに見かけは屈強で、内側は柔らかなカワイ子ちゃんなんて。俺ははじめて会ったときから好きになっちゃったよ」林徳良はちらっと見て、僕が身の毛のよだつ思いをしているのを察し、穏やかに笑って言った。「心配すんなよ。あんたをどうこうしようと思ってないからね。俺にはもっといい楽しみがある。品琴のことも気になるけど、彼女はまったく別物のおもちゃなんだ。彼女に会うまえは、俺はただ自分が欲しいとわかっているものだけを探していただけど、品琴は俺が過去に自分が求めているとわからなかったものを与えてくれた。それは実にすばらしいものだ!」

僕は全身をぶるぶる震わせながら家に帰った。ドアを閉め、暗やみのなかに身をひそめてもまだ、誰かに跡をつけられているような恐怖が拭えず、はあはあ喘いだ。だが数分後にはおかしいと思った。品琴は夜はたいてい家にいて、たとえ先に寝てしまったとしても、僕のために小さな灯りはつけておいてくれているはずだ。

あわてて灯りをつけると、品琴が白ずくめの格好をして部屋の真んなかにあるプラスチックの椅子に座っていた。胸に彼女の大きな登山用リュックを抱えている。

客間はすっかりきれいに片づいて、ちりひとつない。品琴はわずかな自分の私物を全部登山用リュックにしまっていた。

「あなたはどうしても真相を突き止めに行かずにはすまないのね。あたしにはわかってるわ」

品琴は笑いながら言った。「許してあげるわ。まだ物語の結末を話してなかったわね。もうすぐよ。これはあたしがあなたに話す最後の話になるの」

驚き怪しむ僕の視線を受け止めながら、品琴は自分の兄がどうやって死んだかを話した。

母親が亡くなったあと、彼女と兄は一時期別れて暮らしていた。思うに、悲しみが大きすぎて、ふたりいっしょにいると、たえず相手に傷跡を意識させてしまうからなのだろう。兄は品琴が北部で勉強をつづけ、卒業したら頭をつから仕事に就くことを望んでいた。

「二度と帰ってくるなよ」兄はひと言こう言い残すと、故郷のバナナ畑に帰っていった。

畑を取りもどして自分で作業をこなし、毎月決まって数千元の生活費を品琴に送ってきた。品琴は学業を全うする一方で、懺悔教の北部支部の創立をてつだった。このことは、兄には知らせなかった。

品琴は別に懺悔が嫌ではなかった。懺悔はいわば家族が彼女に残してくれた唯一のものと言ってよかった。懺悔の詩歌を吟唱していると、品琴は何か家族といっしょにいるような気がした。朱鳳隊長もとても面倒見がよく、しょっちゅう支部に泊めたり、食事をさせてくれたりした。

「卒業したら、支部で働きなさいよ。給料はよくないけど、とにかく社会に出てすぐ仕事があるほうがいいわ」朱鳳隊長は品琴に宣伝教育のために必要なOHPを作るように言うと、あたふたと支部を出ていき、品琴は真夜中のオフィスにひとり残された。品琴のデスクのうえの白色灯を除き、他の場所はみな省エネのために灯りを消している。OHPの背景の色のこまかな調整をしていた品琴は、瞼がくっついて離れなくなるまでその仕事をつづけた。

彼女はせわしない足音を耳にして、目を開けた。兄がオフィスに飛び込んできた。頭から汗をびっしょりかいており、あわただしく品琴に言った。「腹がすごく痛むんだ。下痢なのかもしれない。トイレはどこにあるんだ?」

品琴は笑いをこらえて、トイレの場所を兄に示した。「こんな遅くに、あたしに会いに来てくれたの?」兄はひと言も発せず、速足でトイレに入っていった。品琴はうつむいて仕事をつづけたが、画面がぼんやりとなり、トイレのなかから兄の苦しそうな呻き声がきこえてきた。

品琴はトイレのドアに近寄って、そっとノックした。「兄さん、大丈夫?」

「ひどく腹が痛い……」ドアを隔てて、兄がきれぎれに言う。「痛いよう、品琴、すごく痛いんだ」

実際、品琴は今まで兄がこんなふうに泣くのを聞いたことがなかった。声の調子ははじめのうちは高かったが、最後にはどんどん弱まった。

品琴はすっかり慌てた。兄がトイレにいるのに、デスクのうえの電話がとつぜん鳴り出したのだ。ふいに彼女は夢からさめ、受話器を取った。しばらくは相手が何を言っているのか理解できなかった。われに返ると、ようやくそれが自分に死体の確認に来るようにという知らせだということがわかった。

兄の死体がどんなに無残なのものだったか、品琴は僕に言わなかった。ただ致命傷は腹で、腸が体から出ていたと言った。兄は落ちた腸を捧げ持ったまま一キロほど逃げ、最後には出血過多で、夜の田んぼの用水路脇に死体をさらすことになった。朝早く隣のバナナ農家の人がバイクで通りかかったとき、遠くからは静かに道端で眠っているように見えた。朝風が兄の長髪をそよがせていたため、まだ息をしているような錯覚を与えたが、死んだ青白い顔は、結局眠っているように安らかだった。

「お兄さんは一生がんばって、ついにゆっくり休めることになったの。痛みも病気もなくね」朱鳳隊長は品琴に付き添って葬儀場を出たあと、そう彼女に言った。

品琴は涙の半粒も出なかった。彼女はとつぜん自分がすでにこの世界でひとりぼっちなってしまったことに気がついた。泣いても誰にも会えない。彼女の悲しみはもはや着地点を失い、やさしく受け止めてくれる人は誰もいないのだ。

朱鳳隊長が自分に言った言葉が心のなかでこだまする。「あなただって、兄さんがいつか過ちを犯したとき、誰か許してくれる人がいたほうがいいでしょ?」

「その後、君は彼を許したの?」と、僕は訊いた。ただただ品琴の話を長引かせたい、彼女が立ち去らないようにと願ったからだ。

品琴は手を伸ばし、静かにしてという手真似をした。「ええ、許したわ」品琴はそっと言った。「あたし、以前はものすごく恨んでいたの。だってうちの家族は次々とあたしから離れていっちゃうんだもの。どうしてあの人たちで、あたしと関係ない他の人じゃなかったんだろう? あたしは家族といっしょにいられないのだろうか。あたしと家族は……うちの家族全員は、ものすごく強い絆をもっていて、バラバラにされることはできないはず。だけど兄さんがいなくなったとき、もうどんな怒りも役に立たないとわかった。

ただ兄さんの名残りを留めておくことしかできない。あの人にはじめて会ったとき、すぐにほんとうは彼がやったんだと思ったわ。彼はあたしの最後の家族を殺した。そのために彼の体には兄さんの一部が保存されているの。あたしは彼に許すと言ったわ。彼はあたしの新しい家族なのよ」

「僕には理解できない……」僕はそう言うのがやっとだった。「彼は君の兄さんを殺した。君は彼を恨んでいないばかりではなく、新しい兄さんだと思っているってことだね？」

「あなたが理解できないのはあたしたちが小さいころから倫理道徳を教え込まれてきたからよ。だけど倫理道徳の背後には人間に対する差別意識がある。だからあなたはほんとうに愛することはできないの。あなたの愛は永遠に対立する一面を持っていて、愛が傷つけ合いに至ると、つづいて憎しみがやってくる。兄さんが殺されたのはすでに事実なのよ。あたしの目のまえにいるのはこのうえなく後悔している人なの。兄さんが死んだのはすでに事実なのよ。あたしの目のまえにいるこの人は兄を失ったあたしの苦しみの埋め合わせをすることを望んでいる。彼は今、全身全霊をもって懺悔している。だったら、直接兄の替わりをさせないわけにはいかないわ」

品琴はプラスチックの椅子から立ちあがり、唐突に僕に訊いた。「あたしの歌が聞きたい？」

僕がなにも言わないうちに、品琴は歌いはじめた。

品琴は以前、懺悔の詩歌は人の心のうちにある方が口に出すよりも清らかだと言ったことがあったけれど、彼女が自ら歌うのを聴くのはやはり比類ない経験だった。彼女は歌いながら僕の肩をさすった。僕は手を伸ばして彼女の手に触れ、引き止めようと思った。事の真相、つまり彼女はほんとうに懺悔教会長を殺したのかどうかを知りたかった。だが品琴が歌っているあいだ、僕はついに身動きがとれなかった。

「人が死んだあと、あたしはいっそう彼らと親しくなる」まるで僕の考えていることを見透かしたかのように、品琴の話し声が背後から伝わってきたが、歌声はやまない。「死者は空気のなかにいる、食べ物のなかにいる、大小便のなかにいる。死者はどこにでもいるのだ……あたしは彼らを呑みこんで腹に入れ、呼吸で分解することができる。彼らの秘密もあたしの秘密に変わる」

　こうして、品琴は行ってしまった。

　過去のある時期、はっきり何年とは言いきれないが、どのみちその頃の新聞の社会面に載っていた死体の写真には、みなモザイクをかけていなかった。正確な時期を見つけるために、国家図書館に行って年代順に新聞を閲覧したことがある。目にした写真はみんなモザイクがかけられていた。

　僕はずっと自分が記憶違いをしていたのだと思っていたし、「マンデラ効果」〔事実と異なる記憶を不特定多数の人が共有している現象〕のことも考えた。一部の人は、台湾の民国六十年代に、ある女優が実際には出演していないのにある映画に出ていたように記憶している。あるいは商標のスペルが記憶のなかのものといささか異なるときがある。これは未来の人類が過去の事件を修正して作りあげた結果なのだろうか？　あるいは、純粋にただ人類の記憶そのものがあてにならないということなのか？　僕は人為的な要素のほうにより傾く。もともとはモザイクをかけた写真はなかった。後になってすべて新聞社によってモザイクがほどこされ、国家図書館に収められて、歴史が捏造された。記憶もそれに従って変更させられたのだ。

　思うに、モザイクのかかっていなかった何年間かは、直接表示された死体の写真はきっと人々の心に大きな影響を与えたはずだ。はっきり覚えているのは、ある野良着姿の中年の男の死体が南部の山地で発見されたときのことだ。体には擦り傷があり、死因は両足の筋肉の切断によるものだった。当時この報道記事を書いた記者によれば、足の筋肉をたたき切るのは、昔、いかさま賭博に対して行われた懲罰である。そして足のほうから死者の顔に向かって撮った写真は、死者の死んでも死にきれぬといわんばかりの白眼を斜めから見せていた。僕が目にしたのは、新聞がひとりの若い女性に買われ、彼女が弁当を食べながら、その新聞を読む光景だった。

品琴がいなくなったあと、僕は図書館に戻って、この事件に関するほかの記事を調べ、死んだ中年の男の姓も江であることを知った。僕はこれまで集めた品琴の家族と関係のある文章をひとつひとつデスクのうえに並べた。祖母は心臓病だったから、ニュースにはならなかった。父親の失踪は、ほんとうは家出したあと、債権者に殺されたのかもしれない。母親の交通事故は、簡単な報道しかなかった。兄が殺されたことは……僕は長いあいだ考えて、これまで思いつかなかったふたつのことに気がついた。

第一、品琴はこれまで一度も祖父の死因について話したことがない。もしかしたら高齢による自然死だったのかもしれないが、品琴がいままで話題にしなかったのは、すこぶるおかしい。

第二、品琴の家族のすべての死亡事件のうち、僕にはある種の予感があった。兄の死だけは尋常ではない。兄の死は別の原因によるが、そのほかの家族の死は、あることと直接あるいは間接的に関連していた。

僕は品琴の祖父に猛烈な興味をいだいた。僕にはわかる。これは品琴が僕に残した最後の手がかりなのだ。彼女は僕が自分で物語の結末を探しだすこと、僕が彼女を探しに行くことを望んでいる。

兄を除くと、品琴の家族の死はみんな懺悔教と関係がある。それでネットで資料を調べたら、懺悔神雲会教はすでに解散したということがわかった。なんと周玉斌会長が亡くなったあと、朱鳳という名の会長代理と一部の信徒で会長の葬儀を行ない、その後すぐに懺悔教を解散してしまった、それ以後は杳として声を聞かないというのである。

僕にはわかっている。あらゆる証拠はすでに消滅し、品琴にとっては、彼女の物語はすでに結末に至っているのだ。僕が新聞から得られるものはもうこれ以上ないだろう。僕は新波止場に行くしかない。廃棄船の「冬嶼号」に侵入して、品琴が僕に残したものを見てみるしかなかった。

冬休みの人のいないときを見計らって、僕はバスで新波止場に行った。おりしも黄昏どきで、空の色は品琴の言ったとおり、次第に血のような濃い赤色に変わっていった。見ていると数人の漁民が漁網を片づけて、船を固定している。強烈な台風がやって来るため、港は非常に危険だからすぐに立ち退くようにと僕に忠告してくれた。だが僕は隠れた場所に身をひそめ、彼らが行ってしまうと、こっそり冬嶼号に近づいて、すばやく船倉にもぐりこんだ。

僕の集めた資料によれば、冬嶼号はむかし東部の漁港に長いあいだ停泊していたが、台風の時期には大波のために繋いでいた縄が緩むか切れるかして、勝手に港を離れ、海上を漂うこともあった。冬嶼号は最初は離島への連絡船として使われていたが、維持補修費が高くつくため、結局は廃棄せざるをえなくなった。廃棄手続きと回収の費用も相当の高額になり、主管部門は新波止場に廃棄船を引き取ってもらうしかなかった。

船倉は鉄さびの匂いがした。海の水にゆらされて足元がおぼつかない。さらに奥に入っていくと、椅子やテーブルなど雑多な物が積んである向こうにまっ白な空間が見えた。僕がぼんやり見ていると、つちほこりが残りすくない陽光のなかに舞っている。だが、その小さな空間には一種平穏な、恒久的な安寧感があって、品琴のことを思い出させられた。

どうやらここは死を迎えるにふさわしい場所だ。

「あなたも信徒なの？　はじめて見かける顔だけど」ふいに知らない女性の声が響いた。僕はおどろいて跳びあがった。振りかえると、白衣を着た女性が目に入った。

「僕は……僕は記者というところです」僕はごくりと唾をのんだ。不吉な予感がし、恐怖を感じた。

「記者なの？　心配しないで。記者にはおおぜい会ったことがあるわ。それが私の主な仕事なの。私は朱といいます。朱鳳とよんでくださってけっこうよ。鳳は鳳凰の鳳」

ここで品琴を知っている人と出会うとは思わなかった。はじめて品琴の話に出てくる人物に会った。朱鳳隊長は僕が想像していたのとはちょっと違っていた。見かけはとても若く、悲しげな美しい顔をしていた。彼女は自己紹介をしながら、白衣が汚れるのも厭わず床に座った。

「こんにちは」僕はおそるおそる言った。「あなたのお仕事の詳しい内容を教えていただけますか？」

だが朱鳳は僕にかまわず、光やほこりの舞う小さな空間を見つめているばかりだった。

「私のことを知る必要はありません。ほんとうに書かれる価値があるのは周会長です」朱鳳は言った。「彼は亡くなりました。私はよくわかっています。私たちは過激で異常な団体ではありません。私たちは会長が亡くなったことはわかっていますから、彼が懺悔教神の許に行き、青天と白雲のなかで懺悔の詩歌を歌うことを願っています。それが永遠の快楽です」

「周会長はどんな方だったのですか？」

「すばらしい人でしたよ。とてもとてもすばらしい人だった。もしもあなたの家に小乗仏教を信じている方がおいでになるなら、きっと彼の説法を聞いたことがあるかもしれませんね。周会長は以前は敬虔な仏教徒でした。その他にも……彼の話では、前半生ではいつも騙され裏切られてばかりで、わずかな財産も同郷の友人にすっかり騙しとられたのだそうです。けれども彼は自分の友をけっして恨まず、逆にその人のために恥じたのです。まさにそのとき、彼は懺悔の真義を理解しました。彼は懺悔の神を見ました。それは新しい神で、世のなかのたくさんの罪悪のために存在しています。懺悔の神ゆえに、彼はあらゆる邪悪さと罪は許されるべきだと理解したのです。彼はこのように私たちを教え導きます。理解できますか？ずっと後になるまで、彼は自分を騙したその友人の孫娘の世話を続けるよう、私に言いつけました。私たちはずっと彼ら一家の面倒を見てきました。彼はあの人たちにあんなによくしてやったのに、あのような惨い死に方をしました……私にはわかりません、いったいどうしてなのでしょうか」

朱鳳という女は激しく泣きだした。その泣き声はすぐに波止場付近を見回っている労働者に気づかれるだろう。僕は嵐のまえのおそるべき静けさを感じた。すぐにその場を離れなければならない。僕は船倉を出るまえに、試しに訊いてみた。「懺悔教発祥の場所を見てみたいのですが、周会長さんの生家はどちらか、教えていただけませんか？」

朱鳳がふいに顔をあげた。青白い顔はキラキラ光る涙にあふれていた。彼女はしばらくためらっていた。もう答えてもらえないだろうと思った頃になって、南部に位置するある住所を言った。

これは自分にとっての唯一のチャンスだと知った。僕はずっとニュースを読み、物語を追跡してきたが、もうすぐ最後の真相に近づこうとしている。これは僕が切に求めていた結末なのだろうか？　僕は心臓がドキドキして言葉も出ないくらいだった。ただただ品琴を探し当てて、真実を問い詰めたいと思った。

ますます荒れ狂う大風のなかを、僕は夜行列車に乗って品琴の話に出てくるバナナ畑に向かった。夜の灯りがまばゆく、幽霊の出現を阻んでいる。品琴の家は、保護されたバナナ畑の真んなかにあった。

ここに至って、自分は何を経験しようとしているのか、あるいは何を見ようとしているのか、わからなかったが、ひとつの画面が目のまえに広がっていた。僕は汽車から降り、駅を出ると、歩いて広大な農田をとおり過ぎ、最後に果てしなく一面に広がるバナナ畑にやってきた。垂れさがったバナナの葉を押しのけ、足もとの湿った土と昆虫に極力注意をはらった。朝のかすかな光のなかに、ボロボロになった三合院が見えた。中庭にはコンクリートを打っていない場所がある。僕はおそるおそる近づいた……

「動かないで」

僕は体をこわばらせた。品琴が中央の広間のそとに立って僕を見ている。手は泥だらけで、きつくバナナ収穫用の刀を握りしめ、目には驚きの色があふれていた。

「品琴……」僕はどのように彼女に話そうか思案した。彼女の物語については、最後のちょっとした断片が足りないだけになっていた。そしてこの最後のピースは、どうしても彼女自らが僕に手渡すべきものだ。

「どうしてここがわかったの？」

「冬嶼号で朱鳳に逢ったんだ。彼女から話を聞いた……周玉斌会長の故郷はこの近くだ。僕が思うに、懺悔教が君のお母さんを探しあてるまえから、周会長は君たちの家と深い関係があったんだね」

品琴はおとなしく聴いている。

僕は持っていた荷物のなかから一枚の切り抜きを取り出した。僕が探しあてた最後の解答だ。僕は震えながら品琴に紙切れを差し出した。「僕はずっと社会ニュースを研究していて、様々な事件にマニアックになっているから、こういう特別なものは見たら絶対忘れられないんだ。君は今までおじいさんの死について触れたことがなかった。でも他の家族の訃報のなかから、おじいさんの正体のおよその見当がついた。おばあさんの死亡記事を見つけて、彼女も江という姓だということに気がついた。君の家族は、おじいさん以外みんな江という姓だ。これはどうしてだろう。僕はほんとうにがんばって懺悔教会長が死んだ原因を知った。ただ僕にはわからないのは、君が……話してくれないかな？　僕はどうしても知りたい、知らなきゃならないんだ……」僕の声はしだいに激昂し、もはや耐えられなくなった。僕は秘密の真相を知りたい、最も血なまぐさい事実を知りたい。ひとつのニュース報道がどうして結末のないままでよいだろうか。僕はもっともっと多くのことを知りたい……。

品琴はあいかわらず黙ったままだ。僕のそばに来て、切り抜きを取りあげ、何分間か視線を落としていたが、やがてふっと笑った。

「この切り抜きには、昔、台湾社会を揺るがせた誘拐身代金強奪事件のことが記録されているわ」品琴は読みながら詳しく説明した。「ふたりの男が賭博界の大物を誘拐し、殺害した。身代金は千万元にのぼったが、警察はこの両名を探し出すことができなかった。聞くところによれば、彼らはセンザンコウのように、山林に隠れて行方をくらまし、その後会った者はいないという」

僕はイライラしながら待った。自分でもすでにきわめて真相に近づいていることがわかっている。あとは品琴自らが語ってくれるのを待つだけだ。

「あたしはそのふたりが誰だか知らないわ。だってずっと昔のことだし、ふたりのものらしい写真もないんだもの。でも、おじいさんの話はしてあげてもいいわよ」

品琴の声はそっと結末にいたる道を開いた。

彼女の祖父についての最初の印象はクスノキを彫刻した阿弥陀仏像にまつわっている。祖父は篤く仏教を信じ、家の仏間にその仏像が祭られていた。バナナを収穫するときにはいつも、彼は一句一句念入りに経をとなえた。

「おまえはこれが何という仏様か知っているか?」ときたま祖父は品琴にこう尋ね、そのあとで彼女の耳元でささやいた。「死んだ仏さまさ……ハッハッハ、じゃが、誰もそのことを知らん。品琴、あのな、おまえの父さん母さんはいまだにうやうやしく拝んどるが、何の役にも立ちやせん」

「おじいちゃん、なんでこの仏さまはもう死んでるって知ってるの?」

「ほら、この目は半開きじゃ。それにこのあぐらの姿勢はな、彫刻した人がこういう動作をさせたんで、仏さん自身が意識したことじゃない。あの頃わしは若かった。山へ行ってこの材料を見つけたとき、これは千年の老クスノキの大木だった……」

「そのころ、仏さまはまだ生きていたの?」

祖父は一瞬唖然としたが、すぐにゆっくりと答えた。「そうさ、木のなかにいたときは、仏さまもたぶん生きていたんじゃろ」

品琴は彼のあとについて、広大なバナナ畑のなかをくぐり抜け、作物の状態を調べた。遠くに彼らの住んでいた三合院が見えた。小さいころから今にいたるまで、品琴が一番興味をもっていたのは、三合院の真んなかの空き地をなぜ踏んではいけないのかということだった。

「わしらのものじゃないからじゃよ!」祖父はいつもそう答えながら、品琴の頭をなでた。兄がもうすこしでコンクリート舗装していない泥地を踏みそうになったことがあった。そのとき、父は兄を半殺しの目にあわせ、その後、泥地のまわりには赤い麻縄が張られた。祖父は兄が気を失うまで殴られるのを冷ややかな目で見ていた。そして品琴にむかってうなずいた。彼女にはすぐ、祖父がまた自分を連れて畑の見回りに行こうとしているのだとわかった。

家には年長者から若者までこんなに大勢の人間がいるのに、祖父は品琴だけを連れて畑の見回りに行きたがった。祖父はコソ泥にバナナを盗まれないためだと言うのだが、品琴は気がついていた。見慣れない人がバナナ畑を通りかかったとしても、みなバナナの木など見向きもせず、三合院前の空き地から目を離さなかった。

兄があの空き地を踏みそうになったのは、実はわざとだった。ああした通りがかりの人が家人のいないすきをねらって、兄に百元やり、あの場所を踏んでみさせたのである。その結果が思いがけないほど深刻なものだったので、そういう人たちがその後もっとお金を足して再びやらせようとしても、兄はもうやりたがらなかった。

こうした他所から来た見慣れない人のうち、ひとりだけおじいさんと話をした人がいた。彼らの話しぶりは古い知り合いのようであったが、雰囲気は恐ろしいほど重苦しかった。ふたりは明らかに長いあいだの知り合いらしいのに、祖父はいつもその人を「老醜（ラオチョウ）」〔チョウさん〕と呼んだ。

「君のおじいさんの訛がひどかったんじゃないの？　ほんとうは「老周（ラオジョウ）」〔ジョウさん〕と言おうしたんじゃないのかな？」僕は品琴の話をさえぎった。「彼らこそ誘拐身代金強奪事件の犯人だよ。きっとそうだ」

品琴はかぶりを振り、僕の言ったことなど聞こえなかったかのように話をつづけた。品琴が物心ついて以来、チョウさんはしばしば祖父と話をしに来たが、最後にはいつも気まずく別れた。そしてある日から、チョウさんは来なくなった。品琴が朝起きると、祖父があの囲いをした空き地に立っているのが見えた。肌脱ぎになってシャベルで土を掘り起こしている。

「おじいちゃん、何してるの?」

「地雷を埋めてるんだよ」祖父の笑顔は不思議な感じがした。彼は地面を掘りながら、くりかえし言った。「ハッハッハ! 地雷を埋めているんだ。誰がわしの金を掘りに来られるものか。わしの金だぞ……」

祖父はある種の狂気の境地に落ち込んで抜け出せないでいるかのようだった。毎日その土地を掘るようになり、十五センチくらいの深さまで掘ると、また土を埋め戻す。何度も何度もくりかえし、朝から晩まで、やめなかった。

ある晩、品琴が部屋で眠っていると、祖父がひっきりなしにぶつぶつつぶやきながら鶴嘴を振り下ろしている音が聞こえた。その後つづいて巨大な爆発音がした。それは闇夜も引き裂けんばかりだった。

品琴はなぜかぐっすりと眠りこけている祖母の懐のなかからもがき出て、家のそとに出た。三合院の真んなかの土地に、なんと一本の高いバナナの木が立っているではないか。およそ十メートルはあるだろう。まだ熟していないバナナの実が青い光を放ち、夜の闇をぼんやりと照らしていた。祖父はこの時そのなかの一枚の葉のうえに座り、品琴に向かって合掌しながら微笑んだ。

「おじいちゃん、あたしも上りたい」品琴が手を伸ばし、抱いてくれとせがんだが、祖父はあいかわらずにこにこしているだけで何も答えなかった。

「おじいちゃん、それなら、あたしのところまで下りてきてよ」品琴が言い終わったとたん、祖父がさっと木から飛び降りた。しかし地面までは落ちてこず、一本の赤い麻縄が祖父の首にまきついて、宙づりになった。祖父は微笑みながら合掌している姿勢で、そのまま寒い夜空にゆらゆらと揺れていた。

品琴は家族の驚きあわてたようなひそひそ声のなかで目を覚ました。この時祖母はもうベッドのうえにはいなかった。品琴が家の外に飛びだすと、祖父が三合院の倉庫のドアノブのあたりでぐったりしているのが見えた。空き地を囲っていた赤い麻縄で自分の首を絞めたのだ。

「あの人がこんなことするはずはない……こんなことするはずないよう……」品琴の耳に祖母の泣き叫ぶ声が聞こえた。「あの人がなんで自殺なんかするもんか？ そんなことあるはずがない」

父親だけが厳粛な顔をしていた。品琴の母親に祖母を支えて家に入るように言うと、自分は死んだ父親の縄を解いて下ろし、警察に電話をかけた。それから家族全員で暗く光のない仏間に戻って待機した。「親父は自殺したんだ。今後よその人にはそう言うんだぞ」品琴の父は家族全員に言いわたした。「三合院の真んなかの空き地には二度と足を踏み入れてはならんし、話題にしてもいかん。このことはなかったことにするんだ、わかったな？」仏壇に納めてある阿弥陀仏像が闇のなかで品琴と向かいあい、悲しみを溢れさせている。品琴はチョウさんのことを思い出し、もしまた誰かこの土地を見に来たがったらどうするのと訊いた。

「勝手に入らせておけばいいさ」父親は笑ったが、目つきはこのうえなく冷たかった。「そいつらが踏み込んだらな、品琴、こう言うんだ。下に地雷が埋まっている、そのまま罰として立ってるか、そこから動いて、生きたまま爆死するか、どっちかだって」

幼かったときにしろ、大人になっている今の品琴にしろ、「罰として立つ」という言葉には笑ってしまう。

だが、僕は恐ろしさに全身冷や汗だった。

「あなた、足のしたがおかしいのに気がつかない？」品琴がおだやかに言った。「あなたは今、あたしが植えたバナナの木みたい」

「信じられない……」僕はふるえていた。足を動かそうとしたが、できなかった。僕は恐ろしくなった。もし品琴の話がほんとうだったらどうしよう？　はじめて品琴に出会ったときから、彼女の話には半信半疑だった。僕は真相を追究するためにここへ来たのだし、品琴にしても僕を騙す理由はない。僕はどうしたらいいのだろう？　僕は死ぬのだろうか？

品琴の声はこのうえなく優しかった。「あなたには真相が必要で、秘密が知りたいと言うなら、話してあげる。どのみちあなたも生きてはいられないんだから……うちのおじいさんは身代金を全部横取りして、仲間の追っ手を避けるために南部にきてバナナ栽培をはじめたの。そのころ南部の山地にはまだ所有者の決まっていない土地がたくさんあった。おじいさんは他人のところで農作業をしていたとき、毎日こっそり、すこしずつ泥を主のいない土地に移したの。ちりも積もれば山となるで、やがて広い肥沃な黒土の土地になったわ。おじいさんは勝手にその土地を自分のものにして、住み着いた。家を建て、莫大な身代金をその一角に埋めた。そうして三十余年が過ぎた。ところが思いがけないことに、三十年後に林務局が調査を行ない、うちの土地は国家の土地だから、六十年前の航空写真か賃貸契約書、水道電気代納入書が必要だと言い出したの。うちのどこにそんなものがあるというの……」品琴はひと息入れ、僕に笑いかけながら言った。「そのころ、三十年前におじいさんに裏切られた仲間がとつぜんうちにやってきたの。その人はとっくに、おじいさんが奪った土地がずっと山に住んでいたある原住民のものだということを聞いていた。彼は安いお金で原住民からその土地を買い取り、契約書や経費の領収書などの書類も手に入れておいてから、彼らから土地を買い戻せば、すべてがやりやすいと、おじいさんに言ったの。おじいさんは長年かかって貯めた血と汗のにじむようなお金で彼らから土地を買い、それからあなたに話したように、未登記の土地を買った。二度目に登記しようとしたとき、相手はもうすこし金を出せと要求してきたの。おじいさんはものすごく怒った。その土地こそ身代金を埋めた場所だったのよ。このことはおじいさんが死ぬまで揉めつづけたわ。おじいさんはこの面目ない過去について誰にも話したことはなかったし、わが家のものではない土地を踏むことも許さなかった……前に話したとおり、うちの一家は深い絆で結ばれていて、バラバラにはできないの。あたしたちは全員が深い罪を背負っていて、おじいさんのときからずっと、空き地の秘密をまもってきた。あたしたちは罪深いのよ」

　品琴が鼻をすすった。台風が来そうだ。僕には雨の匂いさえ嗅ぎとれた。

「そういうことだから、わかった？　自分では何もしていなくても、あたしにも罪があるの。あたしがどんなに懺悔しても、血のなかの穢れは洗い流しようがないのよ」品琴は薄暗い広間に入ってしまい、二度と僕の呼び声をかまいつけなかった。

　その後、僕は体の感覚を失った。全身全霊を傾けてひたすら足のしびれに耐え、立ちつづけた。太陽が沈むのが見えた。一面血のように赤い夕暮れだ。僕は品琴の名前を呼んだものの、一方では振動で地雷が爆発するのではないかと恐ろしかった。一度ならず、なぜ品琴の言葉を信じるのか自問した。ほんとうに地雷が埋まっているのだろうか？　今でもなお地雷などというものが存在するのだろうか？　ひょっとしたら年数が立ちすぎてすでに効力を失っているのではないだろうか？　だが、僕は冒険をする勇気はなかった。品琴が人を殺したことは、わかっている。僕は深夜の厳しい寒さのなかでぶるぶる震えていた。どんなことがあっても倒れたり、半歩でも動いたりするわけにはいかない。品琴は人を殺したことがあるのだ。彼女にとっては僕など取るに足りない……

これはただの最初の一日にすぎなかった。

僕の意識が朦朧となっているあいだに、品琴はきっと何か飲ませ食べさせてくれたにちがいない。だが僕はほとんど覚えていない。彼女は僕に変な質問をした。生と死に関する大問題である。彼女は心を尽くして僕の世話をしてくれながら、一方でこう訊いたのだ。まるでうまく答えられたら、助けてやろうとでもいうように。

「あなたは私たちがこの世界に生きていることにどんな意義があると思う？　あなたの意義は何？　あなたはなんで生きていく価値があるの？　教えてくれない？」

僕は頭を振った。ほとんどすすり泣きに近かった。「僕にはわからない、ごめん……僕は君のことを探るべきじゃなかった。ただ好奇心から……」

「そんなつまらないこと言わないで。あなたは生きていることで世のなかのどんな役に立っているのだか教えてよ」

「役に立ってない。役になんか立ってないんだよ！」僕は泣き叫んだ。「僕は食べて排泄しているだけだ。僕は人間として生きている価値もない。僕たちはいつも傷つけあってもいる。私利私欲から、単細胞の人を見ればすぐめちゃくちゃにしてやろう、騙して痛めつけてやろうと考え、つかの間の快楽を得ている。ただこんなふうに生きているだけ。僕たちが生きているのはただ自分のためだけで、はじめからなんの意義もないのさ！」

もしかしたら僕の錯覚かもしれないが、品琴の幼げな顔に深い悲しみが閃き、かぎりなく失望したとでもいうように、「そうなの」と言って、家のなかへ戻っていった。

僕は雨の匂いを嗅ぎとった。口を開けると、空から豆ほどもある雨粒が落ちてきた。

翌日の夕方、バナナの葉が雨風に打たれてパタパタと音をたてた。品琴は入り口の敷居に座って僕を見ていた。

「助けてくれ」僕はしゃがれ声で言った。

「地雷なんかないわよ」彼女はぶっきらぼうに言った。「もしあったら、あたしがこんな近くに寄るわけないでしょ？」

僕はふたたび泣き出した。

「はじめから地雷なんかないのよ。あなたはどうして立ち去ろうとしないの？」

僕は激しく泣いた。僕にはわからなかった。

「あなたねえ、真実とまぼろしの区別ができないの？」

僕はやはり頭を振った。僕はこれまで真実に、自分が認めた真実にこだわってきた。しかし人類の記憶はあまり正確ではない。だから創作した真実にも幻影の要素がたっぷり入っている。僕はこれらの考えを言葉にして彼女に伝えようとしたが、体はゆらゆらして今にも倒れそうだし、舌は疲れてもつれ、まったく口がきけなかった。

「何が真実なの？　それに何がまぼろしなの？」

僕は目を閉じて、落ちつこうと努めた。もう三十時間以上も立ちつづけている。尿がズボンに浸みとおり、下半身の感覚はほとんどない。骨盤から伝わってくる引きつるような痛みだけが、自分がまだ立ちつづけているということを思いださせてくれる。

僕には答えられなかった。品琴は僕の目のまえにひと晩じゅう座っていた。

朝になると、彼女はまずバナナ畑を見回りに行った。その後鮮やかな黄色の果実の大きな房を持って戻ってきて、それを戸口のところに置いた。何か考えるところがあるようだった。

「あなたはなんで死ぬことを恐れるの？」彼女が訊いた。「苦痛のことを考えなければ、それは肉体のなかを逃げまどう、いく筋かの電流に過ぎないわ。痛いからってどうなの？　死ぬってなんておもしろい謎なんでしょう。どんな代償でも払う価値があるわ」

このとき、僕はすで麻痺していた。「僕が恐れる理由は君と同じだ」僕は火の消えた灰のような顔で品琴を見た。彼女の眼に動揺が見えた。

「あたしを信用してくれるなら、そこを退（ど）いてもいいわよ」品琴は弱々しげに言った。

「どうやって退くんだよ？　地雷のうえに立っているんだぜ。退けるもんか！」

僕の体内には日没寸前の夕映えのような炎が燃えあがり、自分でも次第に激昂してきた。と同時に品琴に悟られてはならないような恐怖も感じた。彼女はすこぶる鋭敏な狩人だ。もし僕が無意識に恐怖感を漏らしたなら、それがどんなにかすかであっても、以後、絶対に見下すようになるだろう。

僕の足の震えはもう抑えがきかなくなっていた。

死ぬってなんておもしろい謎なんでしょう。どんな代償でも払う価値があるわ。僕の脳裏に品琴の言葉がひらめいた。ほんとうの悲劇は往々にして笑いの要素を帯びているものよ、うふふ。

品琴はそのまま打ち捨てて、家のなかに入ってしまった。影のようにつきそう恐怖に僕がひとりで立ち向かうよう、残したまま。ふと気がつくと、台風がほんとうにやってきていた。水を灌ぐような大雨が、臭いのする襟もとに入り込む。僕は無感動に、雨水が足元の地面を洗い流す様子を見つめていた。水の表面で泥と落ち葉がくるくる回っている。頭が割れるように痛み、全身の骨が激しく音を立てていた。遠くの靄におおわれた山の稜線を望むと、灰色の雲が旋回して不思議な光景を作り出していた。ちょうどそのとき、僕は見たのである。

巨大な神霊が山の別の一端から徐々に登ってきた。まるでもう一座の高い山がゆっくりと地面から立ち上ったかのようだ。

僕はぽかんとして見つめていた。内心に涌き起こった恐怖はすさまじいものだった。

「品琴！」僕は狂ったように叫んだ。「品琴！　早く出てきて見てごらん！　君の懺悔の神だよ！　僕には見えたよ、早く出てきてご覧よ！」

僕には自分が意識を失うであろうことが意識された。もはや立っていられなくなった。品琴が戸の内側から僕を迎え、抱きとめてくれた。僕は温かな闇のなかに落ちた。

ある意味からすると、僕はたしかに自分で物語の最後にたどり着いた。僕と品琴は台風が過ぎさるのを待って、最後の何日か三合院にいた。僕たちにはもう結末が訪れることがわかっていた。空き地に面した家の広間に、暗い色調の木の仏像が一体奉られている。なすこともない時間のうちに、僕はしばしば仏像の目を見つめたが、それがほかの仏像とどんな違いがあるのかわからなかった。

僕にはひとつだけ疑問が残った。単刀直入に品琴に訊いた。

「なぜ僕なんだい？」

「えっ、何のこと？」

「君はなぜ、よりにもよって僕の車にぶつかってきたんだい？」

品琴はうつむいて考えこんでいたが、最後に笑いながら言った。「わからないわ。これは唯一あたしにわからないことなの。あたしはただあそこを通りがかっただけよ」

懐中電灯の光がだんだんと暗くなった。電気がなくなったのだ。品琴はベッドのしたから蠟燭を取り出して火をつけた。

光がゆらめくうち、外の雨風が次第に強くなった。

空が急に暗くなった。品琴にはなじみの黄昏時の景色でありながら、彼女はそれを目にしたとたん悪魔に魅入られたようになり、台所の水桶のなかから一丁のバナナ収穫用の刀を取り出した。僕は背筋も凍る想いだった。彼女はしばらく考えたあとで、僕にも一丁、鉈をよこして言った。「やっぱりあのことをしに行かなくちゃあ」僕たちはすぐに雨のなかに飛び出し、ぬかるみを渡って、荒れはて、つる草のはびこった広大なバナナ畑に分け入った。このときの畑いっぱいの、枯れてボロボロになったバナナの木は数えようもなかったが、遠目には直立しているひとりひとりの人間のようでもあった。無表情で、とろんとして僕たちを取り囲んでいる。品琴は手を目に見えない鮮血だらけにして、雨水のしたたり落ちる例のバナナ収穫用の刀を振りあげると、サッと振りおろし、殺戮をおこなって、包囲網を突破した！　自分だけの未来を切り開こうとしている……僕は滂沱たる大雨のなかでしばしあっけにとられていたが、すぐに自分もいっしょにめちゃめちゃに叩き切りはじめ、息が上がるまで続けた。このとき、品琴の言葉を思いだした。いわく、ほんとうの悲劇はいずれにせよ笑うべき要素を持っている。品琴の激情に歪んで彼女とは思えないような顔を見ながら、僕はこう言おうと思った。泣くも笑うも、それこそが人生なのだよと。

戴美楽嬢の婚礼

王定国

王定国（おう・ていこく、ワン・ティンクオ）
一九五四年生まれ。長篇小説に『敵の桜（敵人的櫻花）』、短篇小説集に『暗闇で瞬く者（誰在暗中眨眼睛）』などがある。中国時報文学賞や聯合報小説賞の受賞歴がある。
「戴美楽嬢の婚礼（戴美樂小姐的婚禮）」◉初出＝『印刻文學生活誌』第一五六期（二〇一六年八月）　使用テキスト＝『戴美樂小姐的婚禮』（印刻出版、二〇一六）所収のもの彼女はとても細やかに直観がはたらく。
昏睡状態の病人にはありえそうにないのだが、夫婦だからこそ、闇のなかでもわかる。まぶたが針でさされでもしたように細かくふるえている。目を覚ますのだろう。

1

われわれは今、名前を討議中だ。どの女の子も源氏名をもっている。俺はノートの名簿を彼女に見せて、えらばせた。米印があるのは使ってよし。ないのは、その人間がまだ辞めてないということだ。

彼女は言った。自分の名前を使っちゃいけませんか？　それでまた俺はあっけにとられてしまった。

彼女が入ってきてからまだ三十分もたっていないのだが、俺には皆目、見当がつかなかった。とても本気で応募してきたとは思えない。容姿はまあふつうにきれいで、受ける感じも今にも咲きそうなつぼみというだけだ。けれどもその顔は見るからにあどけなく、まるでなにも悪いことはしていないのに押されて入ってきてしまったみたいなのだ。

本名でも平気だなんて。ま、それならそれでいいか。以前、本名を使っていた娘がいた。はじめはお互い無事にすんでいたが、逮捕されたとなると、周りは身をかわす暇もない。親戚友人はすぐにネットにさらされ、最後にはとうぜん俺のところまでとばっちりがきた。かなりの時間をかけてようやくなんとか収まったが。

もちろん俺も彼女を脅すわけにはいかない。一番いいのは後で何も起こらないことだ。源氏名をつけるのは、便宜上のことだ。そうでないと、今の親たちは学があるところを見せようとして、名前をつけるときみんな難しい漢字を使う。読むときはしかたがないから適当に読むが、客が名前がきれいだとほめるのを聞いたことがない。符丁でいいのだ。買うほうも買われるほうも魂のためにやっているわけではない。

源氏名をつけることの長所を説明するだけで十分も使ってしまった。

「帰って考えてみます」と彼女は言った。どうやら本名を使わないと困るらしい。

次はもちろん給料の相談だ。値段を決めるのは一種の学問だ。客は並ランクの値段は選びにくい。高くないが、安くもない。想像力でもののよしあしを判断するのは難しいものだ。肉屋で豚肉を買うようなわけにはいかない。あれはどの部位にも伝統的に決まった適正価格というものがあるのだから。だが最低価格にしておけば、文句は言われない。人によっては選り好みなどせず、一発は一発。ほんとうはカモられても、うまいことやったような気になっている。

俺は逆に高くつけるほうが好みだ。これもこの稼業をやる際のちっぽけな誇りなのである。客にお宝をさしだすまえは、どうしてもまず大げさに吹聴する必要がある。俺の唯一の長所もこの時にいかんなく発揮される。通常、自分の人生では求めがたいほどの高評価を、傘下にいるまぼろしの女性たちにあてはめてひとしきり吹きまくり、その後で軽い喪失感を示す。金のある客はみんなこれにひっかかる。三杯も腹に入れると、酒の勢いがちょうど丹田〔へその下〕に送り込まれる。この時になって男が男になりたくないというなら、なんでそいつがスーツ姿で女漁りをしているのか、俺にはわけがわからない。

俺はこの戴美楽（ダイ・メイロー）嬢に二本の指を出して見せた。

彼女が顔を近づけた。と、長い髪がサラリとおちて、目を半分かくした。まるでかくれんぼでもしているのように射し込む光を見ている。なんてきれいなんだ。ただの清浄な顔というだけではない。どこかの天使がその柔和な目を借りているのにちがいない。しかし、俺が指を二本出したのも、けっこう強気だったのだ。そうでなければ彼女の顔はいいとこ八千くらい。どんなに凄腕でもそれはベッドに入ったあとの話だ。客はメシを喰いながら顔で選ぶ。酒席の灯りだとよく見えるから、そばかすひとつで少なくとも五千元は差し引かれる。

「二万？　そんなにたくさんですか？」彼女は髪をうしろに戻し、足を組んだ。

俺は断られたら困ると思って、こんな大博打をうった。意外にも本人は多すぎると思っているらしい。思ったとおりやっぱり世間知らずの女の子だ。女の体に値段をつけるというのは陶器を作るようなものかもしれない。同じように二本の手を用いても、ある人は小さな瓶をひねり出しただけで十万で売れ、ある人はでっかい水がめを焼いても数千にしかならない。

体の価値というのは作りあげるものだ。彼女などは最初からその素質を持っている。脂粉の香りがなくて、創造の余地が大きい。そのうえ声がいい。というより、聞いていて実に耳に心地よい。まるで四十年も前に母が俺を寝かしつけたときの声のようだ。低く抑えたあとに澄んだひびきがあって、柔らかな音色の鈴のようだ。聞いているうちにどんどん遠ざかっていく。体がゆっくりと起きあがり、それから暖かな風に乗ってゆっくりと漂うのである。

もちろんこの稼業は感情で物事を進めてはいけない。まして俺は痛い目にあったことがあるのだ。以前、ひとりの女神が応募してきた。どのくらいきれいか言おうとするのは、口や舌の無駄づかいだ。整形美女など目ではない。その顔はポスターに印刷されているかのようだった。そうでなければ、前世で線香をあげたので、ようやく俺の夢の中に出てきてくれたというところ。俺はひと目見たとたんあっけにとられた。彼女が部屋をまちがえたのかと思った。腰を下ろすと、白い両足で胸元が隠れてしまったが、斜めに伸ばしたときに、やっとなまめかしい腰つきが見えた。彼女の体はひとつの美しい景色と言うしかない。俺はすぐに先物取引屋の蔡のことを思い出した。彼のもとめる規格を満たすために、俺はあちこちの美女麗人を尋ねあるいたが、思いがけなく彼女がこの一瞬に絵から出てきてくれた。それなら俺は何を言うことがあろう。とうぜん彼女の体のチェックはいい加減でろくすっぽ見もしなかった。すぐに、電話番号などを残していって俺の通知を待つようにと言った。帰りぎわに、彼女が急な物入りのため十万ほど前借りしたいと言いだした。父、母、妹の一家四人みんな病気だという。それならあたりまえだ、焦らないほうがおかしい。さもなければ、こんな女神さまが俺のようならぶれた男のところへなどおいでになるものか？

結果として、先物取引屋の蔡は用心棒を通して電話をよこし、こっぴどく罵った。彼女のでっかい乳房は廃廟にともした灯籠が風に揺れるようなものだったし、臍はまるで台風の目さながらにしわが広がっていた。続けて唾もなくなるほど文句を言った。チクショウめ、何だ、あれは……。

そんな教訓があったから、彼女に二万払う価値があるかないかは別にして、無料で客への歳暮にするとしても、最低限の業界のきまりだけは守らなければならない。つまり彼女はまず服を脱いでチェックを受けなければならないということだ。どこかに生まれつきの傷があるかもしれない。まして一般的にはまずモノを試してから値段を決めるのが普通だ。俺のように順序を逆にしている者は、実はもうあまりいない。

だが、どう口火を切ったらよいものやら。このメシを喰うようになってもうじき五年になるが、こんなにやりにくかったことはない。それもこれも彼女がこんな白くてほっそりしていて、まるで手を触れてはいけない玉の観音様みたいだからだ。勝手に触ったら、汚れてしまいそうだ。

「それじゃあ、美楽さん、話しあいがつきましたので、差しつかえなかったら……」

「はい、ちゃんと聞いています」

「ご面倒ですが、上を見るだけでいいですから」

ほんとうに言い方が難しい。俺は上着をひっぱって、まねをしてみせた。

「今ですか？　今、服を脱げと言うんですか？」

「申し訳ないが、差しつかえなかったら……」

「あたし、もともとそのつもりで来たんです」

言いおわらないうちに、彼女はもう立ちあがっていた。

*

戴美楽嬢はどうしても譲らなかった。

俺はふたつの名前を選んで、どちらかにするように言った。ひとつは紗美、ひとつは凝花だ。

そして説得した。ほら神秘的だろ。音のひびきもいいし。気に入らなければ変えていいんだよ。

あたしはほんとうのほうが好きなんです。彼女は電話のむこうでそう言った。

どのみち俺も最善は尽くした。まるで彼女をあやして学校にいかせるみたいだった。始めるに当たり、一番困るのはこういう新米がとつぜん気を変えて前言をくつがえすことだ。

宴席はホテルの二階に予約した。今回、招いた多くは靴業界の同好者だ。六人の重要人物がテーブルの半分の席を囲み、他の半分はうちのお嬢さんたちで満席にした。今のところは男女に分かれて座るのが最良のやり方だ。最後に、誰と誰がくっつくかは決まってはいない。最初から男女交互に座ったら、途中で相手を替えたくなったとき、ちょっと具合の悪いことになる。まして男にはみんな悪い癖がある。途中で隣の女にちょっかいを出すなんてことにもなりかねない。もしもただでつまみ食いしておいて、追加の金を払わないなんてやつがいたら困る。テーブルの両側に分けるのは他にもいいことがある。彼らを同じテーブルに座らせると、却って学生時代のあのいたずらっぽい快感が得られるのだ。目だけで人をいびり、長く見つめているあいだに、とうぜんエロ話や女遊びの話がはじまる。目で女に悪ふざけをしかけ、うまくいかなければ馴れ馴れしくみだらな笑いをうかべる。そのうちに誰かが率先してヤジをとばす。たがいに礼儀正しく譲りあいながらも、一方では避けあっているようでもある。その実、心のなかでは今夜どの娘と楽しくやるか、とっくに目をつけているのだ。

戴美楽嬢は初日なので、最後に入ってくるように決めた。彼女に二百元を渡し、一階でコーヒーを飲みながら待つように言った。大勢のなかでひとりを際立たせるにはこうするものだ。男は野球を見てこの要領をよく知っている。重要な投手が登場するとき、コーチはみんなマウンドに立って彼を待つ。その何秒間かの奥義が実は全球場の注目と拍手を迎えるためのものなのだ。こうした技量は誰にとっても有利だ。スターがこんなふうに遅れてやってこなかったら、クライマックスはつくれない。

それで、俺はまず先に傍にいる五人の女の子たちを紹介した。この種の場面は懇親会に似ている。あまり重々しすぎてもうそっぽいし、軽すぎても良い値で売れないから、程よくなければいけない。何という名前だとか、どこの出身だとか、暇なときはどんなことをして過ごしているかなどの類（たぐい）だ。俺が話しおわったら、彼女たちは自分たちで手腕を発揮しなければならない。憐れなふりをするもよし、お高くとまって恥じらいをみせるもよし。それぞれが腕によりをかけているあいだに目標を定める。向かい側からすでにこっそり秋波を送ってきている男がいるのに、自分はまだやたらに魅惑の目をあちこちに向けているというのでは、話にならない。それでは、まるで蠅ではないか？

話が変なほうへ行ってしまった。何（ホー）社長、どうぞ一献。お電話するとき、それはそれは緊張しましたよ。周（チョウ）社長にも一献。先月おうかがいしたのですが、秘書さんのお話ではスペインに行かれていたとか。さ、君たちにも一献。寒梅（ハンメイ）、まず君に。右側の方が郭（グオ）さんだよ。

料理はみんな揃った。美楽嬢はもちろんまだ入ってこない。このとき、俺は彼らにあいさつをして席を立った。携帯を手にもしもしと言いながら個室を飛びだす。ところが廊下の張り出しになったところに来ると、彼女の姿が見えた。まだ一階ホールのコーヒー・コーナーにつくねんと座っている。雑誌を手にしているのだろう。深淵にでも落ちたかのような、あの憐れな様子でなかったら、彼女だとわからなかったかもしれない。

俺は下へ降りるのも面倒になった。携帯というやつはやっぱり便利だ。彼女ははいはいとふたつ返事をすると、案のじょう、顔をあげて俺を見た。彼女がレジへ支払いに行く段になって、俺はようやく今晩この花が誰の手に落ちるかまだ決まっていないことを思い出した。ふつうは早く意思表示をした順に決まるのだが、それがまた難しいところだ。時には客が気に入っても女の子がありがたく思わず、急にもったいをつけることがよくある。相手がデブなのでいやだというのだ。さもなければ後ろで俺にゲエッというような仕草をしてみせる。あの卑猥な顔つきががまんできないという。たしかにそのとおり。金のあるやつはたいていこの種の人間だ。だが世のなかでほかにそう簡単に金を稼げる手があるものか。ああいう毛むくじゃらの連中を生娘がいやがるのはもっともで、俺みたいな人間だって吐き気がする。

だから俺は心配なのだ。戴美楽嬢は今夜のハイライトだ。電話で客たちに知らせるとき、彼らの気を引くために俺はあることないことをしゃべった。彼らはその新鮮さに惹かれてやってきたのだ。万一彼女がどの客も気に入らなかったら、このお得意さんたちは今後俺からの電話に出ることさえしなくなるだろう。

彼女を連れて個室に入ろうという段になって、ふと彼女をドア灯の外で待たせておくことに決めた。中ではすでになまめかしい声が飛び交っている。俺はドアを開けてしばらく黙っていた。彼らが振り向いたとき、案のじょう、部屋じゅうが静まりかえった。そこで俺は薄暗い廊下に向かって言った。何を恥ずかしがっているんだ。取って食われるわけじゃない。早く入ってきなさい。

美楽はこうしてハンドバッグを両手でつかみながら姿を現した。体を斜めにしてうつむき、恥ずかしそうに俺の後ろに隠れている。そのあとは体を片寄せるようにして歩いた。猫のようにすばしこくて静かだ。俺の後で席に座るとき、顔を三分ほどあげ、ちょうどテーブルの上のロブスターの飛び出た目玉と目が合った。

テーブルのあいだで消えそうになっていた余熱が、ようやくまた熱くなりはじめた。ただあの種の軽薄な、うまいことをしてやろうという言葉はなくなり、あっという間に空気が薄くなった。何人かの重要人物はちょっと咳払いしたあと、語尾をにごした。このとき、俺と親しい許（シュー）常務理事がこの苦境を救ってくれた。ごくりと空気を呑みこんで言ったのである。「おお。われわれみんな、あんたのことを待っていたんだよ。何という名前かね……？」

「戴美楽です」彼女は胸を張って答えた。

俺の言うことを聞いて、紗美とか凝花とかにすればよかったのに。この空気だ。

案のじょう、みんながあっけにとられた。急に近所の人がかけつけてきたかのように、驚きうろたえている。

「さあ、まず何か食べなさい。それから罰として皆さんひとりひとりと乾杯するんだよ」

許常務理事が言いおわると、彼女が俺のほうに身を寄せて耳もとで言った。今さっき、パンを食べたばかりなんです。

「ええっ？　君はこれ以上まだダイエットしなきゃならないの？」俺はしかたがないからそうあいづちをうってわざとみんなに聞かせ、さらに彼女の皿に料理を取ってやった。このときすでに俺は、彼らが固唾をのんで待ちうけているのを嗅ぎとっていた。何人かの女の子が彼女に替わって酒を注いだ。大きなシャンデリアが彼女の箸の上にある黒いナマコを照らしている。まるで一万の人が彼女がいつそのしっとりした唇を開くかと待ちかまえているかのようだ。

今は俺がチャンネルを変えて話をすべき時だ。その場の雰囲気はすでに決まった。あとは彼らがどうやって失われた霊魂のもう片方を見つけだすかだ。俺は深入りしないほうがいい。それでこそ針に糸を通すのがいかに重要な芸術かということがわかる。そうでなければ、なんでいろんな物事に、人の足元をみてつけ入る腕前が求められるものか。

この春色漂う垂涎の時に、俺はただ笑い話をはじめた。ある老夫人がはじめてアダルトビデオを見た。

男がずっと頭を女の股のあいだに埋めたきりなのに気がつき、見おえないうちから大声で罵った。この老いぼれが！　男にはこんなことができるなんて、あんたは一度も言ったことがないじゃないの……。

誰も聞いていなかった。それもけっこうなことだ。もう一種類料理が出るころには、おそらくペアができているだろう。俺は今夜ひと口目の料理を口に押しこんだ。と、ついに中国で会社を経営している台湾の商人が、自分の隣の席の背後から俺に指を丸めて見せているのに気がついた。おお、ついに値をつけるやつが出たぞ。惜しいことに、なんでやつなんだ？　三角形の目に、鼻はまるで潰したニンニクのよう。顔の皮膚は痘痕（あばた）のようにざらざら。ほんとうはやつには寒梅をくっつけようと思っていたのに、こんな心得違いをしてくるとは。

美楽嬢の許容範囲がどの程度だかわからないが、もし金に目がくらんでいたならどうだろう？　俺はとっさに心を鬼にして、五本の指を全部開いて彼にみせた。危険をさけるために、こうやって高値を付けておいて競争入札を避けるのもいい方法だ。彼が高すぎると思ったってかまわない。どのみち親しい間柄ではない。許常務が連れてきたのである。こんな醜男は花柳街をぶらついていればいいんだ。こんな高級ホテルに来るなんて、鏡が恐ろしくないのか？

意外や意外、やつは平気でOKという手つきをしてきた。拳（こぶし）を出したあと、親指までつきだした。まるで俺と署名捺印をかわしたかのようだ。俺はすごく焦ってしまった。こいつは面倒なことになるぞ。実際やつに言いたかった。これはもう金の問題じゃない。美楽嬢の一生涯の悪夢だ……。

俺はこっそり彼女の横顔を見た。彼女は郭というやつに返杯しながら社交辞令を述べている。よっぽど彼女の太股をつついてどうするつもりなのか訊いてみようと思ったが、変な意味にとられて大声をあげられたら困る。スカートは超ミニで、まっ白な足にはストッキングも穿いていない。理屈からいえば、こうした場ではちゃんとした服装、少なくとも淑女らしいロングスカートか、膝が隠れるものを穿いてくるべきだ。田舎者がこんな大胆なはずはないが、かと言って街角での経験が豊富で、人間性に深く通じているふうにも見えない。正直、これには俺も参った。このまま他の五人がこの初物の線香を奪い合うのを待つか、それとも適当にこの三角眼で手を打ってしまおうか？　俺がせっかく彼女は今夜はじめてこの商売に入るのだと言った甲斐もなく、こんなにいい加減にこんなやつに踏みつけにされることになるとは、思ってもみなかった。

二万というのが俺と美楽嬢との取り決めだ。とつぜん五万に跳ねあがったのはもちろんけっこうなことだが、俺と彼女とは暗黙の了解ができるほど親しくはない。いったい彼女は人を選ぶのか、それとも金を選ぶのか。俺が言えばことがすむのだろうか？　いったんこの部屋を出たら、とりつく島はない。

すると思いがけないことに、許常務理事がグラスを上げて言った。「さあ、今夜の誕生祝いの主人公は大物だ。こちらの廈門（アモイ）から来た新入りさんに敬意を表して、習慣通りまず君に女の子を選んでもらおう。誕生日おめでとう！」

あ、彼だったのか。これでよくわかった。道理で他の連中がずっと態度表明をひかえていたわけだ。

六個のワイングラスが空中でゆれ、女の子たちが次々に唱和した。美楽嬢も人のまねをしてグラスを揺らした。なんであんなに無邪気にしているのだ、バカみたいに笑ったりして。まるでこの災難は自分とは関係ないかのようだ。

「それでは私はこちらの戴さんと……」三角眼は思ったとおりそう言った。

他の五人はもともと怒りを堪えていたが、これを機に気まずそうに文句を言いはじめた。

指名を受けた美楽嬢は、あいかわらず無邪気そうにしていたが、瞼が何度かピクついた。あきらかに呆然としている。他の人たちはパラパラと拍手をして、ひたすら彼女本人が何か言うのを待っていた。こうした極限状況にいたったとき、ふつうの女の子なら生まれつき口のきき方を知っている。少々ずるく立ちまわれば、何とか切りぬけられるものだ。

彼女はあまりにも頑固だったとしか言いようがない。唇は憂いに歪んでいるが、かと言って声も立てない。空のグラスを手にしたまま、俺のほうを見ようともせず、とつぜん口に含んでいたワインをゴクリと呑みこんだ。

だが、俺が他の五人の組み合わせを決め、次々にカップルになってレストランを出ていくのを見送っているとき——このとき美楽嬢は、のろのろと三角眼の車に乗りこむところであったが、とつぜん振りむいて俺を見た。模糊とした闇のなかで、一瞬涙があふれたように見えた。

＊

やがて事件が起こった。

客は許常務理事の紹介だから、とうぜん彼が電話で怒鳴りこんできた。三角眼は一晩じゅうさんざんな目にあった。しっかり銃弾を込めてあったのに、美楽嬢はバスタオルにくるまったまま、ベッドに座りこんで泣くばかりだったというのである。

「昨夜はあいつの誕生祝いだったのに、あんたのところのお嬢様は葬式だと思っとったのかね」

「そのあとやらせたのでしょうか？」

「フロントから部屋をあけるよう催促の電話をしたときも、まだバスタオルにくるまってたんだ。それでやらせたと思うかね」

「ほんとうに申し訳ありません。彼女が初めてだということは強調しておいたのですが……」

電話は俺のほうから切った。

道理であれ以来ずっと美楽から連絡がないはずだ。俺は彼女が金をもらったまま、独り占めしたのだと思っていた。

ふつうなら事が済んだあと、女の子たちは自分から俺のところへ山分けをしにやってくる。七は七、三は三、ひとりとしてズルをする娘はいない。客から苦情が出るのは避けられないことだ。腋臭(わきが)が嫌だと言った男もいれば、体位が合わないと言った男もいる。ある男はムードもへったくれもなく時計ばかり気にしていたと文句を言った。いくら俺が言い聞かせるとしても、鞭を持って傍で見はっているわけにもいかない。この稼業の一番やりにくいのはここだ。クレームが出たことも記録しておかなければならない。次の時に同じグループとひとつのテーブルになるのを避けるためだ。金持ちは助べえ心を起こしやすいが、目は曇ってはいない。どの娘が自分に悪い印象を与えたかは、ちゃんと覚えている。だが美楽嬢のように、最初から最後までやらせなかったというのは、初めてだ。ふつうは受け入れようと思うから出かけてくるのだ。ふたつの磁場が吸い寄せあって最後まで行ったら、その後はもちろん分離してもかまわない。どこにそんなふうに泣くやつがあるものか。シャワーまで浴びたんじゃないか。金を稼ごうと思わなかったのなら、なんでシャワーを浴びたんだ。それともまだ何かとんでもない、人に言えない秘密でもあるのだろうか。

俺は彼女に電話をかけた。三回ともつながらなかった。それなら何を言うことがあろう。とっくにそれらしくないと見ぬいていた。この手のことは強制できるものではない。このままいったら、俺の評判も落ちてしまう。やむなくファイルから彼女の名を削除した。

誰にでも苦しいことはある、俺だって生まれながらにこの稼業をやってきたわけではない。警察の目を避けなければならないし、家人の名誉も考えねばならない。若いときにこんなことだとわかっていたら、いっそ情報局でスパイになっていたほうがまだ聞こえがよかっただろう。人に職業を問われると、自転車を作っていると答える。一台の自転車ぜんぶ？　とんでもない、部品を作ってるんです。どの部品？　サドルのクッションです。サドルのクッションは作りやすいの？　チクショウ、そこまで聞くなんて、てんで空気が読めてない。俺にはサドルのクッションさえふさわしくないというのか？

もともとは順調にいっていた。輸出工場は俺のサドル・クッションがよその会社に流れるのを恐れ、契約によってしばりをかけてきた。それ以後、俺は専門にその会社に供給するようになった。あの頃は金はいくらでもあった。娘も高校生だった。妻と俺は愛情の点では冷めていたが、少なくとも俺はまだ男らしくしていた。つまり冷戦が必要なときは黙って何もしゃべらないでいることはできた。ちっぽけなサドル・クッションがアメリカの裁判所に告発されるとは夢にも思わなかった。賠償を求められた輸出工場は、責任をぜんぶ俺に押しつけた。前の分の代金は差し引きにしてよこさず、ちょうど生産中のサドル・クッションも買い取ってくれなかった。これだけで俺はつぶされた。

俺はこれまで人の恨みを買ったことはない。どうしてメキシコ系移民の女の子と結びついてしまったのだろう。彼女はどうやって乗っていたのだ。他の人はなんでもないのに、彼女は股下が一面に赤くはれてしまったと言った。裁判官がサドル・クッションと股下とどんな関係があるのかと尋ねると、彼女はまず鼠蹊部に湿疹ができ、翌日には蔓延しはじめたと答えた。これはどういうことだろう。俺は彼女にはもともと古い疾患があったのではないかと疑った。そうでなければ、腰を浮かせて自転車をこぐのが好きだと、腰を下ろすとき片側をまず先にするため力の入れ方がアンバランスになる。これが長く続けば、とうぜん擦れて傷つくはずだ。あのときは実際、飛行機に乗って彼女の傷口を見に行きたいと思った。きっと鼠蹊部の両側ともにあるわけではないのだろう。だが工場は封鎖された。それでもまだメキシコ人の女の子の尻を見に行こう、なんて気持ちになるわけがない。

許常務理事が俺を痛罵してから、半月たった。新人を物色できずに頭を悩ませていると、とつぜん美楽嬢から電話があった。助けを求めてきたに違いない。開口一番、次の宴会はいつかと訊く。自分が引き起こした面倒にはひと言もふれないし、申し訳ないのひと言もない。俺のほうも何事もなかったようにしらばっくれて、あいかわらずのいい声に聞きほれていた。

正直に言うと、それは一種の好感だった。ふだんの俺は誰がやったかやらなかったなど、関心がない。唯一この女の子だけが何とも言えない喜びをもたらしてくれる。こういう言い方も正しくはない。もし彼女を売り物にしようとするなら、好きな人を他人の胸に送りこむようなものではないか。この喜びはその種の喜びとは異なるようだ。つまるところ、人は誰でも己を知っていなければならない。同じ釜の飯を食うなら、ポン引きが天女を好きになるという道理はありえない。

彼女が金に困って戻ってきたいというので、俺は仕方なく、できるだけ早く手配してやると答えた。だが問題は、すぐに半卓の人間をそろえるのはそう簡単ではないということだ。客たちはそれぞれ他のツテをもっているし、以前ほど俺を信用していない人もいる。臨時にセクシー女優とやらをつれて来るのでもなければ、笛や太鼓をならしても、変わり映えのしないいつもの面々では売れはしない。

その後、俺はやむをえず単独法を取り、企業のお偉いさんと彼女を引き合わせて、キャンドルディナーとしゃれこんだ。その種の小型テーブルは俺がふたりの脇に座ることになる。見かけはまるで爺さん、父親、孫娘三人の団らんといったところだ。俺の役割りは最初に会話のきっかけを作ってやることで、話がはじまったら、もちろん自分は退散する。

雰囲気はまずまず和やかだった。このお偉いさんは、歳はとってはいるが、さいわいまだまだ放蕩者の目つきをしている。コトをはじめるのにこの欲望がなかったら、この老いぼれはほの暗いキャンドルの光のなかで居眠りしないとも限らない。俺はずっと美楽の表情に注意していた。食欲はあり、ナイフやフォークもちゃんと使いきった。俺は彼女が不安や恥ずかしさをごまかしているのではないかと疑ったが、少なくともまだ食欲がある。女の子によっては、空腹で吐き気をもよおす娘もいる。というわけで、空腹なのは実は俺だった。水を一杯飲みおわると、席を離れる用意をせざるをえなかった。立ちあがったとき、やはりやや未練が残った。そこで爺さんの耳元でささやいた。こちらの美楽さんは初めてなんですよ。社長、せいぜい優しくしてやってください。

彼はちょうどビフテキを嚙んでいたところで、口の端にアンガス牛のミディアムレア用の赤いソースをあふれさせ、一瞬、両目の眼球が俺と向きあうかっこうになった。これは俺が気をきかせるべきだ。しかたなく重い足取りでレストランを出た。

翌朝早く、彼女が金を持ってきた。俺の取り分を封筒に入れ、糊で封がしてあった。カジュアルなつなぎ姿だ。ジョギングのついでに持って来たとかで、ほんとうに汗をかいていた。ポニーテールの下に雪のように白いうなじが露わになっている。まるで襟もとに汗のしずくが砕け落ちているかのようだ。

「開けてみてください。数えなくていいんですか?」

「そこへ置いといてくれ。水でもあげようか?」

彼女は手をあげて額の汗をぬぐい、うなずいた。

それからひとり言のように言った。「うん、これでもうあたしに失望しませんよね」

＊

美楽嬢はやっぱり面倒を持ちこんできた。

先につづく数ヶ月、俺が設定した宴会には毎回彼女を呼んだ。機嫌のよいときは来るが、場合によっては承知しておきながら、気を変えることもあった。人数はもともときっちり計算してあるから、とつぜん大根が一本余計で穴が足りないということになる。その場のいい雰囲気を混乱させるのはかまわないが、主人公が登場しなければ宴席は盛りあがらない。席についてる客たちは歯をほじりながら待ち受ける。雰囲気は店仕舞いしようかというほど落ちこむ。ほかの女の子たちは手持ち無沙汰のまま目をぱちくりさせているばかりでどうにもならない。最後にはいつも同伴できない娘が何人か出た。

宴会の費用はいつも俺もちだ。代理人が借り切ると言えば聞こえがよく、表面的には楽に稼いでいるようにみえるが、こうした期待はずれのケースではいつも持ち出しだ。女の子たちはしきりにやりたがるが、そうすると金持ちのだんなは余計にありがたがらなくなる。もとは毎週一回開いていた宴会は、しだいに間遠になって、いくら誘ってもうまくいくとは限らなくなった。

残った女の子たちが騒ぎはじめた。俺は美楽をひいきしている、貢献度は自分たちほどではないのに甘やかしているのだから、ひどい目にあうのは自業自得だと言う。みんなほんとうだ。俺にも自分がどうしてこんなにこだわるのかわからなかった。

「じゃあ、君たち、俺はどうすべきだと思う?」

「主役を順繰りにするのよ。あんたはムード作りが上手なんだから、あたしたちにだってできないことはないでしょ」

「君たちといっしょに食事をしたことがないお客なんていないんだから、新鮮味があるかなあ」

「そんなら、新しいお客を開拓してらっしゃいよ。でなきゃ、あたしたち他所(よそ)へ行っちゃうわよ」

言われてみればもっともな話だ。サドル・ピラミッドの頂点になる人物はそう多くいるわけじゃない。商売もますますやりにくくなっている。サドル・クッションの工場を閉めたあと、友人たちは俺を見るとお化けにでも会ったような顔をするようになった。逆に、むかし接待で知りあった酒場のママさんは気っぷがいい。その店で少しくらい飲んでも金をとらず、そのうえ知恵を出してくれ、急場には女の子を何人か都合してくれた。そのおかげで今日も、このように半死半生の状態でいられるのである。残念ながら、彼女がこっそり渡してくれた大口客のリストはみな使いはたした。男たちはたしかに金持ちであるが、遺憾なことに、どうしても精子の再生能力がどんどん衰えている。すっかり絞り出したあとには、ほとんど尿道と膀胱しか残らない。

新しい客を開拓するだって？　ふん、言うは易しだが、こんな闇でしか行なえないことを大々的に宣伝できるものか？　以前はある球場のマネージャーに橋渡しをしてもらえていたのだが、中風になり、その後消息が途絶えた。年のはじめに中国で企業経営をしている知り合いの台湾実業家が、大陸からの観光旅行団を連れてきてくれたことがある。俺は自ら入国フロアまで行って三角旗を掲げて出迎えた。ホテルも宴会の席も準備をととのえ、女の子たちはそれぞれチャイナドレスを着用に及んだ。そのあり様はなんとも荘厳で、たちまち俺を売国奴に仕立てあげた。宴会は最初のうちは和やかで、酒も大いに飲んだ。宴もたけなわを過ぎたころ、個室全体が色めいた雰囲気になり、そろそろカップルを決めてもいい頃合いになった。ところがなんと、この連中は集団で値段の交渉をはじめたのである。ワイワイガヤガヤ女の子たちのいるまえで、俺に三割引きにしろと言う。チクショウめ、匪賊だってこんなにひどくはない。女の子たちがひどく傷ついたのは言うまでもなく、酒代だけでも足が出た。俺は何とかその場をごまかして個室を抜けだし、傷心のネズミの父さんよろしく、彼女たちをホテル裏の暗い路地へ連れだしたのだった。

美楽はたびたびドタキャンしたため、脇役に降格させざるをえなかった。人心を安んずるため、寒梅がお嬢様役に戻った。実際、彼女は愛くるしい顔をしているうえに、長いあいだ冷遇されていたため、ひとたび表舞台に立つと、その口の達者なことは驚くばかりだった。そのほかに秋姫(チウジー)という娘も、いつお呼びがかかってもいいようにスタンバイしていた。支度にかなり金がかかったが、相場が上がったらそんなのは一晩の稼ぎで取りもどせると言っている。

つづいて俺は新聞広告を出しはじめた。世のなかの暗部に隠れた項目別広告の片隅にだ。

心からのお誘い。絶世の美女がお待ちかね。ウソだと思うならお試しなされるな。今すぐ以下にお電話を。02-2228-xxxx。

鉄の靴を履いて探しても見つからない。大金積んでも処女を手に入れるのは難しい。誠心誠意、お電話をお待ちしています。02-2234-xxxx。

もう迷うことなかれ！　ぴったりのお相手が得られるのは今日かぎり。すみやかにお電話を。02-2238-xxxx。

イヌも追いつめられりゃ塀を越す、というわけで、ちっぽけなグループを作った。電話が来ても相手は見えないのだから、耳をそばだてて声で判断するしかない。粗野な言葉遣いをするやつはご免こうむった。語気をごまかすやつはみんな警察関係ということにした。百を誤殺して残ったのはほんのわずかだった。しかたなく彼女たちをばらばらにし、直接相手とファーストフード店や喫茶店に行かせた。両者が合意すればそのまま手に手を取ってということにして、ひとりずつ売れる娘から売った。彼女たちは却ってこのほうが効率がいいと感じた。惨めなのはこの俺だ。どうにか宴席を設けて小企業者らしくしていたのに、街頭の商売にまで身を落とすなんて、道端の露店でふかひれを売るようなものではないか？

思いがけないことに、その後ついに大宴会がやってきた。

あるこの道の先輩が電話で様子を探ってきた。投資のことでカンボジアに行って帰国したばかりの親交団があるのだという。水はやっぱり故郷のがうまいからなあ。彼のこの言葉に俺は警戒心を失った。すぐに大きな個室に二卓予約し、すべての女の子の休みを取り消させた。そして戴美楽には、皆といっしょに乾杯の声をあげるだけでいいから、絶対に来なくてはいけないと申し渡した。今回は莉々を主役にし、彼女の過ぎたばかりの二十七歳の誕生会だということにした。

黄昏どきになると、客たちが次々に入ってきた。誰も彼もいかつい顔をしている。俺ははじめ、大旦那には先導役の用心棒がつきものだと思っていたのが、ほとんど満席になろうという頃になってみれば、なんと全員が用心棒だった。俺が電話で話した人はどの人かと訊こうとしたら、最後の人物がそうだった。ようやく入ってきた。ひときわでかい体つきをして、右腕に青龍の入れ墨をしている。アロハシャツの袖口にへばりついて、今にも飛んでいきそうな螺旋形をしている。

彼は立ちどまって女の子たちをひとわたり品定めした。声は太く重々しい。両の目が俺に向かって陰気な鋭い光を放っている。「おい、これであんたを信じられたよ。広告どおりでウソじゃねえ。俺たちは今日、打ち上げに来たんだ。お前ら、酔っぱらったってかまわんぞ。どのみち夜の明ける前にはやれる。さあ、まず乾杯だ」

酒が一巡すると、彼はとつぜん男女に分かれていた境を取りはらい、女の子たちにひとり置きに座るように言った。それから笛で合図でもしたかのように、用心棒たちをそれぞれ女の子の隣にばらけさせた。俺が止める暇もあらばこそ。メスとオスが順番に座ったが、いくらもたたないうちに、あっちでもこっちでも思ったとおりの乱戦状態になった。前のテーブルでは手当たり次第に触られて、しきりに悲鳴をあげている。後ろのテーブルの女の子はダンス大会のように魔の手を避けて体をそらしている。煌々たるあかりがついていなかったら、上半身はとっくに裸にされていただろう。

美楽はどこにいるのだろう？　よく見ると、息も絶え絶えになってあの大男の傍にいた。

これが稼業でなかったら、まったく警察に電話して来てもらうところだ。

俺はしきりに莉々に目配せしたが、このヒロインはあきらかに責任を放棄している。理屈から言えば、賊を捕らえるならまずその頭を捕らえよ。美楽のあの席は彼女が座るべきなのだ。なのにまずいことになったと見るや、すぐさま端の席に逃げてしまった。俺は無駄に緊張したわけではない。美楽は世間をわきまえているとは言えない。言葉を間違えたらどうしよう？　サービスが行き届いてなかったら？　ずっと座っていられなかったら？　あの青龍の入れ墨はきっと体じゅうに、胸元にまであるに違いない。こんな巨漢がか弱い女の子をどう扱うか。ちょっと考えただけでも、一晩じゅう、彼女をいたぶるだろうことはわかる。

俺はひどく面倒なことになったのを知った。こういう疫病神は金離れはいいが、見た目はよくない。この場にいる女の子たちがやらないうちから肝をつぶしてしまわなければいいのだが。最初は秘書から転職した子が多かったし、良家の子女もいた。俺についてきたがったのは信頼していたからだ。俺の客選びがうまいことを知っている。ピラミッドの上のほうにいる人物は扱いやすく、こっそり来てそっといなくなる。ズボンを脱ぐときも恥ずかしがっていたと聞く。だが今回はまずいことになった。宴会の主人は俺なのに、この場を彼らに仕切られてしまっている。いつまで騒ぎを続けるつもりだろう。唯一、俺にできるのはやめさせることだが、どうやってやめさせたらいいか見当もつかない。

酒が三巡すると、混乱状態に変化が現れた。連れ立ってトイレにいった女の子は戻ってこないし、まだ席に残っていた子たちは次々にハンドバッグを抱えてすきを見て逃げ出す。俺は騒ぎに乗じてグラスをあげ、彼らと乾杯をした。この時ついにひとりが騒ぎ出した。「もう退勤か？　チクショウめ、半分は逃げちゃったぞ」

逃げ遅れた女の子が辛そうに俺のほうを見た。傍のテーブルにいて逃げ遅れているのは、なんと美楽だった。彼女は一晩じゅうあの青龍に脇の下を抑えられ、どれくらい嫌な思いをしたものやら。だが見た限りはちゃんとして、あいかわらず静かに座っている。まるで死に赴く準備をしているかのようだ。初めての夜、どんなことになるのかわからずにいた時のようにぼんやりとしている。

この時、あの龍が爪をもとにもどし、ドスンとテーブルをたたいた。それから俺の前に来て体を近づけ、脅しにかかった。

「チクショウめ。何が起きたのか、はっきり言ってもらおうじゃねえか」

「彼女は家に急用ができたんでしょう」

一発パンチが飛んできて、俺の首が地面から二尺も持ちあがった。まるで重量挙げの試合前に、フライ級が行なうちょっとしたウォーミングアップのようだ。俺はやつにつるし上げられ、両の目だけが何とか動いていた。俺は人生で最も悪辣で恐ろしい目つきをして戴美楽を睨みつけた。それでやっと彼女は気がつき、上着をつかんでこっそり逃げる準備をした。

俺の首が自由になったとき、美楽はどうにか逃げだしていた。

青龍兄貴はそれをちらと見て、顔をくもらせた。主人席に戻ると、両の拳を握りしめ、テーブルの上においた。仲間たちは軍が臨時に引きあげて帰営したかのように、次々戻ってきて彼の両脇に立った。すると、ついに彼が言った。「これから俺が十まで数える。残りたくないやつはとっとと失せろ!」

寒梅、倩倩(チエンチエン)たちは互いに押し合いへし合いして、戦争捕虜のように次々と出ていった。

大個室のなかでは十人そこそこの大男たちが俺を見ていたが、とつぜん静まりかえった。するると彼が咳ばらいをして言った。「兄弟たち、言ってみろよ。これからどうすればいい？」中のひとりが俺をこづいた。「兄貴の傍にいた女を呼び戻してこい。そしたらお前を放してやる」「いますぐ電話しろ」別のひとりが言った。

謝罪すべき時がきたのだ。跪くか、顔じゅう涙にするか。しかしそれが何の役に立つ？

「兄貴、こいつが手の指を一本つめるか、それとも女を呼び戻してくるか、見てみましょうよ」

「それじゃあ、話がうますぎねえか？　いいだろう、やつに訊いてみな」

灯りが眩しすぎた。

＊

年越し前の冬のある日、宴会のない日の午後、俺は面接用のオフィスで新聞を読んでいた。とつぜん寒梅から電話があった。今デパートのそばを通りかかったのだが、折入って俺と話したいことがある、ホテルの屋外ビヤガーデンまで来てくれないかという。

俺がそこに着いたときは、夕やみがせまっていた。ぼんやりした灯りのしたに一群の人影が浮かんでいる。近くに行ってみると、なんと女の子たちがみんな集まっていた。誰もかれも宴会用の化粧はしていない。俺の姿を見ると、がやがやと騒ぎだした。

「今夜はあたしたちが忘年会をしてあげるのよ」と、寒梅が言った。

「そのあと……」秋姫が謎めいた目配せする。「それに余興もあるの」

「あらあ、そんなに早く話しちゃだめよ」席にいたみんなが声をそろえてやめさせた。そのくせ笑い転げている。

テーブルの上には長いコンロが置いてあった。鶏の手羽などの串焼きはもうすぐ火が通りそうだ。店員たちはさらに次々とあつあつの料理を運んできて、同時に煮えたぎる羊の薬膳鍋もテーブルに載せた。ビヤガーデンの大きなパラソルで防ぎきれなかった風が、そこを吹きぬけたあと、ヒューヒューと音をたてて木々の梢のあいだを通りすぎていく。木々の下の誰もいないプールに灰色の波が立っている。彼女たちは俺を引っぱって長テーブルの真ん中に座らせ、めいめいビールのジョッキを掲げた。彼女たちといっしょにぐい飲みした瞬間、ひっそりとテーブルの隅に座っている美楽に気がついた。半袖のセーターを着て、軽く口を湿らせたあと、傍らの席の陰に縮こまった。

笑いさんざめく声がまた湧きあがった。どの口も串焼きを頬ばりながらでも話ができている。お互いでしきりにビールを勧めあう。ふだん集まるのはいつもかしこまった個室のなかで、それぞれが客の指名を待っている。非公式のこんなくだけた場面などこれまでなかった。毎年俺が彼女たちにおごるのは旧暦十二月十六日以後の大晦日に近い日だ。古い年を送り、新しい年を迎える意味もあるし、実はみなでいっしょに年越しのご馳走を食べようという意味もある。春節〔旧正月〕のあいだ、どこも行くところのない娘がいるのだ。聞けば、田舎にはもう実家もなくなっている娘も多いとか。

俺は言った。「今夜はもちろん俺のおごりだ。君らはどんどん注文してくれ」

彼女たちはみな俺のことを社長と呼ぶ。社長、社長……。あっちでもこっちでも、社長と呼ぶ声が上がった。「社長、今年は大変な年だったのはみんな知ってるわ。私たちのために忘年会をやってくれるどころじゃないでしょ。みんなで相談して、社長のために厄払いをしてあげようってことになったのよ」

誰かが席を立ってまた戻ってきた。なんとこっそり高粱酒（ガオリヤン）を二本買ってきたのだ。十数個のミニグラスになみなみと注ぎ、一斉に乾杯して空になった中を見せあった。美楽はこんどこそ逃げ切れなくなり、最後にグラスをあけた。笑いさざめきのなかに彼女の声は聞かれない。だがそういう声なき声のほうがはっきり聞こえるものだ。しかし俺のほうも黙って見ているしかなかった。

二本目の高粱酒になったとき、誰かが俺の手を見てみたいと騒ぎはじめた。

「見たっておもしろいことないぜ。冷やすとまずいから、袖のなかに隠してるんだ」

新入りの倩倩の質問は単刀直入だ。「切り落とされたのはどの指なの？」

みんな次々に黙りこみ、どの目もかたずをのんで見つめている。

寒梅が俺の袖に手を突っこむと、恥ずかしがり屋の右手が、包帯の巻かれた姿を現した。

「あ、見えた。まだ治ってないじゃないの。まだ血が……」

莉々が一本の指先を探りだして、わが子を撫でさするようにして泣き出した。

切り落とされたのは小指だった。切り方がまずかった。医者は、傷口がぐちゃぐちゃになってしまっているので、あいだにある関節を犠牲にするしかないと言った。聞いた話では、救急病院ではすぐにレストランに電話をして残りの部分を探すように言ったが、レストランはもう店を閉めた後だった。従業員が六個のゴミバケツをひっくり返して探してくれた。あの晩はあいにく魚の甘酢あんかけがたくさん出たため、バケツのごみはみんな混濁した汁だらけだった。

残った指の付け根部分は、まるで薬指のすきまにしがみついている瓶の栓のようだ。薬を交換して包帯を巻くとき、芯にするところがなかったので、看護師はしかたなくガーゼを巻いて足し、指全体をぐるぐる巻きにした。見たところ傷心の白髪の老人といったところだ。

俺はグラスを上げ、彼女たちと乾杯した。「飲もうぜ、今日は年越し祝いじゃないか」

「いいわ、それでは、あたしから発表します」と寒梅が言った。「社長、あたしたちがどんな人間か、あなたは何もかもご存知です。それは身内だということです。誰もがみんなあなたを慰めたいと思っているので、今からくじ引きで決めたほうがいいと思うんです。どのみち今夜は誰かがあなたのお相手をしてあげるつもりなんです」

もうすぐお正月よ。無料よ。次々にヤジが飛んだ。

高粱酒二本を空けたあとは、また生ビールに戻った。さざめきはやがて次第におさまった。

だが結局、最後には俺が彼女たちを送ることになった。美楽は俺を手伝って彼女たちをひとりずつ支えてタクシーに乗せた。どうやら美楽ばかりでなく、誰もが心に少なからぬ屈託を抱えていて、無理やり目いっぱいまで飲んだらしい。だけど飲み方がめちゃくちゃだ。酔うために酔ったのだろう。まさか感傷酔いというやつで、俺の手のことを悲しみ、自分たちの行く末に感傷的になっているのではないだろうか。こんな稼業をしていてそんなに感傷的になっていられるものか。そうでなければ今すぐ改心して、泥棒になったつもりで一、二回やったあと、やめる者はやめればいいのだ。

美楽はあまりにも薄着だった。最後のひとりを見送ると、気力を使いはたして、ゼイゼイ言いながら体をすくめている。塀の陰にかくれてしきりに寒い寒いと言った。俺は道端に飛びだして彼女のためにタクシーを停めてやった。なのにまだ俺の跡をついてくる。手を伸ばして俺の肘にひっかけた。「今夜はあたしがお供します」

「だめだよ。すぐにお帰り。凍え死んじゃうぞ」

「あの人たち、くじ引きのこと忘れちゃってるわ」

「なら、くじ引きなんかするな。俺は自分でお寺へ行っておみくじを引く」

彼女は鼻を覆った。まるで泣いているようだった。やがて車が来た。

彼女が車に乗るのを見届けてから、俺はひとりでよろよろと歩いて家に帰った。

2

その手をまさぐると、彼女はすぐに気がついた。

彼女はとても細やかに直観がはたらく。昏睡状態の病人にはありえそうにないのだが、夫婦だからこそ、闇のなかでもわかる。まぶたが針にさされたように細かくふるえている。目を覚ますのだろう。

米娜(ミーナー)が彼女の背中をさすり、顔を拭く。胃につないだチューブで食事をさせてやり、それから医師や看護師が回診に来るのを待つ。こうしたいつものことをやり終えると、だいたい午前十時になる。この時間に、俺は米娜を食事に行かせる。二人だけの時間がはじまる。俺は彼女の耳元で話す。なにしろ彼女は受けこたえができないのだから、部屋じゅうに俺の声がこだまする。まるで寂しげな小雨が降りやまないようだ。

俺には彼女が聞いているのがわかる。理解しているのかの判断は難しい。だから俺はできるだけ短い言葉で話す。がんばれとか、早くよくなってくれ……というような、励ましの言葉だ。ほとんど可能性が無いことはわかっているので、言いながら虚しくなり、時にはふいに詰まってしまう。もちろんもっとわかりにくい長い言葉を言ってみることもある。この機に乗じて彼女のまえでひとり言を言うのだ。だがそういう時に限って、彼女のまなじりに灰色の透明なぬれた光があふれだす。やがてそれはゆっくりと集まり、最後にわずか一滴の涙になって滴りおちるのである。

米娜は一時間後に戻ってくる。

それと交代に、俺は階下へ医療的なことを処理しに行く。時には医者の許しが出ればじっくりと、彼がＣＴスキャンの結果についてひととおり語るのに耳を傾ける。医者は、ほとんど見込みがないということを俺が理解しないと困るといわんばかりだ。

それから正午には、病院の地下食堂に行き、麺のどんぶりをもって壁ぎわに座る。窓の外には草花があでやかに咲いて、美しい絵になっている。だがこうした美しさは俺にはもう意味がない。失ったものはさらに美しい。以前にはこんなことになるとは思ってもみなかった。俺たちはもともとうまくいっていた。彼女はおとなしい主婦だった。結婚してからかなり後までずっと大甲渓（ダージアシー）沿い一の美女だった。俺は彼女を台北に連れてもどり、愛情たっぷりに愛した。結局、自分はあまりにも凡庸だった。その代わりに計算不能なくらいの狂気をもって彼女に貢いだ。俺はサドル・クッションの生産工場を家の裏山の斜面に建てた。機械の騒音のため、専門家が提案したよりも何倍も音を隔絶できる材料で、家と隔てた。彼女に残してやったのは、ほとんど世界で最も静かな居間と客間だった。

サドル・クッションが返品され生産中止になるまで、俺たちはその家に住んでいた。窓を開けると、北勢渓（ベイシーシー）のくねくねした流れが見えた。日の暮れるまえ俺たちは草地に座ってピザを食べながら、南に引かれていく飛行機雲をながめた。二本の細い線がゆっくりと霞んで遠ざかると、ゆったりと抱き合った。

差し押さえのため家が封印されたあと、俺たちは市内の四階建ての小さなマンションに引っ越した。彼女は顧客サービス関連の仕事をみつけた。俺はよく自転車をこいでこっそり工場を見に行った。交叉するように貼られた白い封じ紙が風にさらされ、角のひとつがはがれて、まるで鳴いてでもいるように壁を叩いていた。その後もつづけて山道をのぼり、ほんとうにメキシコのあん畜生のように股に変なできものができるのか、徹底的に試してやろうとした。半分くらいのぼってから、木の下でパンツをひっくり返し、鼠蹊部の両側に異常があるかチェックした。実際にはところどころ少し赤くなっているだけだった。あまりに細かくて赤ん坊のかぶれみたいだ。まったく大したことはない。こんなことで俺の工場がだめになるなんて絶対に信じられない。俺はズボンのベルトを締めなおしてさらに上にのぼった。山頂の涼み台に着くと、何人かの老人がお茶を飲みながらおしゃべりをしていた。てっきり俺が道に迷って大汗をかいているのだと思いこみ、しきりに夕日の下の小道を指さして、あれが近道だと教えてくれた。

その晩ひと風呂あびると、ところどころ赤くなっていた箇所はもう元に戻っていた。

だが彼女は帰ってこなかった。俺が独りぼっちの部屋に寝ころがって夜中まで待っていると、ようやく鋭い靴先の音がかすかに聞こえてきた。迷いながら道を探しているかのようだ。前足を止めてから右足を伸ばす。あたりは真っ暗やみで、かえって俺のほうが緊張した。彼女を見るのが恐ろしかった。彼女に見られても、俺がその目に映らないのが恐ろしかった。俺はしかたなく目をつぶり、彼女がほんとうに寝つくまで目をあけずにいた。

こうした情況がいつまでも間断なくつづいた。帰ってくるたびに、手探りで浴室に行き、化粧を落とす。顔を洗ったついでに歯を磨き、仰のいて軽く口を漱ぐ。賃貸マンションの壁が薄いことを忘れ、彼女の喉に隠されていた喜びがガラガラととどろく。まるで引っ越してきたばかりの女が喜びと不安を押さえつけているようだ。

その後俺はどうしようもなくなった。やむなく会社のビルの下で彼女を待ち伏せし、タクシーに隠れて彼女の乗ったバスの後を追った。あきらかに帰宅のルートだとわかっていても、途中下車するのではないかと心配だった。愛し合うふたりがいったん前と後になって歩むようになると、路は同じではなくなるだろう。ついに、彼女がそのバスに乗らない日がやってきた。会社が退けたあと、曲がりくねった路地に入っていった。そこには児童公園があり、小さい子どもがふたり砂場にあるブランコに乗っていた。ゆっくりと夕闇が落ちてきて、ねぐらに帰る鳥の騒がしい鳴き声が聞こえたと思ったら、黒い半コート姿が鷹のようにさっと襲ってきて、狂ったように胸をひろげ、彼女を包みこんでしまった。

俺がマンションを引っ越して出たのは翌年の春だった。その前の数ヶ月間というもの、俺は毎晩寝つけなかった。明らかに彼女は傍で寝ているのに、真夜中に夢うつつのうちに手探りしながら起きあがって、ソファーや小テーブルのあいだを行ったり来たりした。まるでより本物らしい彼女が帰ってくるのを待っているかのようだった。

いつだったか、彼女が起きあがって俺に訊いたことがある。あんたどうしたの。どこか悪いんじゃない。ほんとにお医者さんに診てもらわなくていいの？　俺はかぶりを振った。顔じゅう乾いた涙の跡だらけだった。彼女はしかたなく寝ぼけ眼でピンクのネグリジェを脱ぎ、授乳するときのように乳房を直接俺の口もとに近づけてきた。そのうえ俺の手をつかんで、自分の裸の胸の上に置いたのである。

おそらくあまりにも柔らかくすべすべしていたせいだろう。俺の手はほどなく下に落ちた。

*

毎週末の午前中、俺は病院に行かず、ずっと娘が午後になって帰ってくるのを待っている。以前は汽車の到着時刻を知らせてきた。俺がＭＴＲ〔地下鉄。一部、高架区間もある〕の駅に着くと、彼女もじきに出てくる。こうして迎えに行くのを嫌がりはしたが、少なくとも最後にはおとなしく俺の車に乗った。よその娘も反抗するらしい。聞くところによれば、一年も帰らないという例もあるとか。彼女のように後部座席でむくれているのはまだいいほうなのだ。信号機の所で停まったとき、思わず後ろをふりかえって見てしまい、落とし物が戻ってきたようでホッとした。

もちろんこういうことは強制できない。大学二年になると、ますます敵意がむき出しになった。直接、行動で示すのである。明らかに俺の車を見たのに、本を落としたふりをして、体を起こしたときには体の向きを変えていた。すぐにタクシー待ちの列のほうに向かい、俺をふりきった。

それ以後は、しかたなく自分で帰らせるようにした。空いた時間で、居間を片づけられる。病院へ持って行く下着とか交換するものはもう袋に詰めた。テレビもスイッチを入れてから音を消し、リモコンは彼女の定位置においてある。彼女が座ってくれさえすれば、いくらか話ができるかもしれない。勉強の進み具合とか、友達がどうだとかだ。あるいは直接母親の病状を知りたがっても大丈夫だ。彼女が学校にもどった月曜日の様子から話してやる。血圧や動悸などの数値、何日か前に昏睡状態に陥ったが、幸いその後は管を差しこむ必要がなくなったこと……。

彼女が聞きたがらないであろうこととか、理解できそうにないある種の深い痛みについては、話すまい。

彼女の憎しみは、救急車が家の外の、あの路地を出ていった時からはじまった。

あの日以来、彼女は話をしなくなった。俺がまたマンションに戻ってくると、いっそう冷淡になった。大学入試もひとりで受けに行き、合格発表の日には気が狂ったかのように、部屋に閉じこもって泣いたり叫んだりした。俺は黙って隣の壁に身を寄せて、彼女が俺の罪を数えあげるのをうなだれながら聞いていた。憎しみは泣き声を伴い、調子の外れた笛を夜通し吹いているみたいだった。夜が明けたときもまだ、家じゅうに不思議な音がぐるぐるまわっていた。

母娘はだんだんと俺から離れていくらしかった。俺は毎日自分に向って懺悔し、たえず、運命の神がもう一度カードを切りなおしてくれることを想像していた。もしあの時あんな邪推をしなかったら、自分の妻の後をつけるなんてことにならなかっただろう。そうすれば、彼女はだんだんと不安になって、回れ右をして戻ってきただろうに。もしも彼女の帰りがあんなに遅くならなかったら、もしも彼女に対する俺の愛があんなに深くなかったら、もしもあのメキシコ娘が俺の自転車に乗らなかったなら、もしも俺が毎晩死んだように熟睡していたら……。

今日は娘の誕生日だ。

俺は果物をすこしばかり切り、ついに手に入れたレアなコーヒーを淹れてやる準備をした。それと焼きプリンも……。こういうものなら病院へ出発するまえにちょうど食べおわる。もちろん俺にも絶対こうなるというぜいたくな望みはないが。毎回かならず彼女はほんの少ししか手をつけなかった。口をひん曲げたままでのろのろとかみくだき、呑みこむときには目をつぶった。

最初はケーキを買って病院へ持っていき、二十本のろうそくをともして賑やかに祝おうと思った。だが、また後で考えなおした。病院で歌を歌うなんてどんなものだろう？　声を抑えて歌えるかしら。最後に歌を歌うことでおわれない誕生会とはなんとも寒々しい。しかも病院で一時的にでも電灯を消してよいのか、俺にはわからない。ベッドにいる彼女は灯りが暗くなると怖がらないだろうか。あの衰弱した瞳孔がとつぜんぼんやりしてしまうかもしれない。いまにも連れていかれそうな驚きと焦り……。

俺はますます不安になった。何をやっても難しい気がする。生命維持器がベッドいっぱいに置かれ、少しも規則性のない信号音に鳥肌が立つ。だがまた、彼女がいつかとつぜん目を覚ますかもしれないと気になる。目の奥に、失われたあの弱い光が輝きだし、それからやせ細った手で俺を手招きする。俺が反応しきれないうちに、最後の悲しみが残される……。

やっとドアが開いて娘が入ってきた。

彼女はぺたんこの手提げ袋を提げ、何にも目をくれずに壁づたいに自分の部屋に入った。

俺はコンロに火をつけ、湯をわかした。彼女は数分後には出てくるはずだと思っていた。沸騰すると、まずカップを温めた。コーヒー豆は店頭で挽いてもらったものだ。彼女の好みの濃さに調整し、部屋のなかの様子に耳をそばだて、ドアを開ける音がした瞬間にカップに注げるように待ち受けた。

指を切断した傷口がまだくっついておらず、ポットを持ちあげると、チクチクッと痛みが走った。包帯ににじみ出た血で彼女を怖がらせないために、週末のたびに俺は袖のなかに隠す。彼女を乗せて病院へ行くときはいつも片手で運転した。彼女は異状に気づいていないようだった。二ヶ月余りたった。時には実際に手を見せて気を引いてみたいと思ったりした。

小指どうしたの？

やっぱり痛いよ。二、三日前には水につかっちゃったし。

父さん、これ、いつやったの。指全体がなくなっちゃってるじゃないの……

こんな場面を想像していると、秋姫から電話がきた。水曜日の新聞を見てみろという。

「野良犬のなんとか抗議活動だって。美楽の写真が出てるわ」

「秋姫、俺は今忙しいんだよ」

「社長、あたしはただ新聞を見てって言ってるだけよ。美楽のこと、とても気にしてたじゃないの」

「ずいぶんはっきり言うなあ」

「彼女たち、立法院を取りかこんで請願してるの。美楽は犬の糞を拾う係よ。あんたのメンツが丸つぶれじゃないの」

電話を切ったあと、腕時計を見ていっそう焦った。お湯がぬるくなっているのでまた温めた。病院へ行くにもあまり遅くなるわけにはいかない。しかたなくドアに駆けよってノックした。中では小さな物音がしていたが、その瞬間にピタと止み、ふいに静まりかえった。まさに沈黙の対峙だ。彼女が、俺が行ってしまうのを待っているのがわかる。

「小琳（シアオリン）、話があるんだけど」

「うん」

「出てきて何かお食べよ。早く病院へ行かなくちゃ」

「今さっき、自分で行ってきたわ。着替えを取りに帰ってきただけよ」

「えっ、約束してたじゃないか。ま、いいけど……」

お菓子を用意してあるんだけど……

コーヒーもついに買えたよ……

小琳、誕生日おめでとう……

俺はそう言った。

＊

あの日秋姫が言った新聞は見つけることができなかったが、ネットで小さな写真を見つけた。美楽は帽子をかぶり、髪の毛が頬にへばりついている。エコバッグを肩にかけた姿にはやや疲れがみえる。大声で叫んだあとに静まり返ったという孤独な寂しさだ。報道によれば、彼らは〈野良犬の収容部門にいるのはみな屠殺人で、表面的には野良犬のことに関心をもっているように見えるが、収容場所に送られてくるとすぐに撲殺してしまう〉と抗議している。それで彼らは立法院に請願に来たのだが、思いがけないことに、かつて協力援助すると承知したある立法院議員がびくついて、雲隠れしてしまったのである。

俺は秋姫と連絡を取るようになってから、彼女が美楽と個人的によく行き来していることを知った。美楽は十八匹の野良犬を拾い育て、家主に追いだされたあと、去年、郊外にトタン板小屋を借りて、小川の辺に犬の群れを住みつかせたのだ。

「美楽がそういうことをするなんて想像もつかないなあ」と俺は言った。

「へえっ、なんであたしたちが他のことをするのは想像もつかないって言わないの？」

「秋姫、そう言うなよ。今話しているのは野良犬のことだぜ」

「あたしたちだって野良犬と同じ流れ者よ、社長」

秋姫は立てつづけに恨みがましい声をあげ、俺が彼女たちを見棄てたと言った。

受話器をおいたあと、俺はふいに思い至った。あの時、女の子たちはあれこれ美楽のことをあげつらっていた。ところが実は、正直言って前のあの胃痙攣をおこさせるような三角眼は別にしても、その後またやくざ者との騒ぎにぶつかって、美楽がほんとうにやった客は、特にお金のなかったあの日だけなのだ。もっともな話だ。あんなにたくさんの野良犬を飼っていて、家主に追いだされたのだ。俺はもともとあの七十数歳の老人との会食のことをあまり深く考えなかった。だがあの晩彼女はほとんど口をきかなかった。みんな引っ越しと餌代のためだったのだ。

あの忘年会のあと、今までまだみんなで顔を合わせていない。秋姫が文句たらたらのわけだ。

最初胸をたたいて彼女たちに、ホテルのダンスホールなどに足を踏み入れるな、俺についていれば毎週一回の宴会で楽に暮らしていける、と言ったのだが、自分のほうに問題が起こるとは思ってもみなかった——娘は母親の病状が急変したのを見て、衣類を持っていったまま、二度と俺に会おうとしない。あの憎み方はもう子どものわがままというものではない。取り返しのつかないとつぜんの決別なのだ。俺のいないときをねらって病院に見舞いに行く以外は、以後消息もとだえた。どうやら母親よりも早く俺から離れていったらしい。

俺は美楽の写真を見ているうちに、ふいに泣きたくなった。応募してきたとき、どこから来たか訊かなかった。ふつう他の女の子にも訊ねない。メガネにかなう者はもともと何人もいない。そのうえ身元調査などすればその場で逃げていってしまうだろう。だが不思議なことに、当初から彼女はこの道に進むべきではないと思った。今ではさらに、彼女がひとりで犬といっしょに川辺に住んでいるとは想像できない。ふたつの事柄が相容れないのである。俺の娘よりたいして年上でもないのに、浮草のようにあちこち漂っている。彼女を受け入れてくれる家は一軒もないのだろうか。今回俺を襲った悲哀とないまぜになった。彼女がよりたくさん客をとれるよう手助けしたほうがいいのか、それとも客に二度と彼女を踏みつけさせないようにするべきなのか？

だが、俺は秋姫に請けあってしまった。春もそう寒くはなくなった。春節を過ぎると男たちはたいていうごめき始めるから、試してみよう。予約できた数だけでいい。金もほしいが、体面も保ちたい。いやいや色気違いには事欠かず、町じゅういたるところにあふれているのだから、ひとたび電話すれば、すぐに女の子と客を部屋に送りこめるはず。俺がはじめに敷居を高くしすぎたのが悪いのだ。男はピラミッドの頂点になりたいし、女は飛び切りの美人がほしい。だが、このご時世にどこにそんな話があるものか。はっきり言えば牽牛と織女の組み合わせ〔七夕伝説のひこぼしとおりひめ〕だ。双方が満足できるようにするより、まっすぐ天国に行ったほうが早い。

だが病室の緊急呼び出しがあり、何度も何度も悲嘆にくれながら奔走した。さらに、一再ならず俺に希望をもたらした分子標的治療のことがある。いずれもみなこうした日の当たらない隅っこで稼ぎだしたものだ。そうでなければとっくに借金を背負って逃げ出していた。高校生の頃の娘はよく俺に訊ねた。お父さんはどうして夜になってから出勤して、真夜中に帰ってくるの？　そういう時はいつもこう答えていた。大豆と綿花の売買をしているのさ。国際的な先物取引なんだよ。アメリカ人はみんな俺たちが寝てから立ち合いを開始するんだ……。

彼女が訊ねなくなってからは、父娘のあいだをつなぐものは何もなくなった。

俺はひとりひとりに電話をかけて連絡しはじめた。どの女の子が来られなくなっても困る。それからママさんにも連絡した。お久しぶりですね。とびきりいい子を紹介してくださいよ。

春の幕開けは、もちろん幸先良いものにしたい。物色できた子はみんな彼らの目には極上品に見えるようにしたい。さもないと、中のひとりが頭をふっただけで、傍らの富豪たちはみな冗談につきあわされたということになる。それなら腹いっぱい飲み食いしたあと尻を叩いて家に帰ったほうがましではないか。以前、客が競って欲しがった女の子がいなかったわけではない。美楽のまえに小薇（シアオウェイ）がいた。肌は仲間たちがうろたえるほど白くて柔らかだった。来ていくらもたたないうちに五回もやった。毎回、部屋に入る前にドアのところでお祈りをし、終わると、胃のなかの酒や料理をみんな吐きだす。一ヶ月で四十二キロにまで痩せた。聞いた話では、ふたつの乳房は八両〔四百グラム〕しかなくなった。俺はこれはまずいと思い、彼女を問いつめた。それでわかったのだが、男の肉汁を口にすると、吐き気がする。だが一方でやらないわけにはいかない。もぐりの金貸しが家に泊まりこんでいて、金を持って帰らないと、毎週一本ずつ父親の歯が抜かれるのだ。

それはこの稼業は罪作りにも見える一方で、実は人助けにもなっているということだ。三ヶ月もたたないうちに、彼女は父親の借金を返しおえた。別れのとき、俺は彼女を食事に誘った。ふたつの灰色の目が俺を見つめ、俺のことを悪魔でもあり、菩薩でもあると言った。彼女に生き地獄を味わわせたが、また無事にこの世に連れ戻してくれたと、泣きながら話した。そして筆ペンを取り出して、後で彼女の電話番号を書いたものは全部塗りつぶしてくれという。名前もいっしょに消そうかと訊くと、どっちでもいいわよ、小薇はもちろん仮の名前だものと言って、最後に笑った。憂うつそうな目にようやく喜びの涙が光った。

小薇のようなケースがあったから、本名を使いたいと言いはる戴美楽に、俺はとまどわずにはいられなかったのだ。

翌日、しかたなく彼女を呼びだしてみた。もう気持ちが変わって、毎日犬の散歩で歩きまわることだけ考えているかもしれない。姿をみせたとき、黄色の薄いジャケットを着ていた。破れたジーンズはまさに犬に咬まれたかのようだ。最初のとき、どうして俺は俗人たちを魅惑する天女に仕立ててあげてしまったのかわからない。目の前のこのひどい恰好に目をもどすと、まるで掃除婦がゴミ捨てに行って戻ってきたばかりのところといった具合だ。しかしながらだ。彼女を一目見ると、俺の心のなかに大波が起こった。温かく切ない電流が、たちまちあの失われた指を持って戻り、むりやり傷口の痛みにとって代わったかのようだ。精神的な感応がすっかり俺の理性を埋没させ、無意識のうちに元の指が生えてきたような気になった。

「社長、痩せましたね」

「メシを食ってないんだ。何かえさを持ってきてくれよ」

彼女は俺をにらんだが、指の包帯をつかんで放さず、薬箱はあるのかと訊いた。今では自分で犬の去勢までやるのだと言う。そう言いながら戸棚を開け、中に何もないのに気がつくと、ようやく振りかえった。少し身長が伸びたようだ。ジャケットがズボンの上部にひっかかり、裸の背中が見えた。

「秋姫が言ってましたが、社長、あたしにまた顔を出せって言ってるんですって？」

「ほんとうは電話が通じなきゃいいと思ってたんだ。そのほうが面倒が省けるからね」

「でもあたしはもう借りができちゃいました」

髪も短くしたため、長い髪をかき上げるときに垣間見える媚態はなくなったが、急にいきいきしてきた目が明るく輝いて、もう来たばかりのときのようにもじもじしてはいない。それで俺は単刀直入に、なぜあんなにたくさんの野良犬を飼っているのかと訊ねた。こんなにみじめな状態にあるのだから何も言わないだろうと思ったが、こう答えた。

「あたし、もともとはものすごく犬が怖かったんです。小さいとき犬を飼ってる家が多い路地に住んでて、犬の鳴き声が聞こえると、うずくまったまま動けませんでした。おばさんが助けに来てくれて、意外にも犬じゃなくて、あたしのことを呼んだんです。美楽や、顔をあげて見てごらん。犬があんたを怖がって、とっくに逃げちゃったよって」

「君はおばさんの家で暮らしていたのか？　じゃあ、お母さんは？」

「お母さん？　なんでそんなことを訊くんですか？　あたしにはもちろんお母さんはいません。小学校に入ったらすぐいなくなったんです……。それから、お父さんはって訊きたいんでしょ？　勘弁してください。あたしは誰にも欲しがられない子どもなんです。心配しないでください。二度とお顔をつぶすようなことはしませんから。その時になったらもちろんきれいな格好をして、絶対満足してもらえるようにします。でも、ひとつだけお願いがあるんですが。最近あたしは嫌な思いをしているんです。あたしたちのグループがあの立法院議員に勝手なことをされたのは、知ってますか？　やっとのことで観光バスを二台借り切って、南北各地のボランティアを乗せて請願に行ったのに、結局彼はその場になって逃げだしてしまい、午後じゅう待たされっぱなしだったんです。何とか人脈を使って、彼を食事会に連れだしてもらえませんか？　ひとテーブル揃えるのなんか簡単です。だってもうちゃんと調べてあるんです。彼は絶対参加します。男が好きなことは彼もぜんぶ好きですから」

「そんな無茶を言うなよ。犬ごときのために身を捧げる価値なんてないね」

「社長、何をすれば価値があるんですか？」

「あの仲間たちに訊いてごらんよ。みんな金のために仕方なくやっているんだ」

「お金のためなら身を捧げる価値があるんですか？　あたしだって同じだわ」

両手を膝についてあごを支えながら俺を見た。語気はすこぶる落ち着いていて、ちゃんと準備してきたかのような手際のよさだ。

これには俺も弱った。俺の今の手詰まりな状況では、正直、なじみの客でさえ顔をたててくれるかどうかわからない。なのに急に立法院に手づるをみつけろと言われても無理だ。ましてやこんな高等な取引は宝石を売るのとは違って、大っぴらに取り出してあちこちみせびらかして歩くわけにはいかない。男と女を組み合わせるのは、ありていに言えば、華やかな人生の暗黒面だ。門を閉じてこっそり触れ合いはしても、外に出たらみんな知らん顔だ。

だから俺は断るしかなかった。

「俺には犬のことはよくわからん。君もあまりマジにならんほうがいいぞ」

「あの人ものすごい女好きなのよ。台北で知らないのはあなただけだわ」

「美楽、たとえそうだとしてもだなあ、男にはみんな自分のやり方があるんだよ……」

「あたしのこと、面倒見てくれるんじゃなかったんですか？」

＊

俺はしかたなくツテを探しはじめた。

とうぜん、毎朝の気分はあいかわらず低調だった。いつも病院にいるからだ。あそこはどこもかしこも毎分毎秒、白い。白いカーテン白い顔、白い灯りに白い闇、生命維持装置だけが一貫してひんやりした色合いをたもち、いつでも血液中の酸素の量と脈拍をしめす声をあげている。それからいつもどおり午前十時に米娜が朝食をとりに行ったあと、また俺のモノローグがはじまる。恒例の儀式を行なうなかでひとりぼっちの未練を示すように、彼女の手がかすかに動きはじめるまでつづける。その手は引っ込めたくもあるが、また俺の手のなかにとどまりたくもあるようだ。

そのあと俺は日の当たる健康的な街なかに戻り、美楽に頼まれたことを考える。ひとりの女の子が花の青春期を飼い主のいない動物に捧げているのだから、俺も知恵を絞って犬のことで信用を失ったあの立法院議員を見つけださなければなるまい。高立法院議員だ。あなたは高立法院議員をご存知ですか？　会う人ごとに訊くわけにいかないので、相手を選んでやみくもにルートを探るしかない。何人かと会えておしゃべりするまでにこぎつければやりやすい。俺は何とかして政治の話題に切り込んでやろう。ましてや下半期にはホットな選挙戦がある。しゃべってしゃべって何とか話を高立法院議員のことに持っていくのだ。心のなかで高立法院議員のことを考えているのだから、口から出る言葉もみな高立法院議員のことになる。あなたは高立法院議員をご存知ですか?

名前は高福徳(ガオ・フードー)。

俺は例の先物取引屋の蔡と会ってコーヒーを飲んだ。彼は昼間は暇なのだ。暇のある金持ちは時計を見るのが好きだ。彼は両手をソファーの背上に伸ばし、多忙な鷹がいつでも飛び立てるようにしていた。「二大政党ともよく知ってるよ。四時に主任委員との面会がある。話があるというから、また新しい娘でも入ったのかと思ったら、そんなことだったのか」

彼はまた時計を見た。楕円形のダイヤモンドをちりばめたやつだ。ベルトの色は彼が最も関係が深いと豪語する晴天の青だ。「この高福徳っていうのはよく知っているよ。だけどあのほうの親しさじゃないから、あいつに一発ぶっ放したいですかなんて直接訊かせないでくれよ」

俺は仕方なく、ここ数年ＩＣソフトで出世した鄧超雄(ドン・チャオシオン)に会いに行った。彼はこう言った。毎日、研究開発室にこもりきりで、ふだんは女と会う時間が作れるだけでいいほうだ。他の社会事業などはやっている暇がない。「しかし君の言う高福徳は、比例代表区の立法院議員だぜ。有力者だ。だが次期は落とされるって聞いているよ。君、どうして例の許常務理事のところへ行かないんだ? 彼は以前たしか、なんとか幹事長だったはずだ。やつは金は持ってるし、立ち回りもうまい。人脈はバカでかい。やつならきっと手がかりを知っているよ。もしかしたらふだんから高立法院議員と親しいかもしらんぞ」

許常務理事は前回の電話で俺を痛罵した。今でもその時の怒りが頭のなかに残っているのではないだろうか？　美楽のために、あるいは俺のために、思い切って彼に詫びを入れるのが妥当だ。今回、高立法院議員のことを聞きこみするだけで、すでに十日ちかく使った。このままずるずる延ばしていたら、あの分子標的治療薬も買えなくなってしまう。

アポイントを取るのは時間を引き延ばすようなものだ。俺は思いきって直接会社に会いに行った。彼は不在で、秘書が電話で探してくれた。三種類の新聞を読みおえた頃、ふっくらした貴婦人が入ってきた。髪をアヒルのように仕立て上げている。俺の前を通りすぎるとき、床板の上に風が巻きおこった。彼女のすぐ後ろに続いて入ってきた男を見ると、許常務理事ではないか。俺を見るとお化けにでもあったような顔をして、知らんぷりしようとしたが間に合わず、やむなく背後で指を曲げて反対のトイレのほうを示した。秘書がそれを見て立ち上がり、案内してくれた。この時、俺ははじめて許常務理事という大企業家の会議室にほんとうに足を踏み入れた。

十分後、彼があたりをうかがいながら入ってきた。「何の用だね？」

「特別な用事はないんです。お暇かと思い、おしゃべりしようかと……」

「なんだ、つまらんおしゃべりだったら、電話にしてくれよ」

「実は、月の集まり、急にひとり欠けちゃったんです。友人が、あなたなら高立法院議員をお誘いできるはずだと言うものですから」

「高福徳のことかね？　もちろん知っているよ。だがそうしたら君は終わりだぜ。いいかい、世界中で彼と一番気が合う奴は誰だと思う？　このあいだ厦門から誕生祝いをしに来たあいつだよ。かわいそうに、あの晩は君のところの女の子にひどい目にあわされて、次の日、面目丸つぶれで厦門に帰っていたよ。私もメンツを失った」

なんということだ。世間は狭いというが、これほどついていないケースもあるまい。人生の一切の艱難辛苦は、終わったらそれでよしとは限らず、時には一周してまた元に戻ることがあるらしい。古いかさぶたをひっかくのは、つらの皮を厚くしてもう一度やるというに等しい。

だが、これでは俺ひとりに悩めということになってしまうではないか？

俺はしかたなく戻って美楽に話した。手掛かりは見つかった。問題はやっぱり君のところに戻ってきた。あの晩、君を驚かせて泣かせたのは誰だったっけ、あいつなんだよ。

「なんでそうなるの」

「聞いた話では、彼が仲介してくれれば、高議員はきっと来るだろうということだ。今ネックになっているのはやっぱり君だよ。俺はやめたほうがいいと思うよ。君は君、犬は犬。なんでむざむざこんな代償を払わなけりゃならないんだ。ましてあの三角眼はとっくに君に脅かされている。やつが秋姫か寒梅をえらんだら、どうする。いっそ高議員を君にあてようか。どのみち何か請願するんだから、一晩中しゃべっていてもいいぞ」

彼女は受話器の向こうですこしも迷うことなく言った。「それなら三角眼にします」

「その時になって、また俺に恥をかかせないでくれよ」

「目をつぶってでもやります。心のなかであなたのことを思っていればいいですもの」

美楽は軽薄な口調で話をそらしたが、それでも俺はしばらくあっけにとられていた。あの三角眼は天下の女に色欲をおこさせるのにちがいない。なんと彼女がこんなに軽率に彼と寝ようとしているのだから。つまり野良犬たちがどれほど彼女にとって大切でも、三角眼にはかなわないってことだろう。ひとりの男がただ金持ちだというだけで、見かけはどうでもいいなんて。俺は考えれば考えるほどおもしろくなかったが、他に方法もない。そうするしかなかった。

もちろん、こうなったら前進あるのみ。許常務理事がその気になっているので、彼から三角眼に連絡してもらうしかなかった。彼は廈門にいる。彼に時間があるとしても、彼が高議員と連絡をつけるまで待たなければならない。それから例のことを暗示して、それから互いの都合のいい日や場所を決めて、それからさらに俺が女の子たちを集める……。以前、サドル・クッションの研究開発でこんなふうに細心の注意をはらっていたら、あのメキシコ女がまたぐらにできものを作るなんて騒ぎになっていただろうか？

ところが意外にも、新年会というばかばかしいことに、ひと声かけただけで反応があった。消息が伝わると、まるで疫病のように熱を帯び、急展開した。数日後には彼らはひそかに時間まで打ち合わせていた。そのうえ俺にかわって案をまとめ、ひとテーブルは多くても十二人にし、ちょうど男女半々のパーティ形式にすると決めてくれ、俺はただ女の子六人の調達に責任を持てばいいだけだった。

ただ、高議員は承知したことはしたが、条件があるという。彼はこう言った。人目を避けるためには、場所は国内ではだめで、通関の時も女といっしょではいけない。異国の地に降り立って、完全に自分の有権者の姿が見えなくなったら、その時にはどんなどんちゃん騒ぎをしてもかまわない。

場所は韓国の済州島が選ばれた。あそこは爽やかだし、カジノが嫌ならゴルフができるというわけだ。

俺はしかたなく再度女の子たちの気持ちを確かめた。意外にも彼女たちの答えはすこぶる明快だった。これは飛行機代と宿泊代が無料のおかげにほかならない。しかも慣例によれば、ひと晩の花代はふだんの二倍で、続けて二泊ということは一ヶ月分の仕事をしたことになる。

俺はすでに力を使いはたしていたが、心のなかではラッキーだと思っていた——美楽にはあまりラッキーではないかもしれない。あいにく彼女は十八匹の野良犬を養っている。二泊三日はおろか、一晩でも餌やりができなければ、安心できないだろう。

「一回の食事のために、どうしてそんな遠くまで行くの?」案のじょう、文句を言った。

「そうなんだよ。あの高福徳というやつはまったくけしからん。一回の食事のために大騒ぎをして。やつの奥さんがあんまりうるさいもんだから、こんなことまで考えつきやがる。聞くところによると、もうじき郷里に帰って次期の立法院選挙に立候補を宣言するつもりらしい。こういう敏感な時だから、当然パパラッチは怖いが、例の嗜好は治らないし、どうしようもない。美女という関所にぶつかったら無理にも突破するだけなのさ」

果たしてためらっている。俺にいったん電話を切らせ、少ししたら彼女からかけるという。

あの野良犬たちも役に立つ。どうやら彼女はすっかり包囲されているようだ。

十分もしないうちに彼女からの電話を受けると、俺はすぐに警告した。「犬の飼い方のことはよく知らんけどな、あの野良犬たちは一日に二度は餌を食うんだろ。一匹当たり少なくとも六回は餓えることを考えると、正直なところ、俺でさえちょっと忍びない気がするよ」

「バッカみたい。あたしもう人を見つけました。ボランティアの人たちが順番に来て餌をやってくれるそうです」

＊

三角眼は厦門から出発した。台湾側の男性客は自然にひとつのグループになった。俺は男ひとりで六人の女性を引きつれていた。男たちのように一列縦隊でこっそりとビジネスクラスに入ったのとはちがう。七人がいっしょに横に一列にならんで座った。通路をへだててはいるが、まるでにぎやかな串焼きのようだ。ぺちゃくちゃしゃべりながら飛行機の翼が雲の層を越えていくのを見ている。この時になって俺はようやく気がついた。彼女たちはもともと生まれつき純真で、ただ貧しさからくるそれぞれの家庭の事情にがんじがらめにされているだけなのだ。

まもなく済州島に到着した。

ひとりの韓国在住の華僑がマイクロバスを運転して迎えてくれ、十三人の異郷人は車のなかで大集合を果たした。高議員には、ついに会えた。だぶだぶのダスターコートを着て、サングラスをかけたところは、異国の敵情を偵察しようとしているかのようだ。こういう態度は何度も見てきた。得体が知れないと言われながら、実はすこぶる腰が低く、部屋に入ればみんな急いでズボンを脱ぐ。権勢がある彼のような人でも、裸になれば恐がって落ち着きのない一羽の鳥ではないか。

俺はちょっと頭にきていた。というのは、途中、彼のゴルフバッグを担がなければならなかったからだ。これには閉口した。俺だって自分の荷物がある。ゴルフをしに来たのではないのはみえみえなのに、どうしてもバッグを持ってくると言いはった。彼が言うには、夫人がいつも線香をあげて余計な人物を遠ざけているから、慎重にしなければ、浮気がバレる恐れがあるのだとか。こうした心配はもっともだ。納骨壇のセールスマンを隠してやったこともある。だが相手はずっと上手だった。いつも使っている五号アイアンパットと特製の小さなパターを持ってきただけだ。その他のティーパットやアイアンパットはどのみちゴルフ場で借りられる。やつこそほんとうにゴルフがわかっている。どこにこういうことをして買春するやつがいるものか。楊枝で歯のすきまをほじるのに、木一本を持ってくるようなものだ。

それからあの三角眼だ。いったいどうしたことか、俺は彼に会うと、うっとうしくなった。彼がいくら金持ちでも俺には関係ないが、辱めを受けるのは美楽の体だ。このことに思い至ると、俺はまったく平静ではいられなかった。

バスは自動車道路をぬけ、一面の菜の花畑にさしかかった。後部座席の小娘たちは窓にへばりついて叫び声をあげ、とぎれとぎれに話すだけで大声もあげられないでいる。前方座席の買春グループはビジネス業界の話題だ。すでに一台の車に乗っているとはいえ、結局はまだ互いに目配せし合うような雰囲気には至っていない。互いがしばらくはみだらな匂いのなかで耐えているといった様子だったが、ドライブインで下車したあと、ようやく馴染んできた。

黄昏にはまだ早いし、昼間はもともと俺の出る幕ではない。しかたなく許常任理事に案内をまかせた。しばらく海岸沿いに駐車して海女が上がってくるのを待ち、次のところでは彼女たちの要望にこたえて人気のハローキティ・アイランドを見物した。このやり方が功を奏して、六人の女の子たちはずっとピクニック気分で喜び騒いでいる。こっちで甘え声がしたかと思うと、あっちでは次々といかにも待ちきれないという様子が現れる。話し方にも笑い声や嬌声が伴い、もはや着いたばかりのときの密通の怪しさを隠すような雰囲気はなくなっている。

異郷に身をおく孤独感のなかで、思わず脳裏に浮かんだのは、病室で待っているあのやせ細った手のことだった。俺たちもかつてこの島に来たことがあった。結婚後も久しく愛情はかわらず潮のように湧いていて、はるばるソウルから国内線の小さな飛行機に乗り換えてからも、ずっと手をつないでいた。雪の降ったあとで、地面は至るところ凍っていた。今でも忘れられないシーンがある。ふたりで寄り添いながら庇のある廊下に並んでバスを待っていたのだが、彼女が履いていたのは小さなパンプスで、雪どけ水のため足の甲までぐっしょり濡れていた。俺は綿の手袋をはずして、彼女の足の指のあいだに詰めた。踵が入りきらず、彼女の顔と同じように赤と白になった。俺は近くに誰も注目する人がいないのをさいわい、思い切って彼女の足をそっくり自分の懐に入れたのだった。

だが目の前の景色はそれほどはっきりしたものではなくなっていた。

花の盛りの椿園は縮こまるような寒さだ。通り沿いのレストランにはすでに人の姿があり、次々に灯りがつく。気がつけば五時を過ぎていた。誰かが、ホテルに戻らなくてはと言った。それで俺はシャキッとせざるをえなくなった。続く時間はみんな俺のものだ。旅行ガイドのように今夜の集合と解散の仕方を説明した。ホテルに向かうあいだ、マイクはずっと俺の震えに付き合わされていた。俺はリオウ・ホテルをリアオ・ホテルと言いまちがえ、たいしておもしろくもないのに、前方の何人かが茶々をいれて笑わせた。昼間出歩いたのは単なる時間つぶしで、みんな窓の外の夕景色のほうが好きなのはみえみえだ。あんな遠くからわざわざ観光に来る者はいない。俺だけが彼らの脳内テンポに追いついておらず、悶々としながら彼らにつきあって泣き笑いしていた。

　レストランで席に着くまえに、俺は高議員に名刺をわたした。この時、彼がついにサングラスをはずした。なんとその目は白内障のように混濁していた。これほどゆがんでいるのは、おそらくよほどひどい斜視なのだろう。俺の名刺をテーブルの上においたまま、はなから見ようともしない。寒梅の襟元に盛り上がっている例の火をしきりに気にしている。寒梅の目はもちろんそれを見逃さず、近寄ってきて手を組んだ。あの種の綿々とした離れがたさをもう醸しだしている。

　だがこうなると……、目の前をとつぜん黒い影が覆った。俺がすぐ思ったのは美楽の運命だ。ようやくのことで高議員を連れ出したのに、寒梅に譲っている。これでは三角眼に今晩彼女を陥落させると決まったようなものではないか？　みちみち彼女はずっと寂しげにしていた。もし十八匹の犬のことを想っていたのだったら、もっとまずい。願っていた相手に目の前に来てほしいのなら、今が絶好のチャンスだ。彼が明日になってズボンを穿いてしまったら、もうどうしようもない。

　もう間に合わない、まもなく宴会が始まる。

　俺はいつものように彼らを両側に分けたが、思いがけないことに許常務理事がすぐに反発した。あんな遠くからわざわざ飛行機に乗ってやってきたのに、どうしてこんなふうに分かれて座るんだ？　それもそうだ、誰もがズボンの下でだいたい相手を見定めているのはわかっている。今さら対岸から花火を見物しろというのは、不人情というものだ。仕方がないから何も気づいていないふりをして、それぞれ組み合わせを作ってやった。寒梅はすでに高議員をひっかけた。ならば秋姫を許常務理事に、紫羅蘭（ズー・ルオラン）は邱（チウ）理事に、新米の倩倩は郭理事に……。

そのあと、この危機一髪の際に、俺はうしろにいる美楽の手をさぐって、自分で先物取引屋の蔡の傍に座るよう暗示した。つづいて莉莉がどんなにすばらしいか、おおいに吹聴しはじめた。この娘の細やかなことといったら。跪いて靴を脱がしてくれる。バスタブでは曇ったステンレスをぴかぴかに拭いてくれる……むろん傍らにいる三角眼に聞かせ、絶対に損はしないぞという気持ちにさせているのだ。と意外にも、この時彼が一歩先んじて、美楽を指さして言った。「おやおや、美楽さん、今度は逃げないでくださいよ。私はもっぱらあなたに会うためにマカオからやって来たんですからね。もう二度とあんなふうに恥ずかしがらないでしょうな。あの晩のことで気が済んだでしょうから……」

そう言いながら立ちあがり、自分のそばの椅子をのけて、野兎でも捕まえたかのように彼女を抱きよせた。

先物取引屋の蔡はなんとなくおもしろくないのだろう。それを聞いても何も言わなかった。莉莉もすぐに席に着いた。

気まずい雰囲気になった。他に何を言うことがあろう。六組の鴛鴦(おしどり)はそれぞれ落ち着くところに落ち着いた。残っているのは俺だけだ。左右両側になお五、六脚の席が空いている。この異郷の部屋は一面の海のように見える。テーブルがでかすぎて、乾杯や献杯のときはあたかも海へ出ていく人を見送ろうと岸辺に立っているみたいだ。ふいに感傷的になった。俺はなんでここにいるんだろう。がまんして、あと二晩も彼らにつきあわなければならない。

乾杯がおわったら、とうぜんいつものようにやるべきことはやっておかなければならない。俺はまず寒梅から紹介しはじめた。彼女は貿易会社で働いています。済州島に来たのは初めてで、昨夜は嬉しくて眠れなかったそうです。邱社長のお隣は紫羅蘭と言いまして、ミス・コンテストで二位になったことがあります。あんな柔らかな肌をしていますが、海中水泳のリレー大会に出たこともあるんですよ。対岸に泳ぎ着いたあと、ついでに町をぶらついてみたくなったそうです。こちらの倩倩は新人で、何もわかっていませんので、郭理事、お手数ですがかわいがってやってください……

順番から行くと美楽を紹介する番になったとき、彼女は俺にストップをかけた。

「社長、あたしは自分でやります」

料理が運ばれてきた。誰も箸をとらず、それぞれ美楽がふいにグラスを上げるのを見ていた。その目はにこやかな笑みを浮かべ、ひとりひとりの顔を見つめる。真正面の高議員の前にきたとき、とつぜん立ちどまり、しきりにグラスをゆらした。ゆらすたびにゆっくりになり、ついに中のワインが波立たなくなった。そこでようやく笑顔をかたまらせて、これまで聞いたことのないような声で落ち着いて言った。「高議員、私は戴美楽といいます。南部の田舎から来ました。この仕事についたばかりです。よろしくお願いいたします」

＊

その晩、高議員はぐずぐずして部屋に入らなかった。

寒梅の話では、自分はシャワーを浴びてひと眠りした。目が覚めてもまだ彼の姿が無かったので、俺のところへ来たが、不在だった。十時まで待って、何かあったのではないかと心配になり、あたふたとガウンを羽織って階下へ探しにおりた。

するとき彼はひとりでバーにいた。通りに面した窓によりかかって、もの思いに沈んでいる様子だった。

「声をかけようと思ったのよ。でもものすごい顔をしていたの。人殺しをしかねないくらい」

「そのあと何時に部屋に入ってきたの」

「それが入ってこなかったのよ。ベッドはそっくりそのままだし、まるで幽霊にあったみたい」

高議員は翌日朝早く、台湾に戻った。ゴルフバッグさえ持ち帰るのを忘れていた。

寒梅はこのことを人には言わなかったが、グループ内には沈んだ空気がただよった。一行は黙々とバスとともに移動した。二日目はカジノに行き、夕食は各自自由。ある者は部屋にこもって食事をし、ある者は一晩中カジノに入りびたった。

ことはどう決着したのか、いったいどういうことだったのか、俺はひたすら美楽がちゃんと説明してくれるのを待っていた。だが彼女は意識的に避け、三角眼といっしょに山を下り、夜遅くなるまで帰らなかった。

帰国後、俺は三日間待ったが、彼女は現れなかった。

その後、彼女のほうから電話があった。淡々とした口調で「あたしもうお宅の前にいるんですけど」と言った。

3

彼女が左手の袖口をめくりあげると、ミサンガがいくつもいくつも腕にはめられていた。斜め織りにした杉綾模様のひもで、ありとあらゆる色が入っていた。アクセサリー売りの女の子が携帯用のショーケースを持ち歩いているようなものだ。彼女がかるく手を振ると、ザザーと雨のような音をたてて落ちた。腕輪のぶつかりあう音がやんだとたん、たちまちまた元の配列に戻り、白い腕全体をおおった。

それから俺に訊いた。「いま、見えました?」

「つまんないことするなよ。俺が何を訊きたいかわかってるんだろ?」

彼女が腕輪を上下にひろげると、あいだに見える肌にひと筋の傷跡があった。

「どこでも一個はずすと見えます。社長、ウソだと思うなら触ってみてください」

去年の秋のはじめに応募してきたときは長袖を着ていた。ゆったりした袖口から見えた腕輪の数はそれほど多くはなく、三個か四個、パラパラと見えただけだった。若い女の子はみんなこういう流行りものが好きなんだから、客から文句が出さえしなければいい。どんなかっこうをしても、みんな青春のなせる愛すべき姿だ。

腕輪を全部はずすと、なんと何本もの傷跡だらけだった。

「一回リストカットするたびに、腕輪を一個買い足すんです」

「いったいどんな時に、リスカットなどするんだね」

「あら、いい質問ですね。もちろん泣きたくない時ですよ」

俺は立ちあがって歩きだした。窓辺に寄ると、ほんとうに跳び出たくなった。この狭い空間がとつぜん厭わしくなった。俺は彼女を睨みつけてやろうかと思った。俺の心を傷つけやがって。自分の身に起こっていることだけでもやりきれないでいるのだ。あんなにたくさんの傷のことを隠していたうえに、理由もなしに客を脅して逃げるようにしむけるなんて。またもや俺をわけのわからないトラブルに巻きこむつもりなのだろうか。

スケジュールはこなし終えたが、結果はあのていたらくだった。一行が桃園（タオユアン）空港にもどり入国手続きをすませると、例のお得意さんたちはそれぞれに勝手に帰り、ひと言の挨拶もなかった。買春グループ全体がまるで、たったいま親の葬式をすませて戻ってきたばかりのようだった。

俺はこのことが一刻もはやく自分の脳裏から消えてくれることを願った。彼女には俺に白状する義務がある。いったいどんな魔術を使って、わざわざゴルフバッグをもってまで買春するために国外に出た立法院議員を、一瞬にしてノックアウトしたのだ。

俺は気を落ちつかせようとポットで茶を淹れた。と、そこで彼女の目尻に涙が光っているのに気がついた。

「はっきり聞くけど、君はほんとうは野良犬のなんたらについて請願するつもりじゃなかったんだね」

「以前はとても犬が怖かったって話したことがありますよね」

「だが君は犬を飼った。それも相当な数のね」

「だって後で、あの犬たちしかあたしといっしょにいてくれないってわかったんですもの」

「美楽、早く話してくれないかな。俺はほんとうは病院に行かなきゃならないんだ。女房がいつどうなるかわからない状況にある。君だけが大変な目にあっているわけじゃない。大人だってもっと辛く悲しいことがあるんだ。上手に話せなくてもいいから、遠慮しないで話してごらん。悲しいことなら俺にはよくわかる」

「やっぱりすぐに病院へ行ってください」とつぜん彼女が立ちあがった。涙をぬぐおうとしているが、やっぱり目が真っ赤だ。「ごめんなさい。ずっと迷惑ばかりおかけして。あたし、今日はお詫びに来たんです」

「そんならはっきり言いたまえよ。さもきゃこの傷はどうしたのか、話してくれ……」

「そんなに驚かないでください。十五のときにはもうあったんですから。あたしはおばさんの家で暮らしていたのですが、真夜中に部屋に忍びこんできたのがいつもかわいがってくれていたおじさんでした。この意味わかりますか？　次の日から美術用のカッターナイフの使い方を習いはじめました。そのうえ、しかもどういうふうに切れば、血は流れるけど、死にはしないということも知りました」

「お母さんはいったいどこにいるの？　このまえ訊いたとき、話をそらしたね」

「何も言うことはありません。母さんは棄てられ、あたしも棄てられるしかなかったんです」

「ん、それならお父さんの問題だ……」

この時、彼女はとつぜん俺を見あげた。

「高福徳なんです」

高議員……？　俺は口に含んでいた茶にむせてしまった。咳がやまず、とっさに次の言葉が出なかった。

彼女の驚くべき答えに痛烈な痛みを感じていた。彼女の表情もはっきり見えず、まるで幻影にすぎないかのようだ。最初から本名を使うと言いはった意図はこんな壮絶なものだったのか。あの純情そうな様子にすっかり俺は騙された。もしかすると彼女は、高福徳という男を墜落させるだけのために、こんな道を歩む苦心をしたのだろうか？

目の前にぼんやりとかすんでいる戴美楽を見ながら、俺はぶつぶつとつぶやいた。自分の父親にこんなことをするなんて……

「父親？　何言ってるんですか。ひとりの憎むべき人間にすぎません」

「たとえそうだとしてもね、自分がどれだけの代価を払っているか考えてもごらんよ」

「あなたは野良犬は何か代価を払わなければならないって言いましたよね。つまり自由にうろつくための代価なんです。彼の払った代価こそもっと悲惨でしょ。これから彼は安穏と寝られないと思います。母さんは自殺して以来、やっと彼に再会できます。すくなくとも毎晩彼の悪夢のなかに現れることができますから。ねえ、どう思います？　あたしって諷刺的ですよね。名前は彼がつけたんです。将来美人になるようにね、しかもその後ずっと幸せで楽しくあるようにって。結局は一歳にもならないうちに逃げちゃった。あたしが母さんの戴という姓を名乗っているのは天命なんですから、源氏名なんかにする必要はありません。戴美楽は戴美楽です。二十五年ですよ。戴美楽は死なないんです。五回も運命を占ってもらったけど、一度も短命だって言われたことはありません。それじゃどうすればいいんでしょう。このまま生きていくしかないんです。社長だってよくわかっているんでしょ。男が最も恐れるのはこの種のことです。他人にはわからなくても、影は一生彼につきまとうでしょう」

「美楽……」

「これはあたしの問題です。社長、なんであなたが泣くんですか？」

俺はデスクに戻り、引き出しから金を取りだした。三角眼の二泊三日分だ。俺はとっくに彼女の取り分を封筒に入れておいた。そのほかに、今の今、臨時に革ジャンをさぐって、自分の取り分も封筒のなかに突っこんだ。それから、何を言うべきか考えた。慰めでもないし、叱責でもないとしたら、残っているものって何だろう？　俺には思いつかなかった。でも本当に何か言いたかった。それとも何か思いついたら後で言おうか。だが、今後俺に何かが思いつけるだろうか。毎日、病院と行き帰りしているあいだ、頭のなかは真っ白だ。実はそういう時は、全世界が俺の頭からきえているのである。

俺は金の入った封筒を彼女に渡した。彼女は両手を後ろにひっこめて立ちあがった。

「持っていきたまえ。もう何日も預かっていたんだよ」

「もらわないほうが、逆に心が落ち着きます。まるで何もなかったみたいで」

「犬には必要だよ」俺は言い足した。

＊

済州島行きですこし金銭的な余裕ができたので、俺はまた主治医にまとわりつきはじめた。ほかにどんな新薬が入りますか、自己負担でいくらかかってもかまいません、と俺は言った。

彼は前を歩いている。別の病室へ巡回に行く途中だ。俺は白衣を着た実習生や看護師たちのあいだに挟まって、ちょこちょこと彼の後を追った。まるで消防士にまず自分の家の火を消してくれと頼みこんでいるみたいだ。俺はもう半年もまとわりついているから、彼は俺をひと目見ただけで、ほとんどすぐにあのCTスキャンの画像を思い浮かべられるのである。

「新薬が入ったら私が真っ先に使わないわけないでしょう?」彼はそう言った。

医師や看護師がまた割りこんできて、俺を引きはなした。

けれども俺がうなだれて彼らのあわただしい踵を見送っていると、彼がとつぜん立ちどまり、振りかえって言った。

「三年前に彼女がはじめて診察を受けに来たとき、私はすぐに忠告したんです。その時はまだほんの初期段階でしたから、手術は簡単で、ほとんどのケースが成功していますってね。彼女はなぜ言うことを聞かなかったのでしょう。あなたはなぜ問い合わせに来ないで、今まで引き延ばしていたんです? 私は力を尽くしたと言うしかありません。ほんとうに全力を尽くしたんですよ」

その後、一行は前方右へ曲がってしまった。

俺は地下の食堂で麺をたべながら、彼女が俺に病状を隠していたことにひそむ悪意を、どうにか導きだした。そうだ、彼女は故意だったのだ。とっくに知っていたのに治療を拒否した。こうして手遅れにすることを自分への罰だと考え、その実、俺だって難を逃れられるほど幸運ではないことは、少しも考えてくれなかった。現に今、こうして彼女といっしょに苦しんでいる。

あのメキシコ娘が俺のサドル・クッションなど使わなければよかったのに。

俺たちがまだ大甲渓沿いに住んでいた頃は、彼女も俺から離れたことはなかった。ああした仲睦まじさは、逆に貧しいからこそあったのだ。どれほどあの清貧の日々を色濃く潤してくれたことか。

次からどうしたものか、俺はますます途方にくれてしまった。麺をひと碗も食べおわらないうちに、とつぜんあることを思い出した。二階に駆けあがって、昨日は週末だったが娘は来たのかと、米娜に訊いた。彼女は口ごもるようにして、泣きながら話すまねをした。それが娘の癖になっている悲しみ方であることはわかった。きっとまた母親に取りすがって泣いたのだろう。ただし、少なくとも彼女は来たのだ。俺が心配していたように、永遠に姿を見せないつもりで家を出ていったのではない。

車を運転しながらも、どこへ行ったらいいのかわからずにいたとき、とつぜん美楽の姿が脳裏に浮かんだ。

なぜ彼女のことを思いついたのか理解できない。悲しみにくれているとき、彼女の姿が目の前にちらついた。まるで、小さな炎が俺の闇を照らしたが、またすぐに消えてしまったというように。とつぜん、無性に彼女に会いたくなった。秋姫に電話すると、おおよその場所を教えてくれた。インターチェンジ近くの渓流のそばらしい。

その自然の渓流は見つかったが、インターチェンジは見えなかった。しかたなく自動車専用道路の盛り土に沿ってまっすぐ走った。車が田畑を過ぎるともう県境で、細い道が土手の下に入りこんでいた。だんだんと下りていくうちに開けてきた視野のなかで、まっ先に目に入ったのは、今まさに落ちなんとしている夕日だった。

黄昏の最後のわずかな時間に、どうにかひとつの小さな影を見つけた。彼女はひとり水辺にうずくまって靴を洗っていた。洗いおえた長靴が石ころの上に逆さにおいてある。俺が草むらの斜面に跳び下りると、犬がさかんに吠えはじめた。前方から何匹かが俺をめがけてすっ飛んでくる。水辺のこの臨時の住み家は完全に犬たちの縄張りになっている。俺が下に降りる道をみつけられずにいると、ようやく彼女が顔をあげた。大声で犬たちの動きを制止したが、なにしろ川床は遠く、俺が彼女を呼ぶ声は虚しく弾きとばされてしまった。晩春の冷たい風に吹き乱されたらしい。

彼女は窪地に立って仰向いていた。片手を眉のあたりにかざして見ている。長靴にショートパンツ、だらっとした綿シャツというその格好からは、俺がかつて心をこめて形作った魅惑の面影はみじんもない。まったく、ひ弱でみにくいひな鳥が天国から墜落し、美しい羽根や翼がみんな取れてしまったかのようだ。

俺は大声で叫びつづけた。ただ彼女に伝えたかったのだ。君のお父さんが――いや、これは彼女が聞きたいことではない。俺はただ知っていていてほしいだけだ。高議員はすでに俺のところに人をよこしており、来週の水曜日に立法院の近くのホテルのロビーで会うことになっている、と。

「何か伝えてほしいことはないかあ?」

今度はどうやら聞こえたらしい。頭を振って、曲がりくねった草道を跳びはねながらやってくる。

「ねえ、そんなに犬が怖いんですか? だらしないですねえ」と言った。ゆっくりと近づいてきながら、小声で叱っている。十八匹の犬はよく言うことを聞くようだ。ちょっとした狩猟隊といった感じで、彼女の後について土手の下まで来た。

数えてみると、十八匹どころではない。野良犬という野良犬がすべて彼女のところに集まったかのようだ。

俺たちは土手の石段に腰をおろした。彼女がポケットから金柑をふた粒取りだした。小屋の裏の野生の木の茂みから摘んできたという。ひと粒を俺の口に押しこんだ。「皮は甘いけど、果肉はちょっと酸っぱいんです。食べてみてください。まだたくさんなってます」

暮色のなかにもまだ明るさが残っている。鉄板小屋の西向きのトタン板に半透明の光が反射していた。

「早く嚙んでください。何か話があるんでしょ。とにかくまず呑みこんでしまわなくちゃ」

＊

三角眼は厦門にいたのだが、それでも許常務理事を通じて考えを伝えてきた。彼はすでにこれには何か仔細があると感づいていた。高議員はもともと何でも話し合える仲だったのに、あの時予定を早めて台湾に帰ってしまったあとは音沙汰無しなのだ。電話に出ないばかりでなく、多くの付き合いもやめて、毎回議会に出席した後はまっすぐ家に帰っていると聞いている。

もちろん俺は彼に会えた。

彼は人の少ない午後の四時、午後のお茶の時間がおわるころを選んでいた。コーヒーラウンジの背もたれの低いソファーに、肩を傾けてもたれかかっていた。権勢のある男がこんな様子で客に会う姿は滅多に見られない。ひどく気落ちしているようにも見えるが、また凶悪な目つきで俺をにらんでもいた。その目はいっそう白濁して見えた。どうやらあの日サングラスをかけて出国したことは正しかったし、ダスターコートを着ていたことも正しかったようだ。そうでなければ、今の彼のこのひどいざまは何だ。一晩中眠らなかったのに違いない。今回の顔合わせのために、俺は立法院の資料も調べた。環境衛生委員会とやらも、あの野良犬のことと関係あるのだろうか。俺にはよくわからないが、彼と美楽が抜き差しならない関係になっていることはわかった。

彼は俺に何か注文するように言い、と同時にもう店員を呼んでいた。

「はっきり事情を聞かせてくれ。あとはこのことから手を引くことだな」彼が言った。

続けてさらに、「わしには五人秘書がいるんだが、適当にひとりに言いつけて、あんたの素性を調べさせてもらった。奥さんは大丈夫なんだろう。末期だといっても、薬はある。しっかり退院を待っててやるんだな。娘さんだってあんたのもとに戻るかもしらん。そういうことだ。わしの言ってる意味はわかるな。自分の頭の上の蠅を追え。他のことは手を出さんほうがいいぞ。わしはほんとにあんたのことを心配しているんだ。あんたは知らんだろうが、検察の調査班に一本電話しさえすれば、そこの工作室にあるすべてのファイルの源氏名がそっくり監獄行きの証拠になるんだぞ」

それから最後通牒だ。「今まだチャンスがあるうちに、話してみろ。目的は何だ?」

「すべてが偶然なんです。私は何か考えていたわけではありません」

「それならけっこうだ。ついでにあの女も連れていけ」

「議員、彼女は私の言うことなど聞きませんよ。それに私はまったく知らなかった……」

彼はバーンとテーブルをたたいた。両の目がふいに冷たく光った。雲の合い間を光が通り抜けるようだ。惜しいことに、薄い雲の影がまだ半分を覆っている。まるでカップや受け皿の振動音につれて漂いはじめたかのようだ。

俺は続けざまに砂糖をふた袋入れた。スプーンが彼の注視の炎をゆらめかせている。俺には彼があがいているのがわかった。こういう激怒の仕方は実は狼狽しているということだ。事はあまりにも唐突で、国会の要人である彼の尊厳をすっかり打ち砕いてしまったのだ。しかも気の毒なことに、彼は絶対に美楽の名前を出さない。美楽がもし「あの女」にすぎないなら、俺は彼の眼中においてはただのチンピラに過ぎない。

チンピラはスプーンを回しつづける。この光景は彼の目からすればずいぶん困惑することのはずだ。比例代表区の議員の神通力は大きい。こんなちっぽけなコーヒーカップなんぞに身動きを止められるいわれはないはずだ。俺はかきまぜつづけた。かきまぜて、かきまぜて……それと同時に急いで考えをまとめていた。実は、彼が俺に会ってくれるのは善意をしめすためだと思っていた。あるいは美楽に対するほんの少しの関心か憐れみを見せるとか。それがなんと俺を脅しにかかったのである。どうやら事のすべてについて、完全に口を拭って知らんぷりするつもりのようだ。

「それじゃ言ってみたまえ。次はどうするつもりなのだね？」

「何とか手を考えて、彼女をあなたに会わせます」

「気でも狂ったか」

「議員、これは私には関係のないことです。おっしゃるとおり、私は毎日病院通いと娘探しに忙しく、あなたよりよっぽど大変な状況にあります。あなたは彼女の話を聞いてみてくださるだけでいいんです。私には彼女が何かを期待しているとは思えません。ましてやあなたの今のご家庭をどうこうするつもりのあるはずがありません。これについては確信があります」

「あんたは彼女に売春をさせたんだぞ。わしに対してそんなことを言う資格があると思っているのか？」

コーヒーも飲み終わらないうちに、俺は立ちあがった。だが、彼は俺を引きとめた。

携帯電話が鳴りつづける。彼は四コール目で出た。いらだたしげな口ぶりは次第に弱まり、手短に応じている。両の目をじっと俺から離さない。もしこのスキに俺がずらかってしまったら、おおかた彼は崩壊してしまうだろう。

それなら、俺は何を待っているのだろう。いったい何がほしいのだろう。

あきらかに何もない。俺はただこの件がいい結果になることだけを待っている。俺に会いたいと言ったのは彼のほうだ。俺は来た。口を拭って知らんぷりしようとしているのは彼だ。ならそうさせてやろう。ひとりの男が人生の頂上に這いあがるには、どうしても踏みつけにせざるをえないものがある。それなら、俺も美楽の腕の傷痕のことは言う必要もない。それではあまり子どもじみている。あの種の傷の痛みはとうてい彼の胸には伝わらない。話を聞いたら、余計怖がるかもしれない。彼にはりっぱな家庭がある。夫人は大手薬品会社の令嬢だ。彼が持っているすべてが、他人には持つすべのないものだ。だから彼は非常に慎重にする必要がある。考えうるかぎりの手を尽くしてでも様々の恐怖を排除し、ついにはいかなる人間をも排除することになるだろう。

どうにか電話が終わった。彼はきっぱり通話を切り、スーツの内ポケットにしまった。

「議員、あなたのお考えはよくわかりました。もう二度とお邪魔しません」

ちょっと待て、彼が言った。

彼はポケットから封筒を取りだした。薄っぺらな封筒で、明らかに手紙ではないし、もちろん現金でもない。「中に小切手が入っている。あんたにやるんじゃない、わしの代わりに渡してくれ」

「あの女に渡すんですか……?」

「他に誰がいる。あんた、開けて見てみたいかね。この種の金は出し惜しみなどせん。出すべきものは出す。あの女にちゃんとした生活をさせるためだ。男に搾り取らせてはいかん」

「彼女はもともとこの仕事をしているんじゃなくて……」

「馬鹿者め、じゃなきゃ、何をしているというのだ。あんたが教えたんだろ。自分の境遇を利用して俺を辱めろと。こんなはした金を出させるために……」

「あの野良犬のためですよ」

「犬のため？　冗談言うな。犬のことなど放っておけばいいじゃないか」

「議員、物事によっては放っておけないものもあるんです」

彼はそれを聞くと、黙ってしまった。顔のしわがゆっくりと変化し、赤や白の溝のようなしわが不規則にピクピク動いた。俺はまた彼がテーブルを叩くのかと思った。が、結局はちがった。とつぜん立ちあがると、俺に絶対ここから離れるなと言いおいて、トイレの方向に向かっていった。憤怒の炎が恐るべき尿意を刺激したらしい。俺は、とつぜん銃で撃たれたかのようにふらつく彼の背中を見ながら、ちょっと見ていられないような気もした。これだけでももうかなりこたえているようだ。

俺は長いこと待った。恐怖にかられた男がどうしてまともに小便などしていられるものか。どうせみなぽたぽたした記憶なのだ。あのころ、やたらに射精したときの快感は、何とも残酷な遠い昔の……。

彼が戻ってきても脅しを続けるようだったら、あの仕事はもうやめたことを教えるべきだろうか。

しかも俺は彼に言ってやりたかった。俺がいなくなったあとも、美楽は美楽だ。彼女の記憶は俺が手伝って排除できるものではない。俺はただ彼女が未来の道をどう歩いていくのか心配なだけだ。あの野良犬たちはますます増えている。彼女にはこうした僅かな望みしか残されていないことはわかる。今後どんな行動を起こすのか、俺にはまったくわからない。それでいっそう、あのかわいそうな姿に困惑させられることだろう。

あの日、俺が川べりの道を歩き、ずっとあの鉄板小屋が見つからずにいたとき、実はあの瞬間、俺はもう気づいていた。俺が探していたのは必ずしも彼女ではなく、自分の妻と娘を探していたと言うべきなのだ。それは美楽に重ねた幻影だった。引き裂かなければ、ふたりにならない。はじめは彼女はほとんど俺の娘のようなものだった。すぐ次の瞬間にはとつぜん昏睡状態にあるわが妻の化身となった。ふたりの家族は俺に言葉で言いあらわせないような痛みをもたらした。美楽と会っている時だけ、ふたつの幻影がすぐに彼女の体の上で合わさり、いっそう孤独な形となる。すると俺は思わず大声をあげて泣きたくなるのだ。

だから、あの時、ふいに悲哀を感じはじめたあの瞬間に、俺は寒梅たちを解散させることに決めた。しかも今、彼女たちと最後の別れをする機会を調整している。あのメキシコ娘が自転車に乗らなければよかったのに。俺は彼女たちにこの話をしてみようと思う。そのあと彼女たちにこう告げるのだ。あの工場の新しい買い主に頼んでみるつもりだ。もし相手が信じてくれるなら、俺は能力のかぎりを尽くして、五百キロ走っても鼠蹊部に水ぶくれができたりしないような新しいサドル・クッションを作ると。

俺はもう、次第にひとつの方向を探りだしていた。

通常、俺たちが坂を登るとき、習慣的にぎゅっと力を入れて踏むので、股下の筋肉が緊張してしまう。ちょうど人生が終わりに差しかかったとき、もう一度ラストスパートをかけたいと考えるようなものだ。

実はこの時のサドル・クッションには人間性に沿ったデザインを施すことができる。その両側が、過度に締めつけられるため、かえっていっそう柔軟になるように。それはちょうど冷たい胸が抱かれているうちに温かくなるのと同じだ。

もちろん、俺はもっと彼女たちに話すつもりだ。どの家庭でも同じだが、思いがけない出来事にあってどんなに焦っても、急場を脱したあとは、できるだけ早く過度の悲しみを抑えなくてはならない。先は長いのだから、ゆっくり歩いていけ。女性のきれいな足は、もとはと言えば歩くためのもの。他人には見られない肉体だけが、清潔な自分を抱いていられるのだ。男が金持ちになればなるほど、女はいっそう老けていく。この道理はよく覚えておけ。さもないと、後に何も残らないぞ。

あ、あのトイレへ行った男がやっと戻ってきた。

俺の目の前に来てもあいかわらず例の凶悪な顔をしている。だが、残念なことに彼のファスナーが少し出た小腹のあたりに引っかかって、ズボンの下の白い皺が見える。よほど慌てたのだろう。トイレであんなに長く苦戦することになって、ほんとうにご苦労なことだ。

「どうだ、考えは決まったか?」

彼は封筒を俺のカップの傍へ押してよこし、両手を胸の前で組んだ。

俺が早く退出すべきか悩んでいると、思いがけず彼が腕を組んだまま冗談まで言った。「あんたも自分の分がほしいなら、はっきり言ってくれ。とんでもない額でないかぎり、わしもけち臭いことは言わん。人間は困ったときにはどうしたって金で解決せにゃならん。言ってみてくれ。聞いてやるぞ」

彼のこの考えはあきらかに便器に向いながら思いついたものだ。

ありていに言えば、俺は喉から手が出るほどほしい。今の俺は金銭の需要度が生命のそれをしのいでいる。

だが、できるものなら、それよりもっと彼にしてほしいのは、今すぐ家に帰って犬にファックされることだ。

俺は結局、その小切手を受け取らずに別れた。

別れるとき、彼の様子はやや錯乱していた。驚きうろたえた両の目はいまにも俺を溶かさんばかり。凶悪な視線をそらすことなく俺に向けていた。俺はフロントを通るとき、やっぱり彼のほうを振りかえってしまった。彼はふたたびソファーの背に斜めにもたれかかっていて、一時間前と同じようだった。が、残念ながらその目はいっそう混濁して見えた。というのは光を背にしていたからで、目が見えなくなったかのように暗かった。

＊

寒梅はもともと昼間の仕事していたのだが、転業して朝食屋を開くことになった。

莉莉は南部の実家に帰り、寡婦の母親が経営するミルキーいちご農園を手伝うことにした。

紫羅蘭はファッションモデルになると宣言して、エージェントから二次試験の通知が来るのを待っている。

秋姫はちょっと面倒だ。気をつけていなかったので、すでに妊娠二ヶ月になっている。

新入りの倩倩はすこしくやしがって、俺が急に廃業を決めたことを恨んだ。

俺の妻は、昨日の朝七時七分に息を引きとった。

＊

もともとその時はふだんと変わりなかった。俺が病院に着いてしばらく、彼女はまだ眠っていた。米娜が俺のために窓のカーテンをすこし開けてくれた。部屋は明るすぎず、かと言って暗くもなかったので、朝の光をかりて彼女の顔を見ることができた。その後、米娜が洗顔や着替え、排泄の手伝いをする準備をはじめた。こういう時に俺がその場にいるのは具合が悪い。かつて一度、彼女が腹を立て、手足をこわばらせて寝返りを打たせようとしないことがあった。そこで米娜に言われて、俺はようやくその場を離れた。それは重病の患者にはめったに見受けられない恥ずかしがり方で、ひょっとしたらもう俺を他人だと思っているのかもしれない。俺が退室すると、やっと一連のことを順序通りにやらせたのだった。

そんなわけで、俺はドアの外に立って待った。腕時計を見ると、七時二分だった。あと半時間は行ったり来たりできる。非常口まで行って折り返してくればだいたい五十秒、階下の小さな花壇に行ってひと回りしてくればぴったりだ。だが、俺が下に降りようかどうか迷っていると、米娜の鋭い叫び声がドアをつきぬけて、廊下中に響きわたった。

それから俺は、医者と看護師が慌ただしく走ってくる足音を聞いた。

それから廊下に、最後にまた俺がひとり残された。

それから俺は、今通ってきたばかりの非常口が一面にぼやけるのを見た。まるで大雨がふっているかのように。

俺はずうっとそのままそこにいた、ピタリと壁にもたれかかって。だが全身から力が抜けてしまい、床にうずくまるしかなかった。

米娜が走り出てきて俺を呼んだとき、医者が聴診器を手に俺の傍らから離れていった。

*

葬儀の日は小雨が降った。俺の父親が捥いだばかりのトウモロコシをひと袋担いできた。袋を屋根付き駐車場においたあと、葬儀場のいくつかのホールに置かれた花輪で故人の名前を確かめながら探している。俺は傘をさして走っていき、父を呼んだ。そしてホールの後方に格子状に並んでいる小さな霊堂に案内した。この時になって父はようやく手の汚れを揉みおとし、さらにズボンの表面も力いっぱいこすった。それから線香を受けとって、わななきながら肩を落とした。

俺の娘はうつむいたまま紙の蓮の花を折っている。三日間泣き通しで、もう声が枯れている。紙を折りながら、パンフレットの経文をとなえ、顔をあげて誰なのかを見ることさえしない。その顔はひたすら縮こまって残月のような横顔になっている。外から、死者の霊を導く銅鑼太鼓隊の出発するどよめきが伝わってきても、まるで誰かを慰留するかのように、あいかわらずつぶやきをやめない。その唇は絶えることなく声なき想いを繰りかえし語っていた。

もはや痛哭するにふさわしくないこの雰囲気の中では、俺にはほとんどやることがなかった。ただ線香の火が消えないようにして、それがひと筋の青煙となってますます上に昇っていけるようにすることだけだった。俺は位牌の傍に行ったり、雨の中に出ていったりした。雨にぬれたガジュマルの木の下にベンチがあった。俺がそこに腰かけると、ちょうど遺影の写真からじっと見つめている彼女の目と正面から向きあった。写真は何年も前に彼女を連れて花を見にいったときに撮ったものだ。もともとは傘をさしていたが、ちょうどそのときのアングルの具合で陰になっていたので、傘をどけさせたのだった。今、彼女はなんのこだわりもなく笑っている。輝くような笑顔。まるでただ俺とかくれんぼをしているだけで、あんまり長く隠れていたので眠ってしまったとでもいうようだ。

道士たちの読経も最後になった。

葬儀にはわれわれ三人しかいなかった。

火葬室へ行くには長い廊下を通らなければならない。父は半分まで歩いたところで泣きだした。その泣き声は悲しいというより、さまよっているかのようだった。泣きながら外に停めてある車を振りかえり、屋根付き駐車場においてあるトウモロコシの袋を見ると、はっきりしない声で叫んだ。トウモロコシだぞ、ヨメはトウモロコシが大好きだった……。

ふつう火葬炉で鉄は溶かしてもよいが、トウモロコシを焼くのは許されない。俺にはトウモロコシにまつわる思い出はない。だが、あの歳月のあいだ彼女はたしかに少なからぬトウモロコシを食べたのだ。舅と嫁は農作業を終えると、畑の土の中にかまどを築いた。それで捥いだばかりのトウモロコシを焼くと、すこぶるうまかった。彼女は食べ足りないと、また捥ぎにいった。親父が、この嫁は嫁いできて以来いつもトウモロコシを食べて暮らしていた、と言った。その頃俺はどこにいたのだったろう。台北に出て工場なんか建てなければよかった。俺が彼女を台北に連れて戻ると、そうしたトウモロコシは胃につまったまま消化できていないようだった。ひとりの女は他人にはわからない欲望のために遅かれ早かれ爆発することがあるのかもしれない。新しい世界に触れたあと、その残滓をすっかり吐きだしてしまうのである。

雨はまだ降っている。雨粒が大きくなった。空が見えなくなった。

この時ひとりのトラック運転手が飛んできて、届け物の送り状を手に俺の名を呼んだ。それから荷台の上の花輪を指さして、どこへ置けばいいのかと訊いた。

誰が送ってきた花輪かとたずねると、彼はびしょぬれの送り状に目をこらした。そこには滲んだ墨の跡しか残っていなかった。

俺は言ってやった。葬式が終わるころに、花輪を届けるなんて、ひやかしのつもりか？

彼はしきりに詫びた。社長は受けつけるつもりはなかったのだが、相手がどうしても届けてほしいと言ってきかなかなかったのだそうだ。

彼はついに荷台に上り、一番上に積んであった花輪を持ちあげてみせた。セロハン紙が糊付けされていて、書かれた文字が流されずに残っている。ただ雨があまりひどいので、勇壮な文字からポタポタ水が垂れて、惨めな有様になっている。俺は傘をさして荷台に上がり、傘をさしかけた。その紙がゆっくりと元の姿を露わにした。まるでおもしろくもない謎を解くようだった。四つの大きな文字が強硬に浮かび上がった。「音容宛在」〔弔辞。故人の声や姿が目に浮かぶという意味〕

その下側にはまだ文字がある。ほんとうに糊がはがれたのだ。それは歪み傾いた高福徳の哀悼の文字だった……。

＊

娘は忌引き休暇が終わると、いつもよりたくさんの衣類をふたつのスーツケースとソフトナップザックに詰めた。俺は階下に降り、車をバックさせて路地口をふさいだ。案のじょう、彼女は進退窮まった。しぶしぶ荷物を車のトランクに入れ、おとなしく後部座席に座った。まるで昔のように穏やかな短期の旅行に出かけるかのようだ。

だが俺は二度と彼女のほうを振りかえらなかった。彼女を見ている機会がなくなってすでに久しい。とつぜん遠慮ができてしまった。彼女がまた窓の外を向いたまま、最後まで憎しみのこもった顔をしているのではないかと怖い。最後といっても実は二十分先の駅だ。速く車を走らせれば、それだけ早く恐るべき別れの時間がやってくる。

「いっそ学校まで送って行こうか?」俺は試しに訊いてみた。

彼女は深々と腰かけて、バックミラーで顔を見られないようにしている。だから俺は待つしかなかった。彼女の沈黙にこめられた憎しみはいつになったら消えるのだろうかと思いながら。ますます時間がなくなってきた。駅へ行くなら左折しなければならない。学校まで送るなら、右車線から高速道路に乗るのだ。

彼女がとつぜん車を停めてほしいと言った。

車は一般道に滑りこみ、ちょうど人の店の前で停まった。俺は彼女が飲み物でも買いたいのかと思ったが、意外なことに車から降りて前のドアをあけ、とつぜん助手席に乗りこんできた。

「警告しておくけどね、母さんの部屋には入らないでね」

「でもちょっと片づけくらいしなくちゃ」

「あたし、もうカギを換えておいたわ。勝手に触ったら、めちゃめちゃになっちゃう。あたしはもとのままにしておいてほしいの」

「誰だってもとのままにしておきたいよ……」

その後、俺は承知した。なぜなら俺に学校まで送らせてくれることになったからだ。

車で南下すると、大学まで二時間かかる——幸せな時間はまだまだ続くのだ。彼女はついに俺の隣に座った。話している時間より黙っているほうが多かったとしても、少なくともふたりの距離はもはや悪夢のような遠さではない。途中で俺たちはドライブインにも寄った。彼女がコーヒーを買うことに反対しなかったので、俺は店にすっ飛んでいった。注文しながら、窓の外の彼女の孤独な後ろ姿を眺めた。あの尽きることのない悲しみは過去のものとなるべきだ。生きている落葉樹は一時的に葉がぜんぶ落ちるだけだ。

俺たちはもうずいぶん長いあいだ、いっしょにコーヒーを飲んだことなどなかった。

だが、このとき彼女が言った。「ひとつ話があるの。やっぱり知っておいてもらったほうがいいから」

あまりにもとつぜんだったから、俺はこっそり目を閉じた。事柄によっては、知らないほうがいいこともある。

だが、そのあとすべてを知った。

「あたしイギリスに行くつもりなの」彼女が言う。

俺はとりあえずホッとして、すぐに留学の費用は手伝うと言った。

彼女は疑わしそうに俺を見ながら、「ああいうお金でどうして勉強できると思う?」

「私が新しい技術を開発すれば……」

「いらないわ。あたしが申請したのはワーキングホリデーのビザだから、お金を借りなくても大丈夫、二年後にはイギリスの大学院に入るつもりよ。ただ知っておいてもらいたかっただけ。今後はあたしのこと待ってないでね。あたしの消息がないときは、国外にいる可能性が高いということよ」

「とっくに決めてたんだね。なんで今ごろ話す気になったの」

機会がなくなると困るからよ。彼女はあとでそう言った。

校内に入っていくのを見送っているあいだ、彼女は振りかえりもしなかった。ついには曲り道に入ってしまい、先へ進めないのに気がついて、ようやく大きな並木のあいだから回り道して出てきた。俺がひとりでぼろ車をターンさせて戻る途中、夏のスコールに見舞われた。空にはたえず稲妻が光っている。路面はだんだんと川のようになってきた。両サイドの視界が狭まり、ぼんやりした木の影しか見えない。前方の車のフォグライトが、水のなかに棄てられたたばこの吸い殻のようだった。

＊

台北に戻ったとき、まだ黄昏になっていなかった。だが家のなかは真っ暗で、とうにカギをかけられた部屋には入れなかった。

娘にショートメールを書いた。うるさがられないように簡単に、気をつけて、とだけ。ひたすら、彼女が早く読んで、わかったという ひと言をくれることを願った。もちろん返事はなかった。彼女は、途中で俺があの暴雨に命を奪われるのではないかと気にしないばかりでなく、俺が命を奪われてもとうぜん関係ないと思っていたのに違いない。だが車がもうすぐ学校に到着しようというとき、彼女はあきらかに泣いていた。静かに涙を流して、俺に見られないようにしていただけだ。

もしも美楽が彼女の化身だったなら、俺の心情を感じとることができただろう——俺のあのサドル・クッションに関する研究開発は、それを一種の夢にすれば、生きているかぎり実現する希望がある。俺は心から彼女とこの喜びを分かちあいたいと願っている。もう間もなく着手するだろう。彼女は聞いてくれるだろうか。娘のように静かに座りながら……。

俺はまた階下に戻り、車のエンジンをかけ、あの水辺の小道に向かって運転していった。

野原にはどこにも灯りは見えない。渓流の流れる音が遠くなったり近くなったりする。雲間には弓張り月が出ている。悲しげな横顔のように青白く暗澹としている。車のライトが鉄板小屋の前の土手にあたったとたん、たちまち土手の下の草むらから一連の犬の吠え声が聞こえてきた。目には見えないが、土手の坂を踏む足音が響き、ひどく獰猛な吠え方をする二、三匹が飛び出してきた。

俺はやむなく急いで窓を閉め、車内灯を消した。犬の爪がガリガリと車体をひっかきはじめる。ちょうどそのとき懐中電灯の白っぽい光が現れ、ついで犬を諌める低い声が聞こえた。俺はどうにか彼女のその息せききった声を聞きわけた。彼女がフロントガラスの脇まで来た。光の輪がハンドルを直に照らす。懐中電灯はますます近づいて、最後に捺印でもするように先端がガラスに押しつけられた。

暗やみのなかで彼女が何か言っている。声は聞こえない。まるで遠くの森の中にいるようだ。

窓を開けると、彼女が言った。あなたじゃないかと思ったわ。

俺は車から降りて、彼女の後ろについていった。肩掛けが彼女の首や背中のあたりで暗い影をひらひらさせている。一歩進むごとに、彼女が懐中電灯を下に向けて道を照らしてくれた。かき分けながら進むつる草のあいだにシャシャという足音がきしむ。最後の一段はけっこう地面から離れていた。彼女はひらりと身を躍らせ、気がついたときには下にいて俺を待っていた。俺は彼女が投げかけてくれた光の輪を見つめながら、まず湿った石の上に足をのせた。と、思いがけず一瞬にして滑りおち、彼女の上に倒れて、また犬に吠えられてしまった。

はじめて入った鉄板小屋はがらんとしていた。籐椅子がいくつか置かれ、壁にはずらーっと合板が張ってあった。こまごました工具がいくつか置いてある以外は、川辺で拾ってきたらしい流木が何本かあるだけ。あとは電球が一個ぶら下がっているばかりだった。

「こんなところで君はどうやって寝ているの?」

「立って寝るんですよ」

彼女は入り口そばのコンロに火をつけ、錆だらけの鉄瓶をかけた。振りかえって笑いながら、冗談よ、と言った。それから左側の隅を指さした。そこには柄模様のカーテンが針金に掛けられていた。ベッドはその中にあり、目につかないような隅にいろいろな長さの衣類が掛かっていた。

彼女はお茶を二杯入れ、ベンチを引きずってきて、間に合わせのテーブルにした。両目には倦怠感はないが、やはり一晩中眠れなかったときのような孤独が感じられる。だがまた疑いないのは、彼女が客に会いに宴会に出かけるときは、まさにここから出ていったということだ。体をひと振りさせてあでやかな女性に変身、まったく新しい戴美楽嬢がしゃなりしゃなりと登場する。彼女が毎回の化粧や着付けをこんな粗末なカーテンの中でやっていたとは、誰も知らない。

もちろんこのような日々は終わりにしなければならない。まるでお化けの出そうなところだ。

「美楽、俺はひとつ不安なことがあるんだが」

「あたしたちをばらばらにしたことを後悔しているんですか？」

「ちがうんだ。高議員が君に渡してくれと小切手を切ったんだが、俺は断ったんだ」

「ふーん」

「それが君が欲しがっているものじゃないと俺は思うんだ。だが一方で、やつがこんな簡単にあきらめるはずがない。万が一、直接君に会いに来たらどうしようと、心配なんだ。君は彼に会いたいかい？　それとも早くここを離れたほうがいいかい？　ここはあまりにも危険だ。これ以上は俺には手伝いきれない」

「彼があたしの口封じにやって来るとは思えません」

「俺の考えすぎならいいんだが……」

「ふん、それならあなたが教えてください、どうしたらいいのか」

「急に思いついたんだが、いっそやつの金を受け取って、安心させてしまえばいい」

「いくらなんですか？　なんであたしにお金をくれようとしているんでしょう？」

「俺は小切手を見ていないんだ。やつは、君がしばらくいい暮らしができる額だと言っていた」

彼女はお茶を飲むと、肩掛けをはずして、ポットの湯を加熱しに行った。首の後ろに貼りついた短いシャツが持ちあがり、ズボンのウエストの上の白い肌が露わになった。まるで親しい人のふだんの生活を見せられているようだ。こんなにもさりげなく簡単に、こんな夜中に目の前にある。だがこれはつかの間のまぼろしにすぎないことに気がつくと、ふいに捨てがたい寂しさや悲しみが湧いてきた。おそらく同情からだろう、俺自身の苦境と混ざり合ったのだ。

「どうするか、実はもうちゃんと考えてあるわ」彼女は腰をおろして言った。

「それならけっこう、自分なりの考えがありさえすれば、このことはじきに過去のことになるよ」

「このことがどうして過去のことになりえるんですか？」

「そんなら君は何を考えたんだい。むちゃをしてはいけないぞ」

「あたしが考えたのは、あなたにもそう願ってほしい……」

俺は間をあけ、お茶を飲みながら、何も見えない外の暗やみを見ていた。

俺は思った。彼女の今の境遇は、普通の人間が普遍的にもっている同情心に基づけば、誰だって何かしら知恵を出してやりたがるだろう。だが、俺はもう二度と手出しはできなくなった。さいわい彼女はあの日の高議員の冷酷さを見ていない。道は途絶えたのだ。彼女は自分の道を選び、一刻も早くこの鉄板小屋から出ていくべきだ。

俺が外の闇を凝視していた時間は、彼女がひたすら待ち受けていた時間を超えた。

そこで彼女がまた口を開いた。

「ほんとうのこと言うとね、あの日、あたし、お葬式に参加したんです」

彼女の声が急に低くなった。「あたしが木の下に隠れていたら、あなたの娘さんが蓮の花を折っているのが見え、お父さんがそのあとずっと泣いていたのが見えました。大雨が降っていて、ものすごく悲しそうに泣いていた。みんなあたしには聞こえました。あなただけが泣かなかった。でもあたしにはなぜ泣かなかったかわかりました。あなたの心の中には死ぬことよりももっとたくさんの悲しみがあって、泣けるくらいならまだよかった。そうなのでしょう？　あたしも泣けなかったからこそ、あなたのことがわかったんです」

「何の話をしてるの」

「あのとき、あたしはまさにこんな気持ちを抱えて、オーディションを受けに行ったんです。死ぬよりましだ、って思って。そのあと、あたしに服を脱げと言ったじゃないですか？　あたしはほんとうに脱いだ。それはどんなに勇気が要ったことか。合格できないと困るので、しかたなく服を脱ぎながら、あなたに笑いかけさえしました。あの時あなたは目を見開いてまた閉じました。恥ずかしかったのはあたしじゃなかった。逆にあなたを脅しちゃったわけですね」

彼女は立ちあがって傍らの籐椅子にもたれかかると、ふいに俺の手をつかんで自分の膝の上においた。「ほんとに四本しか残ってないんですね。かわいそうに。あたし、このあいだ、また生えてきた夢を見ました」

そう言いながら、意外にも泣き出し、すでにふさがった傷口を激したように引っぱった。あんまり強く引っぱったため、とうとう当時の痛さが戻ってきた。「あのとき、あのやくざたちの言うことを聞いて、あたしを呼びもどせば、何事もなかったのに。どうしてあんなことしたんですか？　おかげであたしは一生あなたのために生きなきゃならないのかしら？」

「何言ってるんだ。それとこれとは別の話じゃないか」

「わかりました、じゃあ、もう言いませんから、すぐ承知してください」

「いったい何を承知しろというんだね？」

彼女は短くなった俺の指を撫で、柔らかな首を近づけて俺の顔にぴったりくっつけた。

「教えてあげてもいいですよ、あたしといっしょに死んでくれるなら」

＊

夜が明けるとすぐに、俺は電話をかけはじめた。ずっと誰も出ない。

すでにセリフを考えてあった。やつがあのびしょびしょの花輪を贈ってくれた礼を言うのだ。もしまだチャンスがあるなら、直接会ってもう一度話し合おうと思う。今度は俺のほうが、年末には選挙があるんではないですかとやつを脅すことになるだろう。柔軟にやるべきことは、柔軟にやろう。どのみち少しは懺悔の涙を流すべきだ。もしも美楽の心が憎しみでいっぱいなら、死ぬこと以外、彼女にはどんなバカなまねもできない。

やがて助手が言った。高議員は出かけました。

じきに電話がかかってきた。まわりの音がうるさかったが、彼が驚き喜んでいることは隠せなかった。

彼は言った。今、南部の実家にいて選挙活動をしている。何日かしたら台北に戻るから、その後で会う時間を決めよう。電話を切る直前に、またあの小切手のことを持ち出した。畳みかけるように訊いてくる。同意したのか？　彼女は同意したのか？　まるで、焦った商人が俺が交渉を成立させるのを待っているみたいだ。

俺はよっぽどやつに、美楽はもうすぐ死ぬぞと言ってやろうかと思った。

そのあと考えて慄然となった。これこそがやつの一番聞きたいことだったのではないだろうか。

そうしたら、金銭の授受以外、何もなかったことになってしまう。

俺がずっと探し求めている自分が失ったものを、美楽はとっくに失っていたことに気がついた。

何日も続けて、俺は自分自身を閉じこめた。家のなかは狭くて荒涼としている。キッチンから客間まで小幅で歩いてもせいぜい八歩。あの侵入禁止の部屋は使えず、俺はソファーかベッドに横になっているしかなかった。つまりまるで無人の場所を見張りながら生きているようなものであったが、実はもう死んだも同然だった。

そしてたまに邪悪な夢のなかで音もたてずふらふらと歩きだすこともあった。

こんな時には、ささやき声が伝わってくる。いっしょに死にましょう、いっしょに……。

そんなある日、高議員からはまだ電話がなかったが、代わりに一通の書留を受け取った。

中には手紙ではなく、三つ折りにしたカードが入っていた。表にピンクのクレヨンで小さな花が描かれている。

まん中の頁には数行の文字が書かれていた。小さく縮こまった体そのものの筆跡だ。


そうでなければもう一つ方法があります。どうしてこれまで気がつかなかったのでしょう?

私は全部の犬に名前をつけました。今日、ボランティアの友人たちがみんな引きとっていきました。

川辺には私ひとり残っています。今度はあなたが私を収容しに来てください。田舎へ行って野菜作りをするのもいいですね。

残った餌代でドレスを借ります。それに裁判所の公証処に予約しました。


カードの最後のページには、時間と場所が表示されており、ハートが二つ描かれていた。

二行目には、こう書かれている——新婦、戴美楽嬢
三行目には、鉛筆で丸がしてあった——新郎、（自分で埋めること）先生
川辺は住所が無いので、封筒には裁判所の住所が書かれていた。

受付の台にへばりついて書いたのだろう。一方に傾いた字体は、体を傾げている彼女の姿を見るようだ。

去年、応募してきたときもひどく厚化粧をして、無理に世慣れたふうをよそおっていた。実際には、服を脱いだあの一瞬、その目をベランダのほうにそらしていた。まるでわざと自分の肉体から抜けだして、自分の純潔な魂を俺の侮辱から守るとでもいうように。それでかろうじて、上半身裸になっても気にしてないように見せたのだ。他の女の子なら慌てて隠そうとしただろうに。

だがあまり長くじっくり見ていにくい沈黙のなかでも、俺は彼女の体の秘密を記憶してしまった。白く張りだした乳房の右側に小さなピンクのあざがひとつあった。それ以来、彼女のことを考えている時もいない時も、常につきまとって離れない衝撃となった。とりわけ彼女をある食いしん坊の手に渡したときの、あの罪悪感と心の痛みときたら！　まるで一度所有したものを再度失ったかのようであった。

今、彼女はとつぜん俺の嫁さんになろうとしている。

いいのだろうか、俺はほんとうにそれでいいのだろうか？　午後のあいだ、彼女の招待状を読んでいた。午後いっぱい、俺は狂乱の小空間のなかを壁にぶつかりながら行ったり来たりしていた。絶え間なく何年も俺が堅持してきたものを思い、今後ふたたび戻ってこないもののことを思った——俺はさらに小指の先をぎゅっと握りながら、ある日自分がほんとうに花嫁の美楽を抱くとき、こいつはもうこうした生命の喜びに参加しに戻ってこられないのだということ、指全体が薬指とのすきまのところで断ち切られ、親を失った子どものようにひとりぼっちになることを想像した。

黄昏が訪れたとき、俺はどうしてよいかわからなくなって泣きだした。

ろくでなしの駭雲

周芬伶

周芬伶（しゅう・ふんれい、チョウ・フェンリン）

一九五五年生まれ。長篇小説に『湿地（濕地）』、『花東の女（花東婦好）』、中篇小説集に『左傾化する妹（妹妹向左轉）』、『影の恋人（影子情人）』、散文集に『絶美』、『汝色』などがある。中山文芸賞、呉濁流文学賞、呉魯芹散文賞の受賞歴がある。

「ろくでなしの駭雲（浪子駭雲）」◉初出＝『聯合報』二〇〇二年七月二十六日　使用テキスト＝『浪子駭女』（二魚文化、二〇〇三）所収のものいったい誰にパソコンの世界の広さや深さが測れるだろう？　誰に心の品性の善悪が審判できるだろう？　心の世界はパソコンの世界より奥深くて広大だ、きっと。
あなたはマウスを動かしてネットの世界に入り、もうひとつの、星雲がありブラックホールのある新しい宇宙をひらく。

某ウェブサイトのミーティングルームの担当作家となって、二年になる。このウェブサイトを運営しているのは株式上場のネットワーク会社だが、契約を結んだあとは無しのつぶてだ。あきらかにこの経済悪化の波のなかで倒産しても不思議ではないが、もっと不思議なのは編集長の姿が見えなくなったことだ。文章は今までどおり更新され、新しい本は出してくれたし、広告も出ている。私のウェブサイトが学校のホストコンピュータに喰われて以来、残ったこのミーティングルームでしか人気指数が測れない。検索回数は以前は六、七百回あったのに、今では一、二百回しかない。私はフーッとため息をついて、蚤のように画面に跳び乗った。

今日のミーティングルームの雰囲気は炎上気味だ。「駭雲（ハイユン）」という名の人物が、ほとんどすべてのメールに返信し、そのうえ誰とでも見境なく口論するのである。たとえば、誰かが私にある本はいつ出るのかと訊ねたとする。すると彼は、お前なんかに用はないと答える。またある人が文学上の質問をしてきたとする。すると彼は、自分を何様だと思ってるんだ、と回答するのである。こんなに人様の時間を独占してどうするつもりなのだろう？　さらに不思議なのは、私の返信のあとこう反応してくることだ。どうか俺の心のなかにいる完璧な作家を騙（かた）らないでくれ！　俺はあんたを呪うかもしれない。

　この人物はよからぬ魂胆をもっている。道場破りをしに来たのは明らかだ。今なおミーティングルームに紛れ込んで見たり聞いたりしている。私はウェブサイトとの契約を盾に、なりすましをしたら懲罰されると言った。彼はまた、あんたは登録していないのだから、誰でもなりすましができる、と返信してきた。そのうえ、これ以上登録しないでいたら、自分が名前を騙ってやると脅してきた。私は担当作家は登録する必要がないと答えた。すると、彼はすぐに私の名前を使ってネットユーザーに返信した。これではまったくのならず者だ。もし私がこれは誰かがなりすましているのだと指摘したとする。そうしたら、私の返信はどれもこれも疑わしくなってしまうだろう。草むらをつついて蛇を驚かさないようにするためには、ネットの掲示板に張りつけて、駭雲に勘弁してくださいと懇願するしかない。タイトルの様子はへりくだっているが、メール本文の語気は強くした。「私にはあなたが何を意図しているのかわかりません。なんども威嚇し、私が未登録だとはいえ、私の名を騙って発言するなんて。見つけたら、ウェブサイトに訴えて調査をしてもらうよう要求します」心のなかでは思っていた。いったい誰の恨みをかっているんだろう。こんなふうに、こっそり私を陥（おとしい）れようとたくらむなんて。ネット上の陰険さは世間よりひどい。駭雲はこれからまたどうやって私に立ち向かってくるつもりだろう？

　何日かたっても反応がないので、この宣言が効いて不良分子を追いはらったと思っていた。五日目に、駭雲から長い返信メールが送られてきた。

あの何とも言いようのない発言を書いてから、俺は一日じゅう尽きることのない後悔と恥ずかしさのなかにいました。そのあいだにようやく、生は死よりましとか、後の後悔先に立たずとか、一度の間違いは一生の後悔とかいうのがどういうことかわかってきました。でも結局のところは後悔していません。それは俺が恥の記憶を取っておく趣味があるというわけではなくて、今回のことが俺に貴重な人生経験を増やしてくれ、永遠に俺の記憶のなかに大切に収まり、俺の心に深く刻まれたからです。もちろんこれも俺の話したいことではありません……

俺が話したいのは一体何かというと、とうぜんやっぱり周(ジョウ)先生に、おっと違った！　俺のあの優しい姉さんに謝らなければなりません。謝らなければならないばかりでなく、姉さんには俺が悲しみのあまり死を願っている心境を感じ取ってもらうと同時に、俺に無私の情熱的な援助をしてくれて、あなたの偉大な人間性の光で俺の心の隅っこの暗やみを明るく照らしてもらいたいのです……

弟？　なんと私がすっかり忘れ果てていたあの弟だったのか！　激情にかられては、何度も間違いを起こしていた弟だ。私にはふたりの弟がいる。上の弟は私より十一歳下で、今はもう天国にいるが、しょっちゅう私の夢の世界や文章のなかに出現する。下の弟は十三歳下で、はやばやと忘却の川の流れに沈められて何年にもなる。ふたりとも子どものときエキスを使い果たし、その後は絶え間なく荒波にもまれ、その生命の凶暴さや理不尽さにぞっとさせられた。私は幸運にも社会の上層に身を置いているが、弟は底辺で気ままに暮らして泣きをみている。

下の弟は、幼いころはとても芸術的な天分のある子どもだった。彼は年下のいとこたちといっしょにバイオリンを習った。六、七歳そこそこだった弟は、毎朝早く中庭で練習していた。私はそのたびに我を忘れて見とれた。先生はわざわざ北部から来てもらっていて、レッスン料がとても高かった。数年間習ったところで、実利を重んじるわが母親が、レッスン料が高すぎると断ってしまった。発表会のとき、先生はステージにいる生徒を指さして私に言った。「あなたの弟さんより上手な人はいません、ひとりとして！」このことで、私と母は長いあいだ言い争った。だが、理想主義はついに実利主義にはかなわなかった。弟は泣きながらバイオリンを壊した。これに続いて、野球に夢中になり、一日じゅう外で野放図に駆け回っていた。

あの頃の弟はまだ私にとって天才の宝物だった。台北の大学にいたとき、彼に毎週一回手紙を書くように言い、さらに暗誦すべき詩をひと通り写すようにさせた。まもなく唐詩三百首を覚えた。外での日々は押し測りがたいが、弟をつなぐ糸は切れることはなかった。大学院に入ると、上の弟が乱れだした。下の弟はずっと上の弟を崇拝してきたので、兄にくっついて賭博場でお茶くみをやった。母はお金を稼ぐのに忙しくて気にもとめず、ふたりの男の子はいっしょにやくざとつるんでいた。上の弟が逮捕されるにおよんで、下の弟も目が覚めた。英雄の末路はろくでなしだったというわけである。下の弟は大きな間違いはしなかったが、小さな間違いは絶えなかった。屏東（ピンドン）中学校から潮洲（チャオジョウ）中学校へ、それから屏東の商業工業学校へと進学するあいだ、いつも教師とけんかした。今でも覚えているが、広告デザインの卒業展のときは、彼が学級委員長で人気者だったため、わが家はデザイン工房と化した。おおぜいのクラスメートが昼も夜もわが家で作品制作を急いでいた。ところが卒業直前にまた教官とけんかになってしまった。今回はどうしても退学しろという。あの当時、教官の権力は大きかった。父は趙少康（ジャオシャオカン）〔一九五〇年基隆生まれ。国民党の政治家〕に手紙を書いたが、当時は時の人だったので、相手にもしてもらえなかった。下の弟はこうして学校から追い出された。人生の転機というものは一歩間違えば、どこまで行ってもうまくいかない。小さな田舎町の子どもは、成績が悪ければ、ふたつの道しか選択の余地はない。人殺しになるか、やくざになるかだ。

その頃わが家は上の弟のために上へ下への大騒ぎで、下の弟の存在を忘れていた。もしかしたら彼の様々な行為は、ただ家族の注意と愛情を引きつけたかっただけなのかもしれない。彼がどんなに騒ぎを起こしても、私たちの気持ちはとっくに冷えきっていて、彼がその暗黒の、死へと近づく底なしの深淵に落ちていくままにしていた。彼らふたりが歩いていた危険な道すじは、ほとんど同じようなものだった。賭博場に入りびたり、麻薬をやり、入獄……私には彼らはひとりであって、異なるところはないように見えた。上の弟は家ではおとなしかった。下のほうは家でも外でも同じように乱暴だった。上の弟が死ぬと、私の弟愛も終わり、いっそう自分の殻に閉じこもって、二度と下の弟の存在を感じなくなった。だが弟は私をどう見ていたのだろうか？　高潔な教職につき、結婚も家庭も順調で円満な、傲慢で冷淡なインテリ？　作家という光輪を頭に載せて、座して名利を収め、自ら非凡だと任じている運命の寵児？　私たちのうちひとりは天国で暮らし、ひとりは地獄で暮らしている。彼はネットカフェで遊んでいるうちに、一時間一元のあの暗いたばこの煙の立ち込めた場所で、偶然ウェブサイトで私のミーティンググルームを見つけ、私が忍耐強く読者や学生の悩み事に目を通していること、また懇切丁寧に彼らの質問に答えていることを知った。それで彼はすっかり腹をたて、すべてをめちゃめちゃにしてやろうと考えて、彼なりのならず者的手段をもちいたというわけだ。だが、やっぱり後悔すると同時に、自分のやったことすべてが嫌になって、私に告白し、助けを求めてきたのだ。ただ、私はあいかわらず疑いを抱いていた。万一彼がなりすましだったら？　これが卑劣な冗談だとしたら？　それで、私はただ淡々と答えておいた。「ご心配なく。このことでご自分を責めないでください。あなたの情熱と知恵をよいことに使って、心の清らかさと明るさを取り戻せば、きっと自分の道が切り開けます」

すぐに、彼から返信がきた。

姉さんの思いやりと理解に感謝します。あなたの言葉は俺の生きたいという気持ちを強く刺激してくれました。ほんとうは恥のなかで自分の粗末な命を終わりにしようと思っていたのですが、まさにどうやって自殺しようか頭を悩ませていたこのときに、あなたの思いやりのある言葉が春の泉のように俺の冷えた心を潤してくれ、さらに眠れぬ夜に付き添ってくれました。あなたの言葉のおかげで俺は生き続けるための強い力を見つけました。俺はついに、生きていてこそ生命の偉大さと崇高さを感じることができるのだとわかりました……

あなたの無限にくぼんだ憂うつな瞳のなかで

楽しいか楽しくないか、正常か正常ではないかが他人によって定義されると、あなたの存在はまた補助的な尺度を失う。

「両手を伸ばしてください」私はやっとの思いで、噛んだ爪が無残になっている両手を伸ばした。

「いつからですか？　やめたことはないんですか？」

「記憶にある限りこんなふうです。やめたことはありません。旅行のとき、特に遠距離の旅行のときだけです」

「噛むからこんな爪になっちゃうんです。あなたの病気は幼児期に遡らなくてはなりません……」

かかりつけの精神科医は呻いた。

「私にはたしかに睡眠障害があります。でも、感情の問題だとは思いません」

「ありますよ。自分で認めないだけです。強い睡眠薬なしには寝つけず、しかももう十数年も服用しているなんて、問題がないほうがおかしいですよ」

「児童精神病」、ネット検索でこの戦慄すべき単語を打ちこむと、次のような資料が現れた。

児童や少年期の感情は大人のように完全に分化してはいないが、彼らにも喜怒哀楽の感覚はある。彼らがプレッシャーにあうと、深刻で持続的な焦燥感などの感情的反応がおこる。しかも正常な家庭あるいは学校での生活に影響した場合は、診断の要件となる。児童および少年期の自律神経失調症の表れ方はたくさんある。過分の焦慮や不安、長期の懼(おそ)れ、強迫観念と行為、ヒステリー症状、憂うつ、登校拒否、夜尿症、頭痛、めまいなどの生理的な症状は常に外在的な圧力によって誘発されるものである……

世界衛生機構による概算では、地球全体のおよそ五分の一の児童と青少年には成人前に多少なりとも感情的行為の問題が表れるだろうという。主な表れとしては、学習困難、自信の欠如、同年齢あるいは成人との付き合いの困難、喫煙、飲酒、ドラッグ、早すぎる性行為、少女の妊娠、家出、自殺と暴力、犯罪など……

おそらく弟たちと私の問題は一種の精神疾病（しっぺい）にすぎないのかもしれない。そのうえに家族の遺伝もか？　父は三十数歳でノイローゼになった。二番目の叔父は青年時代から長期にわたって睡眠薬を服用していた。母方のおじは精神分裂症だった。もっと前には、発狂の危機に瀕した父の五番目の姉妹が錯乱状態で亡くなっているらしい。記憶喪失になった祖父、おそらくそれよりもっと早いころ、写真のなかの曾祖父は深くくぼんだ憂うつそうな目をしていた。私たちにはみな同じような目が遺伝している。

もしかしたら弟は最初にバイオリンを壊したとき、その脆弱な神経が断裂してしまったのかもしれない。そして私はこれまでほとんど愉快であったことはない。常に巨大な恐怖に追いかけられていた。私はいささか輝かしい肩書きをもっているが、始終、それは自分のものではない、人群れのなかで私は永遠に障害者なのだと、感じている。

自我はどんな構造になっているのだろう？　心と肉体はどの一点で結びつくのか？　その一点が壊れそ

うになったとき、自我は察知できるのだろうか？　私が文章を書くときはいつも自我から出発している。まさにその一点に絶えず集まったり戻ったりしている。まるでさまよう亡霊のかげろうが、断続的にその一点を守護しているかのように。

もしもある犯罪者たちがただ精神的に病んでいるだけなら、彼らの背負う十字架はどれほど重いものだろう。まさに暗やみのなかでしか、光明や崇高さや偉大さや神聖さ……などを呼びよせられないのだ。私は長いあいだ弟と無沙汰だったが、一対の瞳が私たちを引き合わせた。

私はこの考えを遠方にいる、医者である親友のEveにメールした。彼女はすぐに返信してきた。

わが親愛なる友よ、あなたの「発見」は事実に対して何の助けになるのでしょうか？　私は精神医学についてはあまり詳しくないのですが、人は誰でもその人なりの精神病をかかえています。たとえば私のところの医者たちは食べ過ぎで、競い合って太っています。私はまたひとまわり太りました。焦りとプレッシャーのせいでしょう。

こんなにも長いあいだ、あなただって無事に生きてきたではないですか？　病気も苦痛も無し。そのうえ十数冊も本を書いた。あなたにいま必要なのは徹底的な休息とリラックスです。あなたの憂うつと仲良くつきあいなさい。服薬を拒んではいけません。ビタミン剤だと思えばいいのです。できるだけ楽しくなるようなことをやりなさい。（私の今の楽しみはデータをＣＤに焼き付けること。そのためなら食べず眠らずにいられます）

犯罪者を精神病患者だと解釈するのは、責任逃れの考え方ではないかしら？　責任感のある人には発狂する権利はありません。あなたの弟さんは何か仕事を見つけるべきです。失業期間が長すぎました。当直中にメールを書いているので、私のポケベルが鳴っています。BYE！

自分の憂うつとうまく共生しろだって？　言うは易しだ。長いあいだに、数え切れないほどの疾病検査をやった。ただ情緒が病んでいることを認めたくないし、抗うつ剤を飲みたくないだけだ。弟もおそらく認めたがらないだろう。誰でもみなそれぞれの精神病をかかえている。あまり深刻にならなければよいのだ。弟のメールのなかの言葉は狂気じみている。私は相手にしないわけにはいかないし、かと言って、あまり親切そうにすることもできない。さもないと、彼のメールが海水のように押し寄せてくるだろう。何かやることを見つけさせたほうがいい。返信は簡単で短いものにした。

あなたのおかげで事あるごとに逆らっていた弟を思い出しました。もしも向上心があるなら、一週間に一度、文章か読書感想文を一篇、書いてみなさい。見てあげます。

私たちを二十数年前に戻し、弟を天才の宝物だとして、私たちをつなぐその線を接続しなおしたら、彼は自信を取りもどし、もう一度才華を発揮するかもしれない。その実、私たちの状況はたいして変わらないのだ。ふたりとも精神の残骸の恐竜や怪獣を引き連れて、賑やかな世界の歌声や物の怪の影に隠れている。ただ私がつけているのが比較的精緻で美しい仮面であるだけだ。弟は私の逃げ場を無くしている。彼は仮面をはぎ取りに来るのだ。ああ！　私の顔。現実生活は小説よりも奇妙だ。私はパソコンの前にへばりついて、涙も出なかった。

わが繁華なる生活

もしあなたのいるところにフランス窓があるなら、夜も深まったときにすべての灯りを消して、月の光をキッチンまで射し込ませるといい。そこは氷のように澄みきり、銀色の月の光は仙女の亡霊のよう。どこのキッチンにも天使がひとりずつ住んでいる。彼女は瓶や缶をきちんと配置して、料理器具や食器類に自分の居場所を探させる。こうして心あたたかで創造性に富んだ空間ができる。毎晩寝る前に、あなたはこうした月の光にしばらくじっと向き合うがよい。

私は自分の生活を一新しようと決め、新光三越（シンコンみつこし）デパート近くの大きなマンションに引っ越した。いくつかのことをするだけの生活。ケーキを作り、デパートをぶらつき、スイミングに行き、すこしだけ書き物をする。

引っ越しの当日、管理人と大喧嘩をした。色白の妖艶な美人が恐ろしい顔つきで言った。

「ここのアルミサッシは統一規格になっているのよ。ほら、こんなふうに四枚の窓なの。あなたのは二枚だけ。しかも、ブラインドじゃないの。だめよ！　外しなさい！」「まあ、なんでそんなにきついこと言うの。あなただって先に言ってくれなかったじゃないの。あなたのせいよ。外すなら、あなたがやって。あたしは外さないわよ！」

私はどの神経を逆なでされたのかわからないが、彼女にきつく出られると、さらに強く出た。暴をもって暴を制すだ。

それからというもの、自称世話役のその女は、たびたび電話で喧嘩をふっかけてきた。それでも、私はやはり新しい生活をいとなむ努力をした。そもそもこの建物が気に入ったのは、このバラ色の大理石の外壁と床板のせいだ。前側は並木になっていて、川に面している。両岸のジタの木〔黒板の木ともいう〕は比べるもののないくらいみごとだ。最大の理由は大きなデパートのすぐ近くだということ。私は二度と一日じゅう本やノートとにらめっこをしていたくはなかった。私は頭を使うことのない、華やかで賑やかな生活がしたかった。

大部分の時間はデパートをぶらついた。いつも地下二階からはじめて、ケーキを焼く材料を買い、それから一階の化粧品売り場、二階の世界のブランド品売り場、三・四階の婦人用衣服売り場、男子服や子供服の売り場はすっとばして、七階八階を一番長くぶらつく。ここで電気器具や家具、入浴用品などを見ていると、二時間はつぶせる。あるオーク材の調理台は、小麦粉をこねたり、パンやケーキをつくるのにぴったりだった。一万元あまり。私はためらうことなく買った。

私のことをケーキ作りの名手だと思わないでほしい。実は、今まで作ったことがない、ただ決心あるのみである。一度決心したことは、私はかならずちゃんとやる。あの日精神科の外来の掲示板で、ボランティア募集の広告を見た。病院では精神病患者の社会復帰を手助けするためにチャリティ・カフェを開こうとしていた。それで私は応募し、なおかつ一日に一個ケーキを提供したいと申し出た。そのため私はちゃんとしたケーキを作らなければならないのだ。作り方の本を何冊も買い、トースト一本とケーキ三個、二、三ダースの卵をダメにして、ついに何とかそれらしいシフォンケーキが完成した。

　卵を割るのはとても不思議なプロセスで、生命を再創造するみたいだ。白身と黄身を別々にして、砂糖を加えると、白身が石鹸の泡のようにふわふわになり、体積も三倍になる。黄身はクリーム状になって、体積は二倍になる。両者をいっしょにして小麦粉を加えて焼き上げれば、たちまちふんわりしておいしいシフォンケーキができる。ケーキの匂いが四方にあふれ、空気中に幸福の微粒子が漂って、オーブンを開けるそのときに、幸福は頂点に達する。卵の二度の生涯はかくも不思議で、私はパンを発明した人を讃えたくなる。

　はじめてケーキを届けたとき、遠くからあの恐ろしい自治会長がその中にいるのが見えた。「白サギ」カフェには三人の人がいた。彼らは紫色のエプロンをしている。ひとりは知らない男性で、小琪（シアオチー）は申し込みのとき知り合った女性だ。彼女のノイローゼは私より重症だ。大学を三年で休学し、ずっと家に閉じこもって外に出ようとしない。ひどいときは胃痙攣になり嘔吐が止まらない。何年も治療をつづけ、最近は学校に戻る準備をしている。彼女が担当しているのはカウンターの仕事で、一週間に二日シフトに入る。私はこっそり小琪に訊いた。「あのおっかないおばさんは何しに来たの？」「あんた、あの人知らないの？このカフェの立案者で、店長でもあるのよ。あの人の病歴、あたしより長いの。あんたみたいな新入りと違うわよ」世間はほんとうに狭い。小琪は耳にイヤフォンを付けているが、聴いてはいない。彼女の快活なことといったら、まるで小雀のようだ。誰が彼女を病人だと思うだろう。ただ服装は変わっている。トマトのような赤にほうれん草のような緑色をあわせ、大きなチェック柄のスカートに小さなチェックのブラウスを配している。そのうえ、まん丸メガネに太った大きな体で、まるで檻のなかの大きなオウムのようだ。

「ねえ、あんたのこのケーキ、すこし焦げてるわよ。誰が食べると思うの?」あのおっかない女がまるで前世で仇どうしだったかのように、私が作ったケーキにいちゃもんをつけてきた。

「思いやりケーキだって言ったじゃないの？　思いやりがあればいいのよ。プロの喫茶店じゃないんだから！」

「何言ってんの！　しっかりしてよ。あたしたちは対外的に営業しているのよ。ほらお客だってこんなに！」

「要らないなら要らないでいいわよ。明日はもっとよくするから」けんかは仲良しの始まりとはよく言ったものだ。その英卡（インカー）という女の目には笑いが浮かんでいた。

ほかにも特別な関係があるため、英卡は私に対してずっとやさしくなった。管理室を出入りするときは笑顔であいさつしてくれる。ある日などは散歩していたら、真っ赤な服を着た彼女が真っ赤なスポーツカーを私のそばに横づけした。

「ねえ、乗せて帰ってあげるわ」

「あたし今、散歩中なんだけど」

「つべこべ言わないの！　さ、乗って！」この女は号令や命令をかけるのが好きだし、一方の私は断るのが苦手ときている。で、おとなしく車に乗った。

英卡のサングラスをかけた横顔はとても立体的で、スター気取りだ。あのハーフのスター雪児（シュエアル）に似ている。そんな人があなたのそばに座っていたら、現実とは思えないだろう。

「管理人はほとんど年寄りと子どもと障害者じゃないの。あなたがなんでこの仕事をしているの？」

「以前、この会社の社長はあたしの元カレだったの。関係がだめになると、彼は気前よくこの会社をあたしにくれた。ただ受付をしてるわけじゃないのよ。いろんな人間の相手をしなくちゃならない。たまには地域のお偉いさんに飲ませなければいけないしね」

「あんた、映画俳優とかモデルになれるわよ」

「むかし、誘われたこともあったわ。あたしはカメラ映りがよくないし、癇癪もちだから、ダメよ！　あんたは何してるの？　ひとりぼっちでここに住んでたりして」

「あたし、病気の療養をしながら、書き物してるの」

「あたし、特殊な職業の人かと思った」

「まさか！　この歳だもの、息子はもう中学生よ」

「もっと歳のいった人もいるわよ。あのね、うちのマンションには、勤め人の女性が多いの。みんな独立した仕事よ、高級な」

「ずいぶんあたしのこと持ち上げるわね。それであたしにあんなにひどくあたったのね」

「フフフ、お互いさまよ」

帰宅してまずすることは、パソコンのメールボックスを開くことだ。「鮮ネット」のミーティンググループに入ると、弟の駭雲からメールが来ていた。

姉さんのご指導をお願いします。言われたとおり、他の人の文章を読むことから始めました。以前は政治評論や歴史本を読んでいました。いい文章を書くには、どうしても文学書の類(たぐい)を読むべきでしょうか?

私はこう返信した。

文学書はとうぜんたくさん読んだほうがいいです。読書に限りはありません。広く読めば読むほどいいでしょう。まずドストエフスキーの『罪と罰』を読むといいですね。読んだあと、感想を書いてください。

続いてヤフーのメールボックスを開いた。長いメールだった。息子がイカ島〔電子年賀状の配信会社〕を通じて送ってくれた電子年賀状だった。これは私が長いあいだほしいと思っていたカードだ。だけど私の名前があるだけで、ひと言のあいさつもない。夫と混乱のうちに別居し、双方の憎しみは強かった。子どもは一貫して父親の味方で、私をお母さんと呼ぼうとしなかった。この何年か学校へ会いに行っているが、そのたびに「授業に出なくちゃ。時間がないよ」と言われた。家に送った手紙は没収され、子どもに電話をかけさせるか、手紙を書かせてほしいという要求は聞き入れられなかった。子どもはこの一年でずっと大きくなり、物事もわかるようになってきた。別れたときはほんのチビ助だったが、今ではもう百七十センチあまりある。カードをよこす気になったのは、たぶんこのあいだ私の新刊書を送ったからだろう。書いたものは大胆で背徳的だと言われているが、ただ子どもに私の内心を理解してもらいたかっただけだ。私はだめな母親であるが、背徳の背後には誠意がある。彼に会ったその日、私は彼に言った。「あたしはしょっちゅうあんたの夢をみてるの。あんたはどう？」息子はうなずいた。私は息も絶えそうなくらい泣いた。だが息子は物見高く取り囲んでいるクラスメートに、「あっちへ行け！」とどなりつけていた。

カードの絵の赤いチェロは、私たちの音楽に対する愛を表しているのだろう！　別居してからはじめて彼に会ったとき、ねんごろにバイオリンのレッスンをやめないように言いふくめた。彼はうなずいた。ほんとうに音楽が好きなのだ。それに私たちのあいだを結ぶ唯一の絆だ。六歳にならないうち、私は彼の手をひいてバイオリンのレッスンに通った。そして母が私にしてくれたように、私も子どもにオルゴールをひとつ与えた。人生とはメロディによって展開していく奥義であることをわからせるためだ。その他の別居後の雑談では、私はずっとアカウントを取って、試しにメールを書いてみるよう要求していた。今、ほんとうにメールをよこした。私は感激して長い長いメールを返した。だがメールは返されてきた。うそのアドレスだったのだ！　子どもは私を母と呼びたがらないし、私が返信することも望んでいない。

パソコンの世界で弟が戻ってきた。だが一方で、ふたたび子どもを失った。パソコン画面にむかって呆然としていると、白い光が急速に私を冷凍した。バーチャルな世界は心の世界より冷え冷えとしているのだろうか？　きっとそうだ。

過ち乱れたかつての日々

遠くからカフェの前に人が詰めかけているのが見えた。警備員がひとりの患者と引っぱりあいをしている。英卡は涙をぬぐっているらしい。うつむいて遠く離れたところに立っている。手にはたばこが挟まれている。私は小琪にどうしたのかと訊いた。小琪が言うには、「あの大男の阿国（アーグオ）は精神分裂症の入院患者なの。自分もコーヒー売り場に立ちたいってしょっちゅう言っているんだけど、ドクターが許さないのよ。彼はよく英卡と口げんかをしていて、今日は彼女を殴っちゃった。ニセ女だとか、変態だとかって、どなっちゃったの」小琪は話しながらチューインガムを噛んでいる。こうすると、イライラが減るのだという。

私は英卡のそばに近寄った。だが、なんと言ったらいいかわからない。彼女はたばこを捨てて言った。「散歩しない？」私は彼女の後からついて歩いた。どう見たって英卡はきれいであか抜けた女性にしか見えない。どうして……

「十年前、あたしは何度も何度も手術をくり返したの。うまくいってるでしょう？」

「普通の女の人よりずっときれいよ。ただ……」

「癇癪もちだって言うんでしょ？」

「そう!」私たちは顔を見合わせて大笑いした。英卞の笑い方はワイルドで、とても綺麗だ。

「あたしは十七歳で結婚したの。彼女も十七歳。あたしは男子高校、彼女は女子高校で、まるで天女みたいな雰囲気のきれいな女の子だった。誰かが、あたしたちはよく似ていて、夫婦っぽい顔だと言ったけど、自分たちは何もわかっていなかった。ふたりともどうかしていた。彼女が妊娠したので、しかたなく結婚した。彼女は家にいて、あたしは勉強をつづけた。彼女はものすごく不機嫌になり、一日じゅう学校に戻りたいと騒いでいた。あたしは彼女を失うのが怖かったから、いつも土下座して頼んだ。彼女はあたしを蹴ったりなぐったりしながら言った。「あんたのせいであたしはめちゃめちゃよ。くそったれ、なんであたしを妊娠させたのよ? 触らないで、汚らわしい!」その頃あたしはほんとうに自分が嫌だった。自分はすごく汚らわしいと思った。女の子が生まれると、彼女はしょっちゅう家出し、あたしはおちおち勉強もできなくなった。子どもはぜんぶあたしが面倒を見たの。ある時、彼女は家に帰ってきて、あたしが彼女の服を着て、子どもを抱いて寝ている姿を見つけた。彼女はあたしを起こし、あたしたちはキスしたり抱き合ったりした。彼女は後ろから乱暴に指を使って、男のようにあたしとセックスした。それまでにないほど燃えた。次の日、彼女は自殺した。彼女が亡くなると、あたしは女になりたいという欲望がますます強くなった。とくに兵役時代には、自分はまったく男とはちがう、自分の体の中には、ひとりの女が住んでいるのだと感じたの」

「彼女はあんたが女になりたがっているのを受け入れることができなかったの?」

「そうじゃなくて、彼女はある女の人を好きになって、失恋したの」

「娘さんは? 彼女はあんたのことを受け入れられるの?」

「娘が生まれたときから、あたしは彼女より母親らしかったわ。あたしたちとっても仲がいいの。娘は、今、高二なの。あんたのところは？」

「うちの息子は十五になったわ。五年前あたしが不倫をしたの。子どもの父親が興信所に頼んで、あたしのことを盗聴したり、尾行したりしたの。それで関係が劣悪になって、今でもまだ連絡が無いわ。婚姻関係も未解決のまま、ずるずる引き延ばしになっているの」

「その不倫の相手はどうしたの？」

「ほんとうに好きだったわけじゃないわ。魔が差したのね。みんなめちゃめちゃになちゃった」

「骨折り損ね」

「それはまだたいしたことないの。恐ろしいのは夫があちこちであたしの家は犯罪家族だと言いふらしていることよ。それを考えると気が狂いそうになるわ。以前はいつも、あたしと弟は違う、弟は裏社会の人間だけど、自分はまっとうな表社会の人間だと思っていた。どうしてあっという間にその境界線が消えてしまったのかしら。あたしの世界は崩壊し、自分でも自分が誰なのかわからないのよ」

「あんたの旦那はあんたのことを理解していないみたいね」

「あたしだって夫のこと、理解してないわ。最悪の状態のときに彼にうちあけたの。どんなことになっても彼があたしを傷つけるとは思わなかったからね。ところが手のひらをかえしたようになって、なんでもしでかすの。以前のことはみんなうそだったわけよ」

「人間性の邪悪さは悪魔より恐ろしい！」

「あたしはいいわ。結婚には不向き、他人と群れることにも不向きなんだもの。ただ子どもを苦しめてしまった」

「あんた、もっといい男を探すべきよ」

「ううん！　ふたりの男は男性に対する興味を断ち切ってくれたわ」

「あたしはひとりで断ち切ったわ。五年前、やっとのことで相思相愛の男性を見つけたけど、結局はやっぱり「ほんものの女」の胸に跳び込んでいったわ。今でもあたしは自分のジェンダーに罪悪感があるの。男になるにせよ女になるにせよ、まるで現世の人間が前世の自分を見てるような感じ。みんな同じように罪悪なの」

「たぶん一番恐ろしいのは罪悪感ね。実質的な犯罪の行なわれない罪悪」

「英卡、周姉さん、あの大男行っちゃったわよ。ふたりとも帰るの帰らないの？」

小琪がおそるおそる近寄ってきた。

「さ、行こう。今行くわ。大声で呼んだりして、年上に失礼ね」英卡はまたガッツを取り戻した。

ここには支離滅裂な人間たちが集まっている。われわれはほんとうに社会復帰できるのだろうか？


今日の弟のメールにはこう書かれていた。

『罪と罰』を読みながら、あなたがなぜ俺にこの本を読むように言ったのか考えています。ほんとうのことを言うと、はじめはちょっと読みにくかったです。読んでいるうちにだんだんとすこしずつ意味がわかってきました。ひとりの人間が自分を迫害した人間を殺したのですから、復讐なのでしょう。あるいは天に代わって正義を行なったか。だから主人公は最初は罪であるとは感じなかった。次第に良心の呵責から自責の念にかられるようになり、死んだほうがましな生活をおくるようになったのです。獄中にあった何年かのあいだ、種々様々のタチの悪い人間を目(ま)のあたりにします。彼らに共通の特徴は、自分に罪があると認めないことです。俺はというと、始めから終わりまで、自分は被害者だと思っています。

麻薬を吸うのは罪ですか？　自傷も罪ですか？　知っての通り、俺が麻薬を吸っていることを告発したのは父さんです。でも、俺は父さんを恨んではいません。結局、そのおかげで徹底的に麻薬を断つことができたのですから。俺はただ誰も刑務所に面会に来てくれなかったことを恨んでいるだけです。あなたたちの目から見ると、俺は敗北者でゴミです。そうである以上、俺がさらに敗北し、さらにゴミになろうとしていることも、一種の報復になるでしょう。しかし俺はそのために生計をたてる能力を失ってしまいました。これが現実です。誰も前科者など雇ってくれません。あの時、五(ウー)姉さんは選挙活動の手伝いの仕事を紹介してくれました。あの俺をバカにしたチームリーダーは、あとで入院が必要なほどメタメタにしてやりました。俺は自分の癇癪を抑えきれず、いったんカッとなると、すべてぶち壊したくなってしまうんです……

私は弟にこう返信した。

私も面会に行かなかったこと、許してください。私は犯罪者と牢獄というものを受け入れることができなかったのです。それが現実逃避なのか、それとも高潔だという自惚(うぬぼ)れなのかわかりません。どのみち両方とも許されることではありません。あなたは何度も恐ろしい目に遭いました。でも現実のなかでは獄に繋がれるよりさらに恐ろしいことがあります。例えば、生き別れや死別、病気の苦しみ、発狂……、おそらくあなたの吸引した麻薬がすでに神経を傷つけているのかもしれません。癇癪をおこしたときのあなたはほんとうに恐ろしく、発狂したかのようです。精神科の医師にみてもらったらどうでしょう?

神よ! 私はあなたを経験したい!

ひとつの部屋にベッドが五つ並べてあり、それぞれに女性がひとりずつ横たわっている。ひとつ目のベッドは電動マッサージ、二番目は指圧、三番目は吸い玉、四番目は整体、五番目は器械体操だ。私はここへ整体をしてもらいに来て、はじめて脊椎が損傷しやすいことを知った。この世界にはこんなにもおおぜいの脊椎損傷者がいる。

去年、交通事故にあって脳震盪をおこした。あのときは脳の損傷のことばかり気にしていたが、意外にも頸椎も損傷していた。日がたつにつれ、後遺症はますます深刻になった。頭痛がして、目が乾燥し、唾液が出ない。口が乾いて水を飲んでも何にもならないのである。友人の紹介でここに来た。はじめての時は治療が終わると、全身がだるくなり、何日も寝ていた。けれど私が毎週定期的に通っているのは、ここの和気あいあいとした雰囲気が気に入ったからである。謝(シエ)先生も奥さんも敬虔なクリスチャンで、診療所には絶えず聖歌が流れている。

「私は布教をしているんじゃないですよ。だけど、霊・魂・体は一体で、聖書にはこうあります。『憂い悲しむ霊は骨を干からびさせる』。整体は体にしか効果がありません。私は毎回の治療は一定程度のところでやめておきます。数年前に、霊魂の治療によって、ひとりの人間の内面から自然な回復力を生まれさせられることに気がついたのです」謝先生は私の脊椎をひねりながら喘ぎ喘ぎ言った。彼は童顔で、いつもにこにこ笑っている。とても四十過ぎには見えない。

「霊魂治療って何ですか？　一種の宗教的な治療ですか？　私は宗教を排斥しませんけど、布教されるのは嫌なんです」

「キリスト教の観点からすると神の愛を自分の内に受け入れることですが、一般の人から言えば『寛恕』の力のことです」

「それは一種の神秘的な経験なのですか？」

「宗教的経験と言うべきでしょうね。私にとってそれは現実よりももっと力強い経験です。私のところにいる交通事故の患者の多くは、ここへ来るときはすでに脊椎の彎曲が深刻になっています。私はそれを矯正してやります。しかし彼らの内面はよくなりません。潜在意識のなかで自分を傷つけた人をまだ許していないのです。私たちのスピリットと体が傷つくと、体のエネルギーもそれに従って下降します。このとき必要なのは許しの修行なのです」

「どういうふうにするのですか？　神を信じるのですか？」

「信じられないでしょうが、あるとき私は妻とともにその人のために祈禱をしました。どれくらいたってからだったか、その患者が泣きだしました。そしてこう言ったのです。一匹の蛇が自分の脊椎からゆっくりと這い出して、そのあと口から出ていったと」

「わあ、痛い、私、三百六十片のかけらに砕けそう」

「ちょっと我慢してください。すぐによくなります」

「今の話、すごく神秘的ですね。宗教への執着なんじゃないですか？」

「あなたは神に対してずいぶん懐疑的ですね。なぜ心を開かないのですか？」

「私？　神はとうの昔に私をお見捨てになったんです」

「そうではありません。神は九十九匹の羊をほうってでも、一匹のさまよえる小羊をお探しになります。おそらくあなたはその迷える小羊なのです」

ここまで聞きいて、思わず目がしらが熱くなった。この言葉は人を揺り動かす力がある。

「試してみたらどうですか。あなたが懐疑的になったとき、「あなたがもし本物なら、私はあなたを経験したいです」と言うのです」

就寝前にすべての灯りを消し、月の光が窓辺に射し込むのを見ているのが大好きだ。そういうとき、心のなかが静まり返る。これが私の生命に対する祈禱のやり方だ。今日はもうひと言付けくわえた。「神よ！もしもあなたが本物なら、私はあなたを経験したい」

けれど神の奇跡は起こらなかった。

トビウオ、海に入る

今日は客が少なく、私は小琪ととりとめのないおしゃべりをした。

「ヤミ族はなぜ精神病の比率が高いか知ってる？」

「ほんと？　あたし、あの人たちは蘭嶼島に住んでいて楽しいのだろうと思っていた」

「それは外の人間が作り上げた神話よ。ヤミ族の人たちは失業率が高いし、酒乱が多いの。神経が傷つくまで飲んじゃうのよ。何代かするうちに、いやでも精神病になっちゃう」

「小琪、なぜ自分のことはあまり話さないの？」

「話してもうざったいだけだもの。あたし病気になってもう五年よ。何を話しても自分のことだもの、うざったくない？」

「誰だってみんなそれぞれの精神病をもっているわ」

「そうなのよ！　ただあたしのはすごく重症なの。父さんは漢族で、母さんはヤミ族なの。小さい時から父さんは写真でしか見たことない。聞いた話では、あたしを身ごもったとき、母さんは同族の人に村八分にされて、お酒ばかり飲んでいたんだって。十八になるまでは、明るい子どもだった。だけどあたしはファザコンなの。だって父さんの写真を見ながら育ったんだもの。父さんはあたしを必要としなかったけどね。あたしが好きになる人はみんなずっと年上のおじさんばかり。恋愛をしているときはまるで気が狂ったみたいに、何かというと人のいる前でリストカットをして、ますますひどくなったの。医者は遺伝性のものだ、おそらく父さんが精神病だったのだろうって……」そこまで話したとき、小琪がとつぜん顔を赤らめた。視線の先を見ると、小琪がひそかに恋している医者がいた。かれこれ四、五十歳か。私たちふたりはこうして好色な目つきで彼がカフェのそばを通りすぎるのを見ていた。

「ねえ、きっともうすぐ痴女になっちゃうわよ！」私は自分たちふたりをからかった。

「どうやらあたしたちって好みが同じみたいね！」ふたりでバカみたいに大笑いした。私たちのいる小さな世界でもちょっとした楽しみはある。たとえばお互いの主治医のことを話しあうのもそうだ。私たちの多くは感情移入する傾向があって、医者を最も信頼できる恋人だとみなす。それで互いのことをからかうのである。だが実際には、彼らはたいてい平々凡々で、普通なら見向きもされないような人たちだ。それから互いが使用している薬を教えあう。どれが飲むと楽しくなるか、どれが苦しい想いを断ち切ってくれるか。どれが眠くなるか……。私たちは今にも精神科の薬物の専門家になりそうだ。

ここでさらに「不挙男（ブーチューナン）」〔（性器の）挙がらない男〕と「阿冤女（アーユアンニュー）」〔運のついてない女〕と知り合った。前者は高級エンジニアで、病歴は十数年になる。母親に寵愛され過保護に育った甘えん坊で、学業は一貫して優等生だった。暮らしも恵まれていた。母親の死後、ずっとその事実を受け入れることができなかった。そのうえ、結婚もうまくいかず、何年も悩んだあげく、人に会うのが怖くて仕事にも行けなくなってから、やっと医者にかかった。本名は章柏挙（チャンバイジュー）。発言のたびに、「わたくしめは挙がらない者で、ここにおりますことを、幾重にも光栄に幸せに存じています」と言う。それで、みんなが「不挙男」と呼ぶようになった。「阿冤女」の本名は阿嫣（アーイエン）といい、演劇学修士の学位をもっているのだが、高卒で正業のない男と結婚した。飲む打つ買うは何でもござれのうえに、女房を殴りまでする。阿嫣はしょっちゅう殴られて救急車で運ばれた。離婚を請求しているのだが、男のほうはあくまで保護監視権を主張している。そのくせ、子どもは阿嫣に育てさせている。三日にあげず酒乱になって殴るので、阿嫣はますますぼんやりになり、ミルクを作ろうとして、粉ミルクを入れるのを忘れたり、もう少しで子どもを熱湯のなかに入れそうになったりした。しばしば幻聴が聞こえる。阿嫣は自分はもうだめだと知り、子どもを母親に託して、ここにやってきた。彼女の運命はほんとうについていない。それで、「阿冤女」の呼び名がついたのである。

ほかに阿健（アージエン）がいる。彼女はかつて一世を風靡したスター歌手だった。同性愛のスキャンダルで大騒ぎになり、それ以来何年も姿をくらましたままだ。今の彼女は明らかにふっくらとなり、サングラスをかけて、男装し、ふつうのT〔Tom boy。タチ。レズビアンの男役〕となんら変わるところがない。なぜだか知らないが、私のことをネコ〔女役〕と認定して、一日じゅうついてまわって何かと世話をやいてくれる。私は冗談だと思っている。彼女は私よりずっと歳下だ。

ある日、カフェに黒ずくめの服装に長髪、サングラスの奇妙な男がやってきた。小琪が私の耳元でささやいた。「あの按摩さんみたいな奇妙な男、見た？　病院が演劇治療を行なうために来てもらったんですって。すごくクール！」「彼が正常だと思う？　まともじゃないわよ」「あの人、演劇学と心理学の二重修士なのよ。自分の劇団をもってる。ほら、あの放……」「放物線劇団」「そうそう。どうして知ってるの？」「忘れたの？　あたしも劇団をつくったことあるのよ。たしか帰国してすぐ、新聞で彼についての記事を見たわ。名前は……葉仁（イエレン）よ」「一週間に夜一回、毎週月曜日だそうよ。参加する？」「あたしが？　とっくに年齢オーバーだわ」「彼、すごくイケてる。まさにあたし好みのタイプよ。ああ、失神しそうだわ！」「この痴女が！　あんた、ほんとに治療が必要だと思うわ」「あんたが行かないなら、英卞を誘うわ」「そういえば、今日はどうして英卞の姿がみえないの？」「病院のほうで彼女に話があるみたいよ。カフェの収支がアンバランスなんだって」「そんなはずないでしょ？　商売はうまくいってるじゃないの？」「あんたが知らないだけよ。スペースは病院側が提供してくれたけど、材料費、光熱費、改装、仕入れは自分たちでしなきゃならない。価格を低く抑えてあるでしょ、コーヒー一杯たったの三十五元よ。それでも出し惜しみする人がいるわ。知ってのとおりあらゆるところに自動販売機があるのよ。病院に来て誰がコーヒーを飲む気になると思う？」「ファストフードも売ったら？」「それは面倒よ。キッチンも要るし、人手も要るし」「じゃ、今はどうすればいいの？」「補助をもらうのよ！　そうだ、あんたのケーキは評判がいいわ。とくにチーズケーキがね。もう少し多めに作れない？」「いいわよ、多くても少なくてもどのみち時間は変わりないんだもの。あんた、ケーキ一個作るのどれくらい時間がかかるか知ってる？　三、四時間よ！　時々、お店で買ったほうがましだと思うことがあるわ！　あたしが今一番崇拝しているのはパティシエよ！」「あたしたちのなかで、商売をやったことがあるのは英卞だけだから、ぜんぶ彼女が奔走してくれてるの。あたしたちも手伝っていい知恵を出さなくちゃ」「お客の様子を見ていると、ここにいる時間が短いわ。サンドイッチとか、ハンバーグとかサラダのようなファストフードを余計に売るほうがいいんじゃないかしら。テイクアウトできるものを。外には食べ物を売る屋台があふれてるわ」「人手は足りるの？」「申し出る人は多いけど、ほんとうに手伝ってくれる人は少ないわね」

いつの間にか、あの葉仁が幽霊のようにカウンターの前に来ていたので、私はびっくりして跳びあがった。サングラスをかけた顔がやや青白い。それほどのイケメンでもないが、独特の風格がある。小琪は百パーセントの甘い笑顔で言った。

「何かご入り用ですか？」

「コーヒーもう一杯」

これではすでに三杯目だ。ここでもう二時間も本を読んでいる。まさか？

「彼、あたしを追っかけてるんじゃないかしら？　嫌だ！　何かご入り用ですかなんて聞いちゃったりして、餓えたオオカミじゃあるまいし？」

「違うと思うわ。ほら、英卡が帰ってきた。彼、英卡を見てるわ」

「終わりだわ。あたしの秘めたる恋は始まったばかりでもう幻と消えてしまった！」

今日、弟のメールにこうあった。

キリスト教では原罪を信じるけど、俺は人間性悪説を信じます。あれも原罪でしょう？　俺たちの体にはみんな邪悪な成分があって、ちょっと誘惑があると、すぐ罪を犯してしまいます。違うのは、ある人は運が良くて、逆境のなかにあっても奇特な人の助けに巡り合う（ちょっと通俗的）ことがあります。あるいは堕落しようと思ったときに、霊感がわくのです。俺の兄弟たちのようなのは、みなもともと運が悪く、不運のときには、いっそう衰弱してしまいます。そこで一路「大学」へ入学ということになるのです（あなた方が行く大学とは違い、俺たちのは犯罪大学です）。もしひとりでも手を差し伸べてくれる人が現れていたら、おそらく運命は違っていたかもしれませんが、ひと筋の光さえ現れませんでした。

作者紹介を見て、ドストエフスキーが癲癇もちで、危うくピストルで死ぬところだったことがわかりました。実についていませんね。彼の生存と奮闘の勇気にはほんとうに敬服します。本はだんだんと読み進んでいます。姉さんは俺に罪の問題について考えてほしいですか？

私は弟に返信した。

私は、人間には性善もあり性悪もあると信じています。人は生まれたときはたいていい善良です。邪悪な赤ん坊など見たことはありません。そうです、おそらく運と関係があるのでしょう。私などはさしずめ試験の運がよく、助けてくれる人に恵まれた口です。思えば堕落の機会もたくさんありましたが、おおぜいの人が支え助けてくれました。それで善人はますます善に、悪者はますます悪になったのです。ただ、私は犯罪が純然たる悪だとは信じません。彼らのある者は知恵も勇気も兼ね備えています。社会は知者により多くのチャンスを与え、勇者にはめったに与えません。重要なのは自分をはっきり見極め、本来の姿を失わないことです。子どもの頃のあなたは何ともかわいらしく、聡明で機敏でした。わかってましたか？

わが息子 彦彦（イエンイエン）

彦彦に会いに学校へ行くたびに、内心では何日も葛藤する。よくわかってる、彼は不愉快だし、私も不愉快で、彼は私に会うとさらに不機嫌になるのだ。それでも彼の父親とは連絡を取りたくないし、面会の権利も獲得できていない。事前に知らせれたりすれば、いっそう息子の不満を引き起こしかねない。この五年というもの、学校に会いに行くしかなかった。下校前の五分か十分だけ、そそくさと話をする。息子はいつも我慢できないと言ったふうで腕時計に目をやり、私に帰るよう促す。母と子の関係はなんと悲しいものよ。会ったあとはさらに悲しくなる。あの子は私の病気のことを知っているのだろうか？　彼のためにますます重症になっていることを？

私たちのカフェ薔薇屋に戻ると、英卡が清純そうな美しい女の子を連れてきていて、彼女の娘だと紹介した。「オバサン」ふたりはそこで子育てについて大いに話しあった。

「きれいな娘さんねえ、うらやましいわあ」

「もうボーフレンドがいるのよ。両親に似て早熟なの。どうしようもないわ」

「女の子はいいわね、気持ちが通じ合うもの。彦彦がもし女だったら、裁判をしてでもこっちに連れてきちゃうんだけど」

「そんなに違うの？　息子は要らないの？」

「要らないわけじゃないの。その勇気がないし、できもしないの。あたしが欲しがれば、彼らの家ではきっといつまでもあたしに付きまとうわ。それにね、息子は男親といっしょにいるほうがまだいいのよ。人格形成の手本になるもの。彼はあたしといっしょにいたら、女の子みたいになっちゃうんじゃないかと心配なの」

「母親ってものは考えすぎね。あれ、あんた、今日、彼に会いに行くって言ってなかった？　どうだったの？」

「あいかわらずよ。これ以上話したらあたし泣いちゃうわ」

「そんな消極的じゃだめよ。どうして父親に会って話さないの？　どんなに固いしこりだって、誰かがまずときほぐさなくちゃあ」

「できるわけないじゃない？　あたし夫のこと考えただけでも吐きそうになるのよ」

「こんなことじゃ自分が損するわ。手紙を書きなさいよ」

「書きたいのはやまやまなんだけど。こんな何年もたってしまって、何から書いたらいいのやら」

「あんた占いに行ってみない？　あたし、霊能者の友だちがいるの。ものすごく当たるの。参考のためにやってみなさいよ。気晴らしでもいいわ」


そこで、高級インテリであるこの私が霊能者のところに参上した。小孟（シアオモン）はまだ二年制専門学校に在学中だが、各種の占いに通じている。人物は愛らしく、一般的な手相見臭さはない。まるで大学生のようだ。異なるのは、細い目が特に鋭いことで、まるで猟犬だ。彼は五元銅貨をテーブルの上に落とし、あたかもそこに鏡があるかのように、数秒間見つめた後で言った。

あなたの夫は内心、ほんとうは非常に後悔しています。けれども偏屈なので、先に頭を下げることができないのです。あなたの息子さんは完全にあなた似で、しかも心が通じ合っています。あなたが愉快でないと、彼も愉快ではありません。樹木を見れば、あなたは心が愉快になるでしょう。あなたが愉快になれば、彼も愉快なのです。彼は生まれつきとても明るい……

それからというもの、私の部屋は盆栽でいっぱいになり、それ以来ずっと樹木の多い場所を選んで住むようになった。その日、梅川（メイチュワン）に沿って散歩しているとき、木の梢を見上げた。木の上では精霊が笑ったり跳びはねたりしているように見えた。もしも人間がほんとうに互いに感応し合えるなら、どんなに遠くに離れていても距離は消え、いっしょにいるかどうかなど関係ないのではないだろうか？　私のこの枯れ果てた心に清い泉が湧いて、小声で言った。「彦彦、いま、母さんはとても愉快よ、あんたは愉快なの？」

今日、Eveがメールをくれた。

　あなたは『A.I.』〔SF映画〕を観て、子どもの複製が欲しいと言ったわね。これはあなたがあたしに死んだ悠悠（ヨウヨウ）を複製しちゃいけないって言ったのと同じことです。自分勝手すぎます。自分の望みを叶えるだけのために、標本をつくるなんて。人間は変わるし老いるし死ぬものです。それは生命の規律に挑戦することで、サタンと変わりないではありませんか。愛がもし死や相手の変化によって変化するなら、それはもう愛ではありません。あなたの息子さんはおそらくあなたよりずっと深く傷ついています。あなたが彼の命にひびを入れて、早く大人になるように迫りすぎたのです。それなのにあなたは幼児期の可哀そうとか可愛いという想いに溺れています。まさか可哀そうでも可愛くもない子どもは、愛する価値がないというわけではないでしょう？
　あたしはもう他の女の人を愛することはできません。あの種の愛はあまりにも苦痛です。孤独だけが、あたしにはちょうど似合っているのです。

Eve、孤独で強靭な霊魂、身には雌雄の特質を兼ね備え、悠悠の生のために生き、また悠悠の死のためにも生きている。もしも私に彼女の半分の強さがあったなら、こんな風にふらふらしたりしないだろう。夫もなく子どももなかったら生きてはいけない。こんな女は依頼心が強すぎる。私はEveにこう返信した。

私はたしかに彦彦の幼いときの愛らしさに溺れています。いずれにしてもそれはもう恒久的なものになってしまっています。たとえ彼が老いさらばえても、私が見ているのはあいかわらず天使のような顔ということになり、私に甘え私に応えてくれる、という相互依存の状態です。これは母親たるものの悲しさです。けれど、それはすでに恐竜年代の話です。その年代には私は母親でした。今は自分が誰なのかわかりません。あるとき、私は自分の身分証明書を見て呆然となり、心のなかでこれは誰なのだろうと考えてしまいました。その後、自分が書いた本を読みましたが、やっぱり馴染みがありません。続いて『A.I.』を観て、みっともないくらい泣きました。どうやらほんのちょっぴり自分を取り戻したようです。恐竜年代の自分、最後の存在もかけがえのない存在です。もしも記憶がマイクロチップにできて、いつでも入れたり出したりできればいいのにと思います。ご忠告、ありがとう。今の私にはとても必要なことです。そしてまた、あなたが私に代わって私の一部を保存していてくれたことに感謝しています。

それにしても、自我って何でしょう? 即座の知覚、それとも他人の反射、それとも記憶の総括? 私はとても混乱しています。

「周さん、行ってみなさいよ。見逃したら残念よ。特に葉仁と英卡の相撲はね」

「相撲？　なんで相撲なんかするの？」

「葉仁は英卡が好きなの。英卡はすごく強いのよ。トレーニングの柔軟体操のとき、葉仁は何をしてもいいと言って、自分も参加したのよ。どういう状況かというとね、たとえば道路でバスを待っていたとするでしょ。あの大男がそこいらじゅう「セーヌさん、どこにいるんだ？」て呼びながら探し回るの。不挙男は新聞を読んでいる。阿健がスリになって、阿冤女が盗まれて、「あたしのお金、あたしのお金！」ってずっと叫ぶの。あたしはね、もちろんflower eat〔男狂いの女〕よ、街頭に立って男をひっかけるの。葉仁はバスケットボールをしている。英卡はコンパクトに向かって化粧をしている。葉仁は常に英卡のまわりでプレーしているの。そのあと彼女は気がふれて、葉仁に向ってコンパクトを投げつける。怒鳴りあい、ふたりはそのままくんずほぐれつ。英卡はすごい力もちだから、葉仁はやられて顔じゅうあざだらけ。あのきちがいデブも怒鳴りだし、みんなそれぞれ叫んで、動物園みたいよ。すごくおもしろいわよ」

「こういうゲームは劇団ではよくやるわ。でも、葉仁は超然としているべきで参加しちゃいけない。それじゃ危険だもの。彼はどうやって患者を観察するの？　どんなふうにリードしているの？」

「彼が言うには、自分はもともと教師じゃない、ただ私たちがリラックスして解放されるのを手伝いに来ているだけなんだって。彼が加わったので、私たちはさらに自由に、さらに一体感をもつようになったわ。知ってるでしょうけど、精神病患者が最も恐れるのは見られることとよ」

「あんたたち、他に何をするつもりなの？」

「回想や、模倣、シチュエーション・パフォーマンス。あたしは誰もがみんなパフォーマンスの細胞をもっていることに気がついたわ。葉仁はあたしたちなら劇団をつくれると言ってるの。あんたを演出家にしてね。あんたは劇団をつくって、たくさん芝居を演出したこと、あるんじゃなかった？」

「なんですって。八百年前の苦痛の記憶に、もう一度出会いたくなんかないわ。それに、劇団をつくって公演するなんて、ところかまわず私たちは精神病ですって触れ回るつもり？」

「精神病だからってなによ。誰だっていつかだめになったり、精神的な危機にみまわれないという保証はないわ。転んだら、そこで起き上がるのよ」

「あんたほんとうに口が達者ね。むだに社会学部で勉強したわけじゃないんだ。いつ復学するの？」

「もうすぐよ。あんたが劇団をつくる日が、私の再出発の日になるの」


　まもなく葉仁がほんとうに私のところへ劇団をつくる話をもってきた。私はまず一言のもとに断った。だが彼は実に自信たっぷりだった。

「だめよう。また劇団をやったら、あたしの病気はさらに悪化するわ。そこに私のトラウマがあるんだもの」

「多くの創作がトラウマから出発しています」

「あたしもう決心しているの。二度とプレッシャーのかかる仕事はやらないって」

「何のプレッシャーですか？　自分に能力がないんじゃないかということ？　それとも他人に気がつかれるということ？」私はキッと彼を睨みつけた。

「あたしに言ったってだめよ。あなたはずいぶん熱心じゃない？　どうして自分でやらないの？」

「僕は病院の人間じゃないから、いつ来なくなるとも限りません。すでにもっている劇団だけでもけっこう面倒なんです。それに、あなた方はずっと社会復帰したいと言っていますね。まさかケーキを焼くことで現実に向き合えると思っているんじゃないでしょう？　それは耽溺というものですよ。あなたは耽溺することによって現実を逃避するのがお好きですね。でもほんとうは、あなたの内面には力があって、おのずと生活に適応する方法を持っているんです。あなたの病気は大したことない。ただ発狂することを恐れ、精神病を恐れているだけです。あなたはそれを恥だと思っているから、精神病の患者に会うのを恐れて、ずっと来る勇気がなかったんです。それこそがあなたのコンプレックスなんです」

「偉そうにしないで。あたしの学生たちはみんなあんたより年上よ」

「年寄り風を吹かせないでください。彼らに頼まれてあなたを口説きにきたのですから。あなたは彼らを棄てていくつもりですか？」

この葉仁ときたら。このひと言だけで、私は返す言葉もなかった。この三十幾つの若造は言うことがきつい。腹の虫がおさまらないので、英卞のところへ行って思いきり罵倒してやった。

「いいじゃないの。あんたが来れば、彼はすぐに辞められるんだから。結局、彼は私たちの仲間じゃないのよ」

「あんた、そんなに彼が嫌いなの？」

「散々まとわりつかれてもう限界。何を見てもふわふわして見えるし、吐き気がする。またお医者さんのところに行ってリボトリールをもらうわ」

「それって、癲癇予防の薬じゃないの？」

「あたしには効くのよ。恋愛は精神病を引き起こす。あたし、彼はふつうの変人じゃないと思うわ。あたしが暴力的になればなるほど、彼はすっきりするのよ」

「たぶん致命的な愛のうちには嗜虐的なサディズムとマゾヒズムの要素があるのね」

「そのとおり！　今から思えば、あたしの妻にはサディスティックな傾向があり、あたしにはマゾ的な傾向があった。ひどく暴力的だったけど、かと言ってまた別れることもできない。あたしは彼女を永遠に体のなかに入れておきたかった。だけど、葉仁のあたしにとっての意味は何？　あたしは皮をかぶった骸骨にすぎない。彼はあたしの内面がどんなに複雑で矛盾しているか知っている。みんなは彼がゲイだということを知っている。彼はいったいあたしの男性と女性のどちらを愛しているんだろう？」

「性別も皮をかぶった骸骨にすぎないわ。好きなら何が関係あるの」

「だめよ。あたしはものすごく混乱している。彼のこと考えるたびに、発狂しそうよ」

「だから彼は去ろうとしているのね」

「行ってしまえばいいのよ。すぐにあたしのことを忘れるわ」

　葉仁の送別のために、私は芝居を一本演出することを承知した。条件は彼も一本演出することで、本人もそれを承知した。改めてけいこ場に戻ってみると、私の体は棍棒のように硬かった。それで、Follow〔You Tubeを見ながら行なう体操〕、ヨガ、柔軟体操と、いろいろなトレーニングをやった。分裂症の阿国がついてこられなかった以外、他の人はスムーズに状況に溶け込んでくれた。小琪はさらに何人か学校友だちを連れてきた。小憐（シアオリン）は病気をやったことがあるが、そのほかはみな精神の強健な小光（シアオグアン）、小玉（シアオユイ）、阿文（アーウエン）といった人たちだ。彼らは自ら裏方を手伝うと志願して来てくれた。学校ではみんな劇団人だ。彼らが加わったので、みんなの士気がいっそう上がった。誰も私たちのことを精神病劇団だなどと言う者はいない。みんなやはりこうした保護膜が必要なのだ。

小憐は小柄であか抜けている。声も細くて、最初は女だと思った。兵役のときしょっちゅう辱められたという話になって、ようやく男だということに気がついた。近頃はほんとうに外見ではひとを判断できない。若い世代はたいてい性別があいまいだ。性別ももともとは外見だけ、つまりどんな格好をしているかによって変わるということだ。

私は「本格的コスプレ」の構想を打ち出した。めいめいが自分の好きな衣装を着て、なりたい役に扮するのである。簡単な照明が必要なだけで、たいした道具はいらない。舞台は簡潔であればあるほどいい。舞台設計を担当する小光は、舞台の上に傾斜した壁をしつらえ、壁に椅子を一脚くっつけた。そこには白い上着を着た精神科医が座っている。マネキン人形を改造したものだ。俳優は狭苦しいところで演じる。ひとりひとりみんなアイデアをもっているので、あまり指導する必要はない。みんな上手に表現している。琪琪（チーチー）などはピンクの豚に扮し、片手にピンクの顔料をもって自分の顔や体に塗る、口ではこう言いながら。

「小さいころからあたしはおデブだった。頭が丸くて大きいから、全身まん丸。母さんはピンクの服ばかり買ってあたしに着せていた。なんでピンクばっかりだったんだろう？　あたしはピンク色を着るのは嫌だった。だってそれじゃあ、自分はピンクの豚ですってはっきり言ってるみたいなものじゃないの？　男の子と付き合いたくて、飲まず食わずで、十キロやせたら、ほんとにあたしを好きになる人が出てきた！男はみんなあたしのことをかわいいとかセクシーだとか言った。あたしは彼らと夕日を見たり、雨のなかを散歩したり、ラララと歌を歌いたかった。だけど彼らはあの事をやることしか頭にない。あの事はあたしだってしたくないわけではない。ただ、あたしにはもっともっとたくさんのしたいことがある。たとえば、あたしを胸に抱いてこう言ってもらうのだ。「ちびちゃん、あんたは世界で一番美しく一番いい子だね！」さもなければ、「あんたはピンクの豚ではない。小さな仙女さまだ」彼らはいつもあたしの心のうちまでは愛してくれない。あたしはあいかわらずおもちゃのようなピンクの豚なのだ。別れるときは死にたくなった。だけど痛いのは怖いし、死ぬのも怖い。食べ物はあたしの空虚を満たしてくれた。あたしの空虚はものすごく大きい。気分が晴れないときは、必死になって食べた。フライドチキン、ポテトフライ、アイスクリームそれにチョコレートケーキ。これはアフタヌーン・ティーの時だけ。夜になればもっと食べた。窒息して失神しそうなくらい。ダイアナ王妃はどうして食べれば食べるほど痩せるのだろう？　あたしは太ったのに？　まさか王女とか皇后は痩せるようにできてるってわけではないでしょ？　あたしはピンクの豚王女！」ここで小琪は自分に向けて五色のクラッカーを吹きかける。手には仙女の杖をもっている。

彼女の退場に従って照明が暗転する。

このとき、囚人服姿の阿国が、怒鳴り声をあげながら壁に頭をぶっつける。この動作だけでもくりかえし何度も練習した。最初の頃はほんとうにぶつかって血を流していたので、彼が狂ったように壁にぶつかっていくたび、大勢で人垣を作って止めたり押し返したりした。最後には習慣的にブレーキをかけるようになった。阿国は長期にわたって精神分裂の薬を服用しているため、じっと立っていられなかったり、言葉が不鮮明だったりすることがある。しかし表現欲はすこぶる強く、絵もうまい。しかたなく勝手にぶつからせているが、ただただ彼が正式の公演の時に自分をコントロールできることを願うのみである。

弟はメールでこう言っている。

『罪と罰』はとうとう読み終わりました。主人公のラスコーリニコフ（ついに名前を覚えましたよ）はソーニャの感化を受けてようやく自首したのです。最後になって彼は聖者を前にしているように大衆の面前で跪き、泥地に口づけしましたが、「私は人殺しです」と言いたくはありませんでした。懲罰を受けるのは容易なことですが、こう言おうとしたのです。「私はコソ泥で、強姦犯です」これは難しいことです。たとえあなたが罪を言い渡されても、あなたは内心ではなおもこの事実を拒絶するでしょう。いったん認めてしまえば、自分を失ってしまいます。この一点だけでも、俺は作者がすごくリアルに書いていると感じます。ただ彼はあまりにも主人公を聖者のように書きすぎています。俺なら人に、俺にも善良な一面があることを信じてほしいです。そうすれば過ちを認める気持ちになります。これが前提です。

最近、ネット上でガールフレンドができました。彼女はシンガポールの華僑です。彼女に俺の過去を告白するべきでしょうか？

私は弟にこう返信した。

罪人がいなければ、どうして聖人がありうるでしょう？　イエス・キリストだって罪に問われ、しかも十字架にはりつけになったではありませんか？　牢獄に閉じ込められている人のなかには罪人もいるし聖人もいます。フランスにジュネという作家がいました。彼は覗き魔で、生涯、監獄に出たり入ったりを何度もくりかえし、創作の才華ゆえに釈放されました。ドストエフスキーも間接的に神聖さと犯罪を一体と見なしていました。そしてジュネは犯罪の聖なる境地を直接的に書いたのです。人には他人の罪を定める権利があるのでしょうか？　犯罪者に厳罰を与えれば、彼の行為を矯正することができるのでしょうか？　私は疑問に思っています。私が『罪と罰』を読んだのは二十歳そこその頃で、彼の深い心理描写に震撼させられました。しかし、それは文学的技巧によってそう思わされただけで、罪業に対しては深い考えはありませんでした。後になってもう一度読み直して、彼自身のことを書いているのだと思いました。彼は一八五〇年に刑場に送られ、一八六六年になってやっと作品化しました。彼が描いたのは理想家や熱狂者の罪で、それは宗教でも救済するのが難しい罪です。現在の見地からすれば、ドストエフスキーは無罪ですが、彼は終生何度も罪をきせられました。

あなたはまだ死んだ兄さんのことを覚えていますか？　彼は私に、いつもびくびくして、眠れないと言いました。私が精神的な助けになってやれたらよかったのに。私は姉としては失格です。あなたはどんな助けが要りますか？

ネット上の身分はあてになりませんから、慌ててはいけません。話はもちろんすべきですが、交際が深まってからにしなさい。

寛恕

謝医師はすぐれた伝道者だ。彼はけっして直接的に説得せず、人を感動させるようなやり方で表現する。

今も私が整体用のベッドに横たわっていると、彼は隣りの部屋でドラムをたたきながら、台湾語でロックを歌う。「ああ。あなたはわたしの神様、あなたはわたしのすべて……」現代の聖歌がここまで進歩しているとは思わなかった。いつもの私の感動したがり屋のビョーキがまた起こった。彼が私に整体を施しはじめると、私は言った。

「この前、先生は私が寛恕の心を持ちたいなら、私のためにご祈禱してくださるとおっしゃいましたよね」

「考えが決まりましたか？　心のなかでほんとうに寛恕したいと願っていますか？　私の祈禱はとても恩恵があり、パワーがあると言われています。あなたには耐えられますか？」

「先生の歌を聴いてすぐわかりました。今とても強く感じています。試してみたいのですが」

「神様のお計らいなのでしょう。今日の患者さんはあなたひとりだけです。まるであなたのために特別な計らいをしたみたいです。いいでしょう、整体が終わったらすぐやりましょう」

私が想像していたのはみんなで合掌して跪き、黙々と祈るものだったが、まったく違っていた。奥から謝先生の奥さんと子どもが出てきて、手慣れた様子で整体用ベッドを移動させた。壁に何枚もの聖歌の歌詞を貼り、私を壁の前に立たせた。まず聖歌を歌い、その後、謝先生が悪魔にでもとりつかれたように言った。

「今日はあなたの御前にひとりの罪人を連れてきました。彼女は寛恕を求めています。主よ！　それはあなたの愛の感化です。はじめて彼女がここに来た時、私はすぐに彼女が憂うつの霊で満たされ、苦しみ、助けもない状態であることに気がつきました。それは他人を寛恕し、自分を寛恕する手立てを持たないからです。今、彼女は寛恕を願っています。主よ！　お聞きとどけください、ご容赦ください。こちらの姉妹よ、あなたの遭遇した苦しみや、以前は許すことのできなかった他人の行ないについて話してください。主イエスよ、私を光のあるところへ導いて……」

「私は……」謝医師は戴（ダイ）先生〔昔、有名だったテレビ体操のインストラクター〕のようにオーバーな身振り手振りで歌を先導しながら、私に罪を認めるよう促した。

「さ、早くお言いなさい」

「以前、私は、夫が私を罵り、あちこち私の非を触れ歩いていることが許せませんでした。今は許したいと思っています」

「主イエスに感謝しなさい。アーメン！　ほかには？」

「以前、私は夫が私と息子との感情を壊し、息子の前で私の悪口を言うことが許せませんでした。今は許したいと思っています」

「ほかには？　彼はあなたを殴りましたか？」

「いいえ、もっと悪いことに、彼は私を尾行し、盗聴しました」

「許したいと思いますか？　ああ！　主は私の新たな命……」

「思います！」このとき、そこにいたすべての人が私の背中に手を当て、私の頭を壁に押さえつけた。彼らの祈禱の声はますます速くなり、ますます錯乱してきた。そして七面鳥のようにぶつぶつという声を発しはじめ、ますます大声になった。すると、ひとりの女の人が子ども抱いて入ってきた。私はてっきり彼女が騒音がうるさいと文句を言いに来たのだと思ったのだが、なんと彼女も祈禱に加わった。片手で私の背中を押さえながら、ぶつぶつとつぶやく。大粒の汗が私の額に沿ってしたたり落ちた。続いてどこから湧いたともわからない人群れがひとりまたひとりと加わった。私はまるで嘆きの壁に身を置いているかのようだ。あたり一面でぎゃあぎゃあ泣きわめいている。

「今あなたは自分を寛恕しなければなりません。あなたはどんな罪を犯したのですか？」

「私は……」

「早くお言いなさい！」彼の声はますます厳しくなった。

「私は、みだらです」

「神よ！　彼女を許したまえ！　他にまだあるのか？」人々は一斉に叫んだ。

「私は、姦――通しました」ここまで言うと、私は全身がふるえ、泣きやめることができなかった。

「言え、私は罪人です！」一群の人々が一斉にどなった。

「やめて！　やめて！」鋭い叫び声をあげて私は無数の手をふりほどき、ドアを突き抜けて外へ飛び出した。走りながら泣いていた。

変装

小憐は背中のあらわな白いワンピースを着て、頭には金髪の鬘(かつら)をかぶっている。まるでマリリン・モンローの再来だ。艶(なま)めかしくしなをつくり、歩きながら歌う。「Happy birthday to you …… happy birthday to president ……」ステージの中央まで来ると、小憐は投げキッスをして、言った。「あたしはよく、ほんとうは自分は別の人間だ、ちゃんと生きていて、たとえどうであれ、今のあたしより千倍も万倍もいいと考えるの。小さいころ、あたしはそりゃあきれいな子どもだった。大人はみんな言ったものよ。「きれいなお嬢ちゃん、うちの子どもにならない？」あの人たちはどうしてほんとうにあたしを連れていってくれなかったのだろう？　残されたあたしは父さんとかつかつの生活をしていた。父さんはあたしを殴り、卑猥なことをしたうえに、泣くことを許さなかった。それ以上泣いたら殺してやると言った。あたしはどれほど母さんが恋しかったことか。革のベルトで尻をたたき、それ以上泣いたら殺してやると言った。あたしはどれほど母さんが恋しかったことか。みんなは、母さんはどこの馬の骨ともわからない男といっしょに逃げたと言った。あたしは母さんを探しに行こうと思った。大人っぽいきれいな女の人を見るたび、泣きたくなった。ああいう人があたしの母さんだったらどんなによかっただろうに。ああ、あたしのマリリン、あたしの母さん！　あなたはあたしの前世、あたしはあなたの現世。あたしだけがあなたの寂しさを知っている。「Happy birthday to you……」」

花嫁の白いドレスを着てハンドバッグを提げた阿寃女が、舞台中央まで歩いてきて、チラリとドレスをあげて素足を見せ、床に座る。ハンドバッグを開け、真珠のネックレスを取り出して、首にかける。それから鏡に映すような動作をする。「阿輝（アーホイ）、あたしたちが結婚した日には、父さんも母さんも来なかった。友だちもね、来なかった。あんたは大丈夫だ、ずっとずっと死ぬまであたしを大事にすると言った。あんたはまたこうも言ったのよ。俺は金持ちじゃない。おまえに家を買ってやる金もないし、金の指輪を買ってやる金もない。この模造真珠のネックレスのほかにやるのものがないんだ。ああ、あんたはあたしにこう言ったのよ。おまえはすごくきれいだ、俺の命だって。阿輝、あんたの言葉は蜜のように甘くて、あたしの心はすっかりとろけちゃった。あのとき、あたしは世界中で一番幸せな人間だった。それからまもなく、あ、ネックレスが落ちちゃった、あたしのネックレス……」

阿寃女がネックレスを引っぱると、真珠の粒があたり一面におちた。彼女はハンドバッグを開けて、針と糸を取り出し、針に糸を通した。それからひと粒ずつ真珠を通しながら、歌った。

「ああ…あんたはあたしの命」

阿健がステージの上で独唱会をはじめた。光沢のある革の上下を着て、大汗をかきながら忘我の境地で歌っている。彼女の歌声はやっぱり魅力的だ。盛んな手拍子に合わせ、四方に向って投げキッスを送る。とつぜん音楽と手拍子が止んだ。阿健がとまどったように言う。

「ああ怖い！　すっかり静まりかえっちゃった。むかしのあたしは歌謡界を風靡したビッグスターじゃなかったかしら？　おおぜいの人があたしに夢中になり、追っかけをした。彼女たちはあたしのクールなところと憂うつなところを愛した。それであたしはますます彼女たちの望むとおりになった——違う！　違うわ！　あたしは自分の真実の姿を見る勇気がなかったと言うべきだわ。彼女たちがあたしを作り上げ、目覚めさせてくれた。あたしがまさにこのゲームに夢中になっている最中に、彼女たちはあたしを棄てた。人に形作られたいという欲望。この道を引き返すのは難しいわ」

阿健は中性的な革の衣装を脱いだ。中はスーツの上下だった。そして言った。「こういう服装をすると僕はもっと自由な気持ちになれるんです。ねえ、そこの美人さん、どうして僕が見えないんです？　ねえ。写真を撮らないで。写真——を——撮らない——でよ、聞こえたの！　パパママ、僕についてこないで。自分で歩けるよ。ステージが無くなって、僕は自分を失った。誰が僕に教えてくれるだろう？「自分は誰だ」って」歌声と手拍子がふたたび鳴り響き、阿健はまた舞台のシーンのなかに戻った。

英卡はサージの高校生の制服を着ている。手をズボンのポケットにつっこみ、口笛を吹きながらぶらついている。歩きながら腕時計に目をやる。「えっ、もう六時だ。彼女、なぜまだ来ないんだろう。毎日六時に公園の裏門で会おうと約束しているのに。彼女はいつもうつむきながら歩く。僕を見てもやっぱりうつむいている。でもかすかに笑っている。僕がその手をひっぱると、必死になって抜こうとするけど、結局は捕まってしまう。僕は彼女の手を胸にあてる。彼女の笑顔のすばらしさったらない。以前の僕は快活な男の子で、彼女は快活な女の子だった。僕たちは全身全霊をかけて愛を誓い合った。世の中にこれより素晴らしいことがあるだろうか?」「あれっ、もう七時だ。彼女はきっと来ないんだ。彼女は行っちゃったんだ。きっと。僕はやっぱりずっと待つだろう」ライトが暗転し、英卡がサージの服を脱いだ。中は緋色のタイトな上着とタイトな革のズボンだった。さらにカバンから長くカールした鬘を取り出してかぶった。つづいて鏡付きのコンパクトを取り出し、化粧をしながら言った。「今から自分のことを女だと言われてもいいわ。あたし、ほんとうに女なのかしら? 自分でも疑っちゃう。今のあたしはどちらかと言えばサイボーグ、未来の人類に近い。あたしは未来に生きている。過去もない、現在もない。画皮(ホアピー)の話〔『聊斎志異』のなかの一篇。人間に化ける妖怪の話〕、聞いたことある? あれはお化けの話ではなくて、予言なのよ。あたしたちは一枚一枚皮を脱いでいって、自分の好きな姿を描き出すの。コンピューターで合成した人物のようにね。でも、ほんとうのあたしってどんな姿なんだろう?」照明がすっかり消えてふたたび明るくなると、英卡が全裸でステージのうえに立っていた。彼女は肩幅が広く尻はすぼまっている。スキンヘッド、濃い化粧、筋肉は割れている。だが乳房も花園もあって、正視に耐えない肉体である。日光のようなその明るさは、きわめて刺激的だ! 彼女はゆっくりひと回りすると、観客席を通り抜けて、消えていった。

割れるような拍手。私はいつまでも流れる涙をぬぐいつづけた。

つづいて、葉仁演出の「三十二面相」だ。基本的にはダンスシアターのコンセプトだ。一群の人々がステージのうえで走りまわり、その後、急停止する。基本的にはダンスシアターのコンセプトだ。一群の人々がスステージのうえで走りまわり、その後、急停止する。それぞれみな異なるポーズをとる。誰もが全身に白い粉を塗り、手に白い箸を持っている。ある者はヤモリのように壁に張りつき、箸を耳の後ろにさしている。ある者は床に跪いて嘔吐するまねをしている。箸は口のなかに刺さっている。ある者は機関銃を撃つまねをしている。箸は銃のつもりだ。ある者は座禅の格好をしている。箸は線香のようにあぐらのあいだに刺さっている。ある者は悪霊のまねをしている。箸は鼻の孔に刺さっている。ある者は雷に打たれて死んだかのように、頭を抱えている。箸は頭に刺さっている。まばらだったドラムの音が速まり、時おり沈黙する。そのとき、演者たちは走るのをやめ、それぞれ異なるポーズで静止する。ドラムの音の急変に従って、演者の動作もスピードが増す。毎回異なるポーズで、塑像のように人体の奇異なポーズを表現する。全体でたったの十分間だが、難度はとても高い。すべてのポーズは演者が考えたものだ。彼らの想像力は一般の人とは違う。扼首、絞首刑、感電、目を覆い耳を覆い口を覆って凶悪な動作に及ぶ。これらはみな、普通の人では考えつかないことだ。こういうときの演技力は相当なもので、残酷劇場的な効果をあげている。精神病患者の多くは極端な人格をもつ。極端に内向的、極端に敏感、極端に無力、極端に暴力的だ。肢体の表情は顔の表情よりも豊かで直接的である。葉仁は文字や言葉をすこしも使わずに、彼らの内面世界を表現した。たしかに凄腕だ。

公演の反応は熱烈なものだった。私たちは何度カーテンコールをしたかしれやしない。最後に私がみなを連れて観衆の声援にこたえた。「葉仁、葉仁、愛してるわよ!」彼の目の周りが赤らんだ（今回はサングラスをかけていなかった)。彼は私たちひとりひとりと抱き合った。英卡の番になったとき、彼は大声で英卡に言った。「愛してるよ」すると英卡が、「あたしも愛してるわ」と返した。続いて阿健が、ひどくいやらしいいっかこうで私を抱いて、大声で愛してると叫んだ。このときのステージ上の拍手は客席のそれと同じくらい激しかった。

恋の季節

まるで何かの伝染病にかかりでもしたかのように、公演のあと、ひとりまたひとりと愛の魔術にはまっていった。葉仁と英卡は結合双生児となった。葉仁はひどく台中が気に入って、大型オートバイを手に入れ、時々、英卡を乗せた。同じように背が高くてイケメンのふたりが、トーチカに向かう道路を暴走して、台中港に夕日を見に行く。店の当番もいっしょだった。葉仁が紫色のエプロンをかけてぎこちない手つきでコーヒーを淹れている様子を見て、私たちはお腹を抱えて笑った。彼の特技はバブルティーを作るときにフラメンコを踊ることだ。情熱的なスペイン舞曲と魂を奪う剽悍(ひょうかん)な舞姿が、みんなの足拍子を誘い、カフェの入り口をふさいだ。病院玄関付近の交通まで大混乱。誰かが歩きながらつぶやいた。「精神病院から逃げ出してきたな」私たちはそれを聞いていっそう大笑いした。

今、阿冤女と不挙男がペアになっている。小琪と小憐は、何かのまちがいなのではないだろうか? そう、雌虎と小猫の組み合わせなのである。ひとりが殴りたいと思うと、ひとりは殴られたいと願っている。彼女たちはみんな以前からの知り合いだ。演劇による発情促進効果がなかったら、おそらくみんな今でも精神科医に熱をあげていたことだろう。

私はというと？　彼らは私の背中を押そうと焦っているが、うまくいかない。小琪はずっと煽りたててくる。

「周さん、気がつかないの？　ある教授がしょっちゅうここへコーヒーを飲みに来てるじゃない？」

「知らないわよ。どんな老教授？」

「あらあ、ぜんぜん老けてないわよ。頭は禿げてないし、背中はまがっていない。まだシャンとしてるわ。あたし、彼の書いたコラムを読んだことがあるけど、マイノリティ団体に味方していたわ。公演のときは一番前の列に座ってた。知らないふりしないでよ」

「あたしは教授になんか興味ない、作家になんかもっとないわ」

「あらあ、勇ましいのが好みだったの、早く言ってよ！　さあ、あたしがマッチョな男をどっさり呼び集めてあげる」

「わかった、わかった、自分が性不感症だって認めればいいんでしょ」

「チッチッ！　この昔のギャルがもったいないわ。阿冤、腹が立たない？」

「立つわよ！」

「さあ、くだらないこと言ってないで。一日中、いちゃいちゃしてたら、お店はじきにつぶれちゃうわよ。劇団だってだめになっちゃう」

「ありえないわ。店を開いた目的は社会復帰じゃないの。あたしはもう復学したし、阿冤は新しい劇団を別に立ち上げた。不挙男だって出勤し始めたじゃない？　あんたはどうなの？　あいかわらず自分を閉ざしているの？」

「あたしの場合はけっこう複雑なのよ。心のなかはまだ混乱している。自分が何を欲しいのか、わからないの。ただ怖いのよ」

「息子さんとのこじれを解決すれば、きっとよくなると思うわ」英卡はやっぱり私のことをよくわかっている。

「解決できないのよう。考えつくようなことはみんな試したわ。もう五年もよ」

「彼がもう少し大きくなったら、わかってくれるんじゃないかしら」

「わかってくれなかったら？」

「やっぱり自分のことを考えるのが大事だわ。あたしはあんたがパートナーを持つのがいいと思う」

「いるわよ。ひとり白髪までいっしょにと約束した人が」

「わあ、誰なの？　どうしてあたしたちは知らないのかしら？」

「あたしよ。彼女が待っているのはあたし」と阿健が言った。

「バカねえ！　あんたを待ってる人はいっぱいいるじゃないの」

「弱水三千ありとも、我ただひと掬い飲むのみ〔元は仏典の中の言葉。愛情表現として「紅楼夢」や現代の流行歌でも使われる〕」

「あたしたちじゃだめね？」

「誰ならいいの？」

「彼女ははるか遠いところにいるの」

「どうして今いっしょにいないの？」

「だって私たちの心はまだしくしく泣いているんだもの」

すべてが定めがたい。すべてが混沌としている。Eveは私と同じように情欲を避けている。私にはまだ愛があるのだろうか？　まだ愛することができるのだろうか？　ほんとうに過去を一刀両断していいのだろうか？　愛には麻痺していると思っていた。あの日、カフェに健康的なボランティアの男性が来た。痩せて背が高く清潔感があった。あんまり背が高いため、私はほとんど仰向いて彼と話をした。なぜかじきに恋愛モードに入っていた。彼のそのよく知っているようで知らない男の息遣いが、山崩れのように自分に傾いてきたので、私はドキドキしてしまった。しかし自分が演技をしていることはわかっていた。男優の凝視のもとで自我を忘れた女優に変身し、いっしょに陰と陽のまじりあう愛情劇を演じた。私たちは原始の記憶にコントロールされている操り人形だ。既定の脚本通りに上演した。もうひとつ別の目がこのおもしろい芝居を注視していた。私が驚かされたのは、男性に対してまだ興味があるということ。だが、それこそが私の捨て去りたいと思っている世界なのである。

その男が私の年齢や考えを知ったら、きっと驚いてその夜のうちに逃げていくにちがいない。

失踪

ガールフレンドができたというあのメールのあと、弟は二度とメールをよこさなかった。実家に電話してみると、母が、彼はガールフレンドに会いにシンガポールへ行ったと言った。どうやら彼は非常に気を遣っているらしい。そのシンガポールの女の子は、ほんとうに弟に気があるのだろうか？

一ヶ月二ヶ月たっても弟からは依然として便りがなかった。彼は出かけるとき、一万元ちょっとのお金しか持っていかなかった。何か問題が起きたのかもしれない。私は弟を探しに行くことにした。簡単な旅行かばんを持って、シンガポールへと飛んだ。税関の出入国管理局で訊いてみると、弟はたしかに二ヶ月前にシンガポールに来たが、拘留されてしまったのだった。台湾で前科があったというだけで、移民局の留置所に三日間閉じ込められた。管理官の話では、弟はしきりにいわゆるガールフレンドと連絡をとりたがったのだが、結局、彼女は現れなかった。その後強制的に出国させられ、インドネシアに向かったということだ。

弟はきっとガールフレンドが彼のことを認めてくれなかったことに耐えきれず、恥ずかしさと憤りとで帰国しようとしないのだろう。私は心中、この義理も人情もないシンガポール娘を恨まずにはいられなかった。しかしこの小龍女〔金庸の武侠小説『神鵰侠侶』のヒロイン。世間知らず〕がどうやって弟を騙したのか訊きたくなった。移民局に弟の通話記録を問い合わせた。ひとつの番号しかなく、彼らは六回も通話している。毎回いつも一時間以上だ。私は電話番号をメモして、すぐに彼女を探しあて、シャングリラ・ホテルで会うことにした。小龍女は約束通りに現れ、私の姿を見るなり申し訳なさそうに言った。

「ハーイ、私はジェンニー、フルネームはリン・ニーニーといいます。あなたは駭雲のお姉さんですから、周姉さんと呼ばなきゃいけないですね。こんなことになって申し訳ありません」ジェンニーの中国語はあまり標準的ではなかった。

「弟が失踪してもう二ヶ月になるんだけど、あなたと関係があるんでしょ」

「あたしたち、ＩＣＱ〔最初期のネット通話ソフト〕で知りあったんです。始めたばかりの頃、彼は英語がついてこられませんでした。でもとっても頭がよくて負けず嫌いですから、ついに追いついて、割り込みまでできるようになりました。やがて私たちは直接やり取りするようになりました。私が会いたいと言いだしたのですが、彼があんなに早く行動するとは思いませんでした。それに留置所に入ってから初めて私に自分の過去を話してくれたんです」

「ひと目でも会う気はないの？　そのことがどんなに人を傷つけるかわかる？　たとえ付き合いたくないと思っても、顔を合わせるだけならいいじゃないの」

「私はまだ未成年です。たったの十七歳なので、両親が彼に会いに行くのを許さないんです。電話では、何度となく彼に言いました。一年たって、あたしがイギリスに留学するのを待ってほしい、彼が来られないなら、あたしが台湾に会いに行くと。どんなに言っても、あたしのことを信じてくれず、しかもガチャンと電話を切るんです。彼って怒るとものすごく怖いです」

「あたしが弟を探すの手伝ってくれないかしら？　何かしでかすんじゃないかと心配なのよ」

「手伝います！　どうすればいいんですか？」

「警察に知らせる一方で、ネットに掲示を出すのよ。弟はネットを見るでしょうから、あなたたちがよく使うネットに貼りつければいいわ」

「もし見ても、出てこようとしなかったら、どうするんですか？」

「あなたの気持ちを伝えるのよ」

ジェンニーと私は別々に自分のウェブサイトに「駭雲探し」の掲示を貼りつけた。私はこう書いた。「弟へ、今どこにいるのですか？　あなたを愛している人たちに心配かけないでください。あなたは決してひとりではないのです。大勢の人があなたの帰りを待っています。ネットユーザーの皆さま、どうか駭雲探しに力をお貸しください」ジェンニーのサイトはこうだった。「駭雲、愛してるわ。どうか私に返事をしてください」

シンガポールに一週間滞在したが、弟の消息はつかめなかった。インドネシアには何十もの島があるので、人探しは特に大変だった。私はそのうちのいくつかの小島に行ってみた。人々が住んでいるのは薄い木の板の小屋で、道路はアスファルト舗装になっていないため、いったん雨が降ると、そのたびに水に浸かった。その貧しい生活ぶりは心痛むばかりだ。

弟が異郷の地で客死するかもしれないと考えると、私は眠ることもできず食事も喉を通らなかった。ちょうどその時、Eveが様子を見に来てくれた。彼女はあいもかわらず黒いシャツ、黒いベスト、黒いジーンズといういでたちだ。一年会っていないだけだが、たがいに老けて憔悴している。私は彼女に抱きついて激しく泣いた。

「こんなことじゃだめよ。どうやら先に倒れるのはあんたのほうね。さあ、牛乳を飲みなさい。年寄りに空腹は禁物よ」

「なにが年寄りよ。あんたの毒舌はあいかわらずね」

「毒がなかったら、どうしてこんな大変な小島に暮らしているもんですか。あたしの毎日の仕事の一部は、お年寄りに食事をさせること。チューブを挿しすぎて、もう手が折れそう。見て、この手の傷、みんな病人に咬まれたのよ」

「チューブを挿すのまでやるの？　それって後期研修医の仕事じゃないの？」

「とんでもない！　人手が見つからないせいで、R〔Ressident.研修医〕だとかV〔Vissiting stuff.主治医〕だとか分けてられないの。

薬を塗るのだって自分でやるのよ」

「あーあ、あんたちょっと老けたけど、あいかわらずかっこいいわよ」

「やっと笑った。あんたはきれいだけど、あいかわらず愚痴っぽいね。いつも自分で悩みを探している。あんた今調子がいいじゃないの。姑の顔色をうかがわなくてもいいし、旦那の実家に帰って年越しの料理を作る必要もない。子どもは代りの人がみてくれてる。あんたは執筆に専念できるのよ。もっと自分にやさしくしたらどうなの。これまでさんざんひどい目にあってきたんだから、いつまでも自分を責めるのはやめなさい」

「Eve、正直に言って。あなたの目にはあたしはどんな人間に映るの」

「夢ばかり見てる人。誰もが自分と同じだと思い込んで、人と自分が区別できない。あんたはいつだって他人のなかに自分を探している」

「あんたはそうじゃないっていうの？」

「あたしはひとりっ子のうえに、都会で育ったから、早くから孤独の問題に向き合ってきたわ。うちの両親はあたしの自我の成長にまでは干渉しなかった。彼らが私に与えてくれた愛は完璧なものだった。でもあんたは違う。あんたは大家族、伝統的な社会で育った。両親はともにハチャメチャな家庭出身で、愛のエネルギーが足りない。愛を探すためにあんたのもっているものをほとんど消耗させてしまった。あんたの自我は未完成のままなのよ」

「それなら、あんたはどうして自分をそんなにいじめるの？　自分で自分をこの立ち遅れた小島に流刑にしたのでしょう？」

「あたしの原罪はね、神さまがあたしに手厚い先天的条件を与えてくださったこと。こんなに順調だと罪悪感をもたされるの。家を出ようとしても家の人が心配するだろうと思ってしまう。小さいころから原始的な生活にあこがれていた。シンプルな生活をして、この身をささげるの。あたしたちの一部分は罪人で、一部分は聖人なのよ。あんたもそうじゃない？」

「聖人？　今まで考えたこともなかったわ。ただわけのわからない狂信者なだけよ」

「まさに普通の人より狂信的だからこそ、そんなに激しく生きられるのよ。だけどあたしたちの時代はこんなにも平凡で、愛情が唯一の宗教になっている。人間はみんな孤独で、愛情さえも孤独を救うことはできない。でも絶対的な孤独は死よ。あたしの孤独と他人の孤独とのあいだに対話と感応が生まれれば、それこそが生命の流れであり、その中に美があるの」

「あんたの孤独とあたしの孤独とのあいだに対話と感応があるの？」

「あたしはずっとあんたに寄り添ってきたわ。まさか気がつかないわけじゃないでしょう？　あんたは絶対に孤独なんかじゃない」

「ほんとうにあんたと話すの好きよ。あんたはあたしの忘憂草（ボウユウソウ）だわ」

「ほんと？　年取ったら、隣同士に住もうよ」

「どれくらい年取ったらなの？　あたしがチューブをつけるようになったらってこと？」

「たいして先じゃないわよ、ぜったい」

「ほんと？」

「ほんと」

私は指を彼女の指に絡ませ、微笑みながら深々と眠り込んだ。

シンガポールではジェンニーが協力してくれ、インドネシアにはEveがいた。ふたりとも私にまず台湾に帰るよう勧めた。熱帯の気候は実際、私には耐えきれなかった。私は七日目に台湾に戻った。思いがけないことに、戻ってパソコンを開くと、駭雲からのメールが目に入った。

皆さんに心配をかけて、申し訳ありませんでした。ほんとうにパソコンに向かう時間がなかったのです。シンガポールを離れたあと、ひとりのアメリカ籍の台湾人に出会いました。彼はフルートを製造している会社の社長で、つまり今の俺の職場の社長です。彼は天津（ティエンジン）に支社工場をもっていて、俺に仕事をくれようとしました。手続きや居留問題のために、多くの時間がかかってしまい、今やっと少し落ち着いたところです。会社にはパソコンがありますから、これからはまたメールでやり取りできます。俺はあなたと小説や文学について語りあうのが好きです。運命とは不思議なものです。フルートにさわっていると、意外に吹いてみたい気持ちが起こってきます。俺が今いるところの職人は文化レベルが高く、中には音楽科の教授がいます。音楽を学ぶ者は誰でも演奏家になりたがると言ったのは誰だったのですか？　楽器製作の道は奥深いです。俺は音楽の職人になりたいです。

ジェンニーはたしかに俺の心を傷つけました。でも、以前受けた苦しみから比べれば、なんでもありません。すくなくとも俺はとても勇敢になりました。彼女は若すぎます。ネットでは二十八歳だと言っていたんですよ、まったく。

私は以前より元気になったような気がする。自信もちょっぴり戻ってきた。一日中ベッドに横になって悩みで眠れないということもすっかりなくなり、ついに元夫に手紙を書いた。

五年たちました。私たちが冷静に自分たちの問題に向き合えるよう願っています。あなたが私を許せないことはわかっています。そのため、私はいっそう逃げ腰になり委縮してしまうのです。どうか許してください。こんなことになるとは思いませんでした。長年の夫婦の情に免じて、どうか息子に会わせてください。時期はあなたにお任せします。

手紙を投函してから一向に返事がなかった。どうやらこの硬いしこりはあいかわらず解けないようだ。彼は死ぬまで私を罰しつづけるつもりなのだろうか？　私は内容証明付きの手紙で同じことをもう一度送ったが、依然として返事はなかった。英卞が知り合いの弁護士のところへ連れていってくれた。彼は私の話を聞くと、こう言った。

「あなた方の状況ですと、離婚を申し立て、同時に面会権を要求することができます」

「子どもが私たちの離婚を受け入れられず、もっと私を恨むようになったら困ります」

「相手はあなたのその点につけこんでいるんです。子どもは出廷する必要はありません。このままの状態を続けていくと、あなたはにっちもさっちもいかなくなりますよ。それじゃつまらないでしょう。私はもっとひどいケースにも出会ったことがあります。子どもを隠して転校させたり移民させたりということも多いんです。この種の人間は強く出れば言うことを聞くし、やさしくすればつけあがるんです」

「やってみれば。離婚できるかできないかは二の次よ。あんたが欲しいのは面会権でしょ。大丈夫、心配しないで、あたしがついてるわ」英卞が言った。

「わかったわ。やってみる」

弁護士が私の代理人として離婚訴訟をおこし、付帯的に面会権を要求してくれた。裁判当日、英卞と小琪が付き添ってくれた。夫が母親や弟、弟嫁など大勢を引き連れてきているのを見ると、私は興奮してぶるぶる震えが止まらなかった。

「怖がっちゃだめ。あんたが怖がれば怖がるほど、あの人たちはつけあがるんだから」

私は元夫と並んで法廷に立った。これでもう二度目だ。五年前、彼は十数本の録音テープと不倫現場を撮った写真とで、私の罪を決定づけた。それ以来、私は犯罪者となり、犯罪記録に前科ができた。今の彼は頭ははげて背中も曲がっているが、あいかわらず五年前と同様、得意満面で姦夫淫婦を捕らえたことを話している。自分が武松（ウーソン）や林冲（リンチョン）〔ともに『水滸伝』の登場人物〕のようだと思っているのだろうか？

「裁判では、先方は姦通の前科があり、執行猶予三年の判決が出ています。しかも同居の義務を履行せず、夫と子どもを棄てました。当方の原告は心身ともに多大な傷を受けております。ひとりで息子を養い、母親代わりも務めています。それに先方が面会することは拒絶しておりません。先方には不倫相手がいて、五年間一度も子どもに会いに帰っていません」

元夫の弁護士はあいかわらず以前と同じ人だった。髪の毛がまっ白になっている。裁判での争い方もあいかわらず辛辣だ。私の弁護士は若い女の子なのだが、太刀打ちできるのだろうか？

「犯罪ということなら、そちらも盗聴罪を犯しており、これは刑事犯罪です。ふたりの気持ちは決裂しております。それに別居してすでに五年ですから、法的には離婚を提訴できます。先方は子どもの面前で母親を侮辱し、母子を会わせようとしません。当方の原告の気持ちには耐えがたいものがあります」

「〇〇、あなたは離婚を望んでいますか？」この裁判官は慈悲深い顔つきをしている。

「私が望まないのではありません。子どもがまだ受け入れられないからです」

「それでは、あなたは母子を会わせてやらなければいけませんよ」

「彼女が家に帰りたがらないんです。私はふたりが会うことを禁じてはおりません」

「先方は手紙で会うことを要求しています。ここに彼女の内容証明付きの手紙があります。あなたは返事をしましたか？」

「私が返事をする必要はありません。相手は精神病患者です。おそらく私や子どもにとってよくありません。ご覧になりましたか？　彼女についてきているのはみんな精神病患者です。ひとりは性転換者、ひとりはノイローゼ患者です。彼女に正常な母親としての責任が果たせると思いますか？　あの人たちはみんな精神病なんです！」

「精神病だからって何よ！　あんたには人間らしさってものがない。あんたのほうがよっぽど重症だわ！」

英卞がどなった。

法廷警官が引っぱりだそうとしたので、彼女は蹴ったり殴ったりした。そのため法廷はすっかり混乱状態に陥った。

私はいつの間にか気を失っていた。目が覚めたときにはすでに病院にいた。英卡と小琪の手をきつく握りながら、たえず口にし続けた。「ごめんね！　ごめんね！」

英卡が言った。「いいから、自分がしっかりしなきゃだめよ」

判決が下りた。離婚訴訟は通らず、子どもに面会する件は、不測の事態を避けるために、元夫の家に行かなければならないということになった。結果はとうにわかっていたとはいえ、私はふたたび銃殺、あるいは凌遅（りょうち）の刑〔昔の極刑のひとつ。人体をばらばらに切るもの〕に処されたような気がした。

それから間もなく、小琪がまた自殺をはかった。リストカットに加え、大量の睡眠薬を飲んだのである。さいわい小憐が気がついたからよかった。救急治療室で小憐はずっと泣きつづけていた。

「あたしたちはたしかにけんかもしたわ。でも彼女は復学した後、うまく適応できなくて、しょっちゅうクラスメートとけんかをしていた。あるとき先生とも言い争いになったの。彼女はずっと自分が蔑視されていると思っていた。授業に出なきゃいいだけなのに。試験も受けたり受けなかったりしているの。今度も落とされて、耐えきれなくなってしまったのよ。諫めても聞かないのよ」

私はずっと小琪のそばにつきそい、目を覚ますのを待った。彼女は目を開くとこう言った。

「ハンバーガーが食べたい。それとフライドポテトもコーラも」

「あたしが買ってくるわ。セットのをね」小憐は涙を拭いながら、飛び出していった。

「あんた、よく食欲あるわね？　あたしたちみんな焦っちゃたわよ」

「どのみち死ねないのよ。次は硫酸を飲んでやるわ」

「あんた、わたしたちにちゃんと生きるって言ったじゃないの」

「しかたないわよ。あたしの心に大きな穴があいちゃって、どんなに頑張ってもダメなのよ。あたし蘭嶼島に帰ろうと思うの。母さんが病気なので、死ぬんだったら、いっしょに死ぬわ」

「だめよ、そんなの。小憐はどうするの」

「彼はあたしよりずっと強いわ。少なくとも百年は生きられるわね」

「誰が？　誰が百年生きるんだって？」英卡と葉仁が腕をからませあって入ってきた。

「おふたりさんのことよ！　仲睦まじく百年生きるわよ」

「みんな百まで生きるわよ。人間はそんなに簡単に死ぬもんですか。ゴキブリなんかぶっ叩いてもまだ這いつづけるわ。小琪、ほんとうにあたしたちをおいていけるの？　あたしたちはまだいっしょに芝居をやるんでしょう！」

小琪がわあっと泣き出した。英卡が彼女を抱いてそっと叩きながら言った。「よしよし、いい子ね、思いっきり泣きなさい！」

このとき、小憐がハンバーガーセットをもって入ってきた。私たちがかたまって泣いているのを見ると、入り口で呆然となった。

「彼女は腹が減ってないようだから、僕が食べる！」葉仁がわんぱく坊主のようにハンバーガーを奪い取った。

「あたしのハンバーガーよ。小憐、彼にやっちゃだめ！」

遠くのあなた

弟が遠くからメールをよこした。

ここの師匠は俺によくしてくれています。彼らはほとんど文化大革命の経験者で、悲惨な話は語り尽くせません。俺たちは顧問をひとり依頼しました。大陸でも一、二に数えられる音楽家です。文化大革命中に泣きすぎて目が見えなくなりました。彼の弾くバイオリンを聴くと、涙を流さずにはいられません。台湾で生きている人はまだ幸運なほうです。

これまで、俺はしょっちゅう自分で勝手に嘆いていたけど、今は吹っ切れました。名利や富貴で人間の価値をはかるのはまちがっているし、一般的な道徳基準で人をはかるのもまちがいです。老音楽家は右派として失脚させられ、何年間も労働改造所に入れられていましたが、彼の芸術家としての気質は変えられませんでした。彼に会えば、姉さんも自分がたまらないほど俗っぽいと感じるでしょう。奇妙なことに、彼はボロボロのシャツを着た盲目の老人に過ぎないんですよ！

彼は俺の音感はすばらしいと言ってくれました。そのうえ俺にバイオリンを教えてくれるというのです。信じられますか？

私は弟に返信した。

ほんとうによかったわね。あなたはついに隠されていた宝を掘り当てたのです。くれぐれもこの機会を大切にしてください。これはもしかしたらあなたの大きな転機になるかもしれません。あなたはもともと音楽の天分があったのに、ちゃんと発揮できなかっただけです。少々遅くはあるけれど、精神的なよりどころができたのはすばらしいことです。あなたは音楽職人になりたいと言いましたね。私は音楽職人という言葉が好きです。私もがんばって、文学職人になります！

私の創作歴を振りかえってみると、一般的な文学好きと同じで、いくらかの本を乱読し、天才作家になりたいという夢を抱くようになった。十三歳から投稿を開始し、いくつかの文学賞をもらい、編集長に認められた。二十七歳のとき大学で教えはじめた。毎月二、三篇の作品を発表して、たちまちすこしばかり知名度をあげた。その頃は文芸欄の影響力も大きく、文学人口も多かった。知り合いの多くは作家で、文学青年ではない人は私の眼中になかった。ある作家と恋をして死ぬの生きるのという騒ぎになった。もしも私の眼力が十分だったら、求愛者のうちの裁判官、医者、教授、富豪の御曹司など、誰と結婚しても、立派な奥様になれたはずだ。書くほうがうまくいかなくても、栄華や富貴が待っている。けれども私は断じてそうはせず、作家とでなければ結婚しようとしなかった。結局は大した才能もなく、ひどく保守的な家庭の人と結婚した。結婚して初めての晩、母は涙ながらに私を未開の島の婚家に送り届けた。夫の一番上の姉は私に子どもを三人産むように、そして姑に家事を手伝わせてはいけないと言った。舅は私に「作文を書いてはいけない」と言った。私の結婚の夢はこなごなに砕けた。

若いころの創作は本能と運まかせであった。何を書くか、どのように書くのかということについて何も考えていなかった。でたらめに書いたのに読者は多かった。戒厳令解除のあと、新聞の文芸欄と文学市場は急速に縮んだ。私は賞を二度もらい、ある作品は連続ドラマにもなったが、流行ったとは言いがたい。つまり中途半端で、喝采をあびるほどでもなかったし、大人気ということでもなかった。授賞式にはそそくさと行って帰り、賞牌をテーブルの上に置くとすぐに、エプロンをつけて食事の支度にかかった。夜勤の夫はまだベッドの中で、そんな賞牌など見る人は誰もいなかった。私たちは戒厳令解除の前日に結婚したが、ジェンダーはまだ解除されていなかった。同じ物書きでありながら、彼はまったく家事をしなくてよかった。物書きは編集者に頼る。編集者は作家を必要とする。女性作家は完全に夫に尽くさなければならない。その結果、三角形ができあがった。夫は編集者から電話が来ると腹を立てて、あいつらは文化ブローカーだと罵った。編集者と会うのにもこそこそしなればならなかった。新しい本がたくさん売れても、こっそりほくそえむしかない。なぜなら夫の本は年に一桁しか売れなかったからだ。なのに彼が執筆するときは、驚天動地、鬼神も泣かさんばかりの大騒ぎ。机を客間に運び入れ、誰もそばに近づけない。呼吸するのさえ音をたてないようにする。子どもはとうぜん離れた所へ抱いていかなければならなかった。彼がそれで世の中に認められれば、そうしたすべての犠牲に価値があった。恐しいのはどうにもならない無能者であることだ。そこで彼はよく検討してみた。きっと女房はどこへ行ってもおべっかを使い、あちこちに働きかけているからでしゃばれるのだ。そこで三日に二日は、うちの女房はおとなしくしていられず、意気地がないと皮肉ったのである。いわゆる文学のおしどり夫婦なんて、こんな悲しむべきものだ。あなたも彼女は夢から醒めるべきだと思うだろう！

否！　彼女の夢はますます膨らみ、ますます騒がしいものになった。彼女は自分の恵まれた境遇に罪悪感をもち、いっそうがんばって家事をこなし、文学という子どもを育てた。だからある日少しばかり才気のある人物と出会い、賛美の言葉をふたつ三つ聞かされると、知音（ちいん）に巡りあったように思い込んだ。そこにまたいくつか甘い言葉をささやかれ、メロメロになってしまった。文学に血迷っている人間がどんなにおかしいか、どんなにほんとうの文学的意識に欠けているかがわかる。彼女があっけらかんと夫に自分の葛藤について話したのは、林徽音（リンフイイン）〔一九〇四－五五。詩人、建築家。詩人の徐志摩との恋愛でも有名〕と梁思成（リアンスーチョン）〔一九〇一－七二。建築家。林徽音の夫〕のあいだの理解と卓越した境地に匹敵しうると考えたからだ。盗聴してやるという夫の再三にわたる脅しも、彼女には信じられなかった。夫が大男たちをひきつれてドアを破って入ってきたときになって、ようやく夢から醒め、夫の最高の才能は探偵であることを思い知った。しかも不倫相手の文学中年はすぐに首をひっこめ、三日にあげず、彼女は最低の夫と結婚したと罵った。李清照（リーチンジャオ）〔りせいしょう。一〇八四頃－？。宋代の女性詩人。夫の死後、戦乱に巻き込まれ、流浪〕と趙明誠（ジャオミンチョン）〔ちょうめいせい。一〇八一－一一二九。金石学者。李清照の夫〕、林徽音と梁思成の脚本がこんなふうに変形してしまうとは、誰に想像できただろう。

　彼女は文学の夢から醒め、冷笑に冷笑を重ねたあげく、筆を捨てて、宝飾デザイナーになろうと決心した。その頃文学書の売れ行きは下火になり、多くの人が筆を折って、二度と書くのをやめた。文学は彼女を壊し、彼女は文学の夢を壊した。

　Eveと悠悠に出会ったのは劇場でだった。そこは社会の周縁に生きる人物たちの天国だ。彼女は情欲の周辺に追いやられていた。そこに咲いている奇異な草花は、彼女のジェンダー上の迷いや障害を打ち破らせた。ジェンダーに縛られない人たちは、かくも強靭に美しく生きているのだ。彼女たちはジェンダーと生命の画布の上に絵を描いている。誠実で偽りがなく、血涙点々。それは生命の芸術になっている。是と非が混淆し白と黒が転倒している時代において、自分の生命とジェンダーを逆転させることだけが、表面的には礼儀にこだわらず気ままにふるまっているように見えながら、本質的には逆に大背徳大逆転になっている。たとえば、屈原が自らを香草美人になぞらえたこと、李白が仙人の遊ぶ世界に逃避したこと、曹雪芹が女児の清潔な世界を崇拝したことなどだ。逆説的に書いているように見えて、人には現実を逆転させる作用を及ぼす。そして生命を創作の対象としている人たちが作り上げた生命の芸術は神聖さと瘋狂に近づき、いっそう人々を不安にさせる。生命を芸術と見なせる人は幾人もいない。屈原、李白、納蘭性徳（ナーランシンドー）〔のうらんせいとく。満州語でシンデ。一六五五－八五。清代の詩人。詞に秀れる〕、曹雪芹（ツァオシュエチン）〔そうせっきん。一七一五頃－六四頃。清代の小説家。長篇小説『紅楼夢』の作者〕、邱妙津（チウミアオジン）〔一九六九－九五。台湾の女性作家。性的マイノリティの女性を描いた『ある鰐の手記』で知られる〕。こうした人たちの生命の形態の美しさは作品以上のものがある。とうぜん、彼らもふたつの性を兼ね備えた人たちだ。

私がこのように冒険的に自己解剖をするのは、別に暴露狂であるからとか、自己弁護のためではなく、ほんとうに生命自体を表現したいからだ。それはもともとすばらしい創作なのである。背徳の背後にあるのは真実だ。これは私が子どもに残す遺言になるだろう。私は他人に刺されたり刻まれたりするのを開き直って待っている。

今、私は弟と同じく職人だ。生命のために労働をしている。私たちは病的な血液を持っていて、正常な人の生活はできないように運命づけられている。冠蓋京華に満ち、斯（か）の人独り憔悴す。〔杜甫「夢李白二首・其二」より〕私たちは新世紀のろくでなしの男と女。いわれのない罪名を背負って、どうしようもない生活をおくっている。

窃視者（せっし）

ある日新聞を開くと、英卡のことが社会面に載っていた。記者はどこから彼女の過去を掘りだしたのか知らないが、虚々実々おりまぜて人の耳目をそばだたせるような話に仕立てていた。「意気軒昂たる男子がなよなよした女性に変身」「源氏名銀児がゲイバーを風靡」「トランスジェンダーにも春が、妖怪人間のゲイがカップル作りを指南」「妖怪人間がストリップを踊り、小劇場を放浪」記者たちの包囲に耐えきれず、英卡は私の家に隠れたまま外に出られずにいた。

その頃私はよく夢を見た。夜中に目を覚ますと、英卡が窓辺に立ってぼんやりしている。月の光だか朝日だかが彼女の体に当たり、ネガフィルムの像のように青白い。透明で脆く薄く、突き抜けることさえできそうだ。顔は霧につつまれている。私は息を殺した。息をすれば彼女を吹き飛ばしてしまいそうだったから。どうしたら彼女を助けてやれるのか、わからなかった。

葉仁も身を隠してしまった。英卡は必死になって電話をかけたが、見つからなかった。

私は阿嫣と小琪に探しに行かせた。が、葉仁が自分で出頭してきた。ふたりは部屋のなかで言い争いをはじめた。その声の大きさはこれまでないものだった。

「なぜ僕に隠していたんだ、君の汚い過去を。僕だけが知らなかったんだぞ」

「何が過去よ。過去のない人なんているの？　あんたは百パーセントあたしを受け入れてくれるって言ったじゃないの？　百パーセントのあたしを受け入れるって。あんたもやっぱり普通の人と同じだったのね？」

「君は酒の席にはべったのか？　体を売ったのか？　君は男娼か、それとも娼婦か？」

「酒の席にもはべらないし、体も売ってないわ。あたしのどこに手術できるような大金があるのよ。あんたみたいに自分は高潔だと思っている高級インテリは、俗世のものを食べずに、スローガンを叫ぶだけね。なにが弱者や底辺の人間に同情するよ。口を開けば仁義だ道徳だじゃないの。偽君子！　なるほどゲイはまだ高級ってわけね。トランスジェンダーをバカにできるんだもの」

「僕は君が僕を騙していたことが嫌なんだ。新聞を読んだときの僕の気持ちがわかるか？」

「おあいにく様。あたしは文学青年じゃないから、滅多に新聞など読まないわ」

「君は僕の将来をめちゃめちゃにした。ある大学に呼ばれるところだったのに、立ち消えになってしまった」

「それこそが大事だってわけね。何のかのと言いながら、結局あんたは自分の将来が大事なのよ。あたしたちみたいに将来のない人間は、あんたの目からすると、ゴミなのね。どっかへ行っちゃって！　早く！　あんたの顔なんかもう二度と見たくない！」

　ひとしきり物の壊れるような音がしたあと、葉仁があたふたと逃げ出してきた。

　英卡は泣いている。私と葉仁はすこぶるバツの悪い思いで向かい合っていた。とすぐその数秒後、英卡が私の住んでいる十二階の窓から飛びおりた。

「やめて！」私たちは同時に窓に駆けよった。だがすべては遅すぎた。赤い服の英卡が青白い道路に横たわっている。まるで血のごとく赤い鳳凰木の花のようだ。

　百年生きるのだと言っていた人が、たったの三十五歳でその命を断った。私の目から見れば、英卡はとても強い人だった。情愛が彼女の生命を操り、彼女はジェンダーを操った。彼女の身に、私は情愛の純粋さと人の世の汚濁を見た。思えば、神聖にして純潔であることと汚濁とは、こんなにも接近していて、互いに重なり合うくらい近いものだったのだ。

英卡の葬儀はすこぶる簡素なものだった。だが私たちの仲間はみんな来た。葉仁も来た。人は死ぬとほんとうに白骨ひと山になる。その白さは雪に勝る。火葬された肉体はもはや形体のしがらみを持たない。人はみな同じ、死は一切を平等にする。葉仁は霊前に跪いたまま、長いこと立ちあがりもせず、口のなかでずっとつぶやいていた。「なぜだ？　なぜこんなふうに僕を罰しようとするのだ？」

誰も彼を相手にする者はなく、それぞれが勝手な思いで涙を流していた。

英卡は逝ってしまった。私たちのカフェも解散の危機に瀕した。小琪はきっぱりと休学して、ひとりで大役を果たしていた。結局、英卡との付き合いが一番長いのは彼女で、重荷を引き受けようとしていた。小憐もしょっちゅう手伝いに来た。阿冤女と不挙男もたまにやってきた。彼らは女の子をもうけた。私たちはその子をコーヒーちゃんと呼んだ。コーヒーが結婚を促したからだ。今は誰も不挙男などと呼ばず、コーヒー父さんに変わった。英卡の娘の純純（チュンチュン）も私たちで責任をもって育てることにした。皆が彼女に私のことを「義理のお母さん」と呼ばせている。天外からこんな花のような女の子が飛んできたので、義理の母の私ははりきって、いっしょに街をぶらついたり映画を観に行ったりしている。純純は映画を観るのが好きで、将来は監督になりたいと思っている。この小娘は見かけはおとなしそうだが、独立心が強く主張もある。彼女がいるようになって私の生活は慌ただしくも充実したものに変わった。純純のために学費を工面しなくてはならないのだから！

純純はめったに母親のことを話題にしたり、私の前で涙を見せるようなことはなかった。英卡のわずかばかりの遺骨を小瓶に入れ、毎晩うやうやしく拝んでいる。

葉仁は出国した。どこへ行くとも言わず、ただこの傷心の場から離れたいと言っただけだ。

私たちは脆弱そうに見えるが、時には強くなることもある。英卡の死はばかげているように見えるが、ほんとうは彼の妻が死んだときに、彼も死んだのだ。個性の強い彼女はけっして現実に屈服しなかった。死は彼女の最も徹底した抗議だったのである。今、彼女は私たちに代わってふたたび死んだ。私たちは逆にはっきりと目覚め、ちゃんと生きようとしている。


弟からのメールにこうあった。


最近簡単な曲を習いはじめました。ブラームスのセレナーデは、まるで前世で弾いたことがあるみたいです。馴染みのメロディがバイオリンから流れだすと、俺の意気地なしの涙もそれにつれて流れでてきます。これは俺なのだろうか？　別の人間、あるいは前世の俺か。過去のすべてが夢のようです。すべての苦しみや不満がはるか遠くのおかしな出来事のように思えます。

ここではとくにお金を使う必要がありません。給料は多くないですが、ほとんど使い切れません。俺が今着ているのは大陸製の衣服や布靴で、以前百枚近いブランドもののシャツをもっていたことを思いだすと、ずいぶん派手なことをしていたなと笑いたくなってしまいます。こちらは物価が安いです。何か欲しいものがあれば送ります。どのみち暇な時間はたくさんあります。お金が貯まったら、シベリアへ行って、ドストエフスキーが流された場所を見てみようと思っています。『罪と罰』はずっと肌身離さず持っていて、読めば読むほど興味が尽きません。よい作品は人格者と同じように純朴で、誠実で、奥深いですよね。俺はここに来てやっとその道理がわかりました。

命にも人にも感謝。これも以前にはなかったことです。あなたが俺のためにしてくれたすべてに対して感謝します。あなたはよい姉さんです。

燕帰る

ある日、私が純純と病院から帰ると、薔薇屋の前の階段に息子が座っていた。私の顔を見るとぽろぽろ涙を流した。何年も前には嫌なことがあるたびに、こんなふうに私を見たのだった。私はとつぜんのことに驚いて、もうすこしで躓くところだった。

「彦彦、どうして来たの?」

「父さんに——父さんに女の人ができたんだ!」

「それなら喜んであげなくちゃ!」

「だって、再婚はしない、母さんが戻るまで待つって、何度も言ってたんだよ!」

「バカねえ、父さんはまだ若いんだから、誰かいっしょにいる人が必要なのよ。母さんと父さんでは無理なの」

「父さんこう言ってた。母さんが帰ってくるのを待つ。僕に会わせないようにすれば、母さんはきっと戻ってくるって。僕を騙したんだ!」息子は泣きたいのにそれもできない。なにしろ私のそばにきれいな女の子がいるものだから。子どもがだらしない格好をしているので、胸が痛くなった。私はどんなにこの日を待っていたことか。子どもを抱きしめてふたりで思いっきり泣いた。

「義母（おかあ）さん、中に入りましょうよ。道端で泣くなんて格好悪いわ」

私の住み家に戻った。中の半分はアニメグッズ、半分はレースで、まるで女子寮のようだ。

息子は落ち着かない様子だったが、さいわい純純はものおじしないので、ふたりのおとな子どもはじきにコンピューター・ゲームで遊びはじめた。

私はキッチンに立って、息子が小さいころ好きだった料理をいくつか作った。シラス入りオムライス、カキのトウチ炒め、魯肉飯（ルーロウファン）と魚肉団子スープ。彼が長いこと満足に食べていなかったかのようにがつがつと食べるのを見て、また涙が湧いてきた。

「義母さん、なにを息子さんに見とれているの。息子が来たんで、娘のことは忘れちゃったのね。前はあたしに料理を取ってくれたじゃないの。今は息子さんだけなのね」

「へんなこと言わないで。あんたにも取ってあげてるじゃないの」

「あっちのほうが多いわ。あたしにはちょっとだけ。ひいきだわ」

息子はひどく純純の存在を意識していたが、何も言わなかった。この子が顔に出さないところは父親そっくりだ。

「彦彦。あのね、純純はものすごい強いのよ。お父さんもお母さんもいないの。お母さんはあたしの親友だったんだけど、先月亡くなったちゃった。それでも学校の成績はあいかわらずすごいのよ」

「じゃあ、母さんの娘になったばかりってこと？」

「そうよ、おかげでくたびれて死にそう」

「あたしだって義母さんのせいでぐったりだわ。ほんとうの母さんより口うるさいんだもの」

「あ、みんなもうご馳走様ね。彦彦、お父さんに電話しなさい。もうすこししたら送ってってあげるから」

「僕、帰りたくないよ！　母さん、僕のこと嫌いなの？」

「あたしはあんたがずっとここにいればいいと思っているわよ。でもね、ちゃんと話し合いしないで、あんたを帰さなかったら、お父さんはもっとあたしを恨むわ。わかるでしょ？　これからはいつでもあんたが来るのは歓迎よ。だけどお父さんに話しておかなくちゃ」

「もし父さんが再婚したら、僕はぜったい家を出てやる」

「だめよ、そんなことしちゃ。この五年間お父さんは大変だったのよ。これは正常な状態ではないわ。みんなが幸せじゃないんだもの。これはぜんぶあたしのせい。あたしは正常な母親じゃないのよ。ただ、自分ではこんなことになるとはわからなかったの。どうか許してね。この言葉は心のなかで何べん言ったか知れやしない。永遠にあんたの耳に届くことはないと思っていたから。あんたに面と向かって言えたので、あたしは死んでも本望よ」ここまで話すと顔じゅう涙になり、子どもにむかって両手を伸ばした。彼は私の胸に飛びこんできた。こんなに大きくなって。歳月が私の幼い坊やを大きな男の子に変えていた。


子どもを送っていった数日後、子どもの父親から手紙が来た。

君が僕に好意的な反応を示してくれたので、すこし改めたいと思います。子どもが君を必要とするときには、たまに君の所に一、二泊してもかまいません。それに、僕にはもう結婚相手ができました。

離婚に同意してくれますか？

なんと、ことはこんなふうに意外な方向に発展した。この五年間というもの、私はあるゆる手段を講じて息子を手に入れようとしたが、何度も手痛い目にあった。ほとんどあきらめかけた時になって、子どもは自然に私のそばに戻ってきた。私の心の病はほとんどよくなり、自分から薬の量を減らすと言いはった。するると思いがけず気持ちが急劇に下降し、背中の熱がますますひどくなった。世界中の空気が溶けていくように感じられる。恐怖に駆られ、しかたなくまた医者に助けを求めた。彼はひどく怒った。この何年かのあいだに見たこともない怒りようだった。

「あんた、自分が医者になりたいんだろ？」

「自分でずいぶんよくなったと思ったもんですから……」

「あんたは少なくとも二年間は飲まなけりゃいけないよ」

「なんでですか？　薬をやめていた一ヶ月間はとても調子がよかったんですよ」

「じゃあ今は？　よくないだろ！　あんたの病気はもう内在化して人格の一部になっちゃっているから、普通の人より治りにくいんだ。二年後に薬をやめるとしてもゆっくり減らしていく。薬をやめて二年はたたなきゃ、正常とは言えない」

「それじゃあたしには希望がないってことじゃないですか？　あたしは何日かやめただけでこうなるんですもの。二年間も飲まないでいられる方法があるんでしょうか？」

「あんたの体質のせいで、そう簡単には楽しい気分になれず、憂うつとか恐怖のほうへ行っちゃうんだよ。

今の薬はずっと進歩しているから、薬を飲めば楽なのに、どうして飲まないんだい？　ガンのように、気持ちで闘えるわけじゃない。あんたに必要なのは服従であって、抵抗ではない。それではあんたの力を使いきってしまって、いっそうひどくなるばかりだ」

「それで、あたしはまだ母親である資格はありますか？」

「薬を飲んでいれば、あんたはほとんど正常だよ。飲んでいないと、自分が誰かさえわからない」


なんと残酷な現実だろう。私はゼンマイ仕掛けのおもちゃと同じで、薬がなくなると動けないのである。なるほどそれで多くの人が、砕けやすいガラスの動物のように、絶望のうちに自殺するのだ。私たちはみんなガラスの動物なのである。

この夜、英卡が私の夢に現れた。彼女はものすごく若くて、せいぜい十代にしか見えない。かたわらにまるで仙女のような少女が立っている。どうやら彼女は天国で自分の妻を探しあてたようだ。にっこりと笑っている。ふたりとも女性の姿だ。手に薬瓶を持っていて、私に薬を分けてくれた。

「あんたは薬なしでは生きていけないのよ。さあ、怖がらないで」

「英卡、そっちの世界にも薬があるの？」

「あるわよう。でも見た目が違うの。あたしたちは、忘憂草や快楽の果実を食べてるのよ」

「じゃあ、あんたは幸せなの？」

「とっても幸せよ」

私は彼女をつかまえようとしたが、ふたりとも消えてしまった。英卡はもしかしたらあの危機的な時期に飲むべき薬を飲まなかったために、ますます悪化してしまったのかもしれない。だけど私は助けることができなかった。私たちはみんな薬を手離せない人間なのだ。私は夢のなかで英卡のために泣いた。目覚めると顔じゅう涙だらけになっていた。

私はリボトリールを一錠飲んだ。これは抗癲癇の作用があり、情緒不安定にならないよう抑制できる。それからまたrudimil〔未詳〕を一錠飲んだ。これは抗うつの作用がある。それからまた鎮静剤を一錠飲んだ。服毒死の判決を受けた人間のように、毎日一回くりかえす。

弟からメールが来た。

俺はもうシベリアへの旅に出ています。借りたノート・パソコンをもって、どこへ行っても電話線を探します。そのため何個ものライターを使ってしまいました。みんな宿を借りるお礼にしたのです。ここではライターはまだあまり普及していません。食べ物は千篇一律です。黒パンとゆでたジャガイモ、果物は無し。俺の手足は蒸しパンみたいに膨らんで、キーを叩くのもたいへんです。

列車でシベリアを横断するのに三日三晩かかりました。汽車のなかで台湾から来た大学生に出会いました。清華（チンホワ）大学の応用科学系で、肝っ玉のでかいやつです。上海からまっすぐここへ来たのですが、ろくに金も持たず、全部人からもらったものを食べています。夜、掛けて寝る毛布も人から借りたものです。まだ九月だというのに、草原の樹木はすっかり枯れていて、南国の緑野が恋しくてたまりません。むかし流刑地だったこの地は、まるでまだ前世紀に留まっているかのようです。人々はいまも簡素な農民生活をおくっています。よくニワトリやアヒルをつれた乗客が乗ってきます。彼らはとても善良で、たいてい食べ物を持ちあるいています。俺はハムをごちそうになりましたが、すごく塩辛かったです。

長い旅のあいだに、時々、清華ボーイとトランプをします。いつも決まって俺の負け。一回負けると五元渡します。この若造はこうやって道々賭けをしながら食いつないでいるのでしょう。俺は自分の歳を感じさせられました。彼の年頃のとき、俺は何をしていたのだろう？　忘れてしまいました。たぶん牢屋に入っていたのでしょう。

珍しくある日みんながまた一堂に会した。小琪が悪い知らせを持ってきた。

「病院はカフェのプロジェクトを中止するつもりらしいわよ。評価した結果、社会復帰の助けになっていないんだって、あーあ。あんまりいろんなことが起こったからね」

「誰が助けになってないなんて言ってるんだ。俺はすごく調子がいいぜ。もうじき責任者に昇格さ」不挙男が言った。

「あんただけがよくてどうするのよ。一番怖いのはデマよ。あたしたちは男女関係が乱れているから、死ぬやつは死に、どっかへ行くやつは行っちゃったなんて言われてるわ」阿冤が言った。

「そんなのだめよ。あたしたちバラバラにされるのを待ってちゃいけない。絶対抗議するのよ」

小憐が言った。

「抗議だ、抗議だ！」デブの阿国が他の患者仲間とどなった。

「あたし、病院側に交渉してくるわ。それよりほかになにかできることある？」

「カフェの前にスローガンを貼って、署名を集めようよ」と私が提案した。

「それがいいわ、両面作戦で行きましょう。あたしたちの主治医にも署名してもらいましょ」

「もしあの人たちが騒ぎになると困るからっておもてに出てこなかったら？」

「医者を換えよう！」

「そうだ、集団で医者を換えよう！」

「ダメよ。そういう非理性的なやり方をすると、私たちはすぐに攻撃の的になってしまうわ。私たちに必要なのは、冷静に抗議することよ」

「冷静にですって？　あんたは冷静でも、他の人はあいかわらずあんたは病気だ、正常じゃないと思っているのよ」

「精神病患者はこれまでずっと蔑視されてきた。これからもまだ我慢しつづけなきゃいけないのかしら」

「絶対、共通のアイデンティティをもつ団体を作ることが必要よ」

「ほんとうに取り消されたとしても、私たちはまた別の場所でやりましょうよ」

「火星に行って、きちがいカフェをやろうぜ」

「阿国、ふざけないで。踊ったりしないで。みんなが見てるわよ。もうちょっとおとなしくするなら、参加してもいいわ」

「よーし！　さあ、みんなで最悪の事態に備えて、最強の闘争をやりましょう」小琪が結論を出した。

私たちはまず医師の支持を取りつけることにした。このプロジェクトはもともと彼らが提案したものだ。

だから大部分の医師は私たちの味方だ。すこし面倒なのは病院側がすでに議決してしまっているということ。それをくつがえすには、院務委員から改めて提案しなければならない。小琪の担当医は精神科の主任で、英卡の担当でもあったので、最もはげしく攻撃にさらされた。彼は自分は提案する立場にないと思っている。

「自分の患者がこんなことになったんだ。私はおそらく辞めざるをえないだろう。今、辞職を考えているところなんだ」

「私たちがサポートします。病院側は私たちを弾圧することであなたを弾圧しているんですから、あなたも被害者なんです」小琪が言った。

「君たち本気でそうしようとしているのかね？　病院は私が君たちを利用して自分の地位を守ろうとしていると考えるよ。呉（ウー）英卡のことは、今もまだマスコミが煽りたてている。私はそれでうしろめたいんだ」

「あの頃、彼女はあなたの診察を受けに外来に戻ってきていたんですか？」

「そう。だから深刻なんだ。すでに回復した患者がこうなったんだからね」

「彼女が外来に来ていても、薬を飲んでいるのを見たことがないわ。これはまったく個人的な、想定外の事故ですよ。マスコミこそが殺人者です。外部の人は精神病患者に対して乱暴すぎます。あたしだったとしても耐えられなかったわ。彼女が生きたくなくなったと思いますか？　娘さんのことをあんなに愛していたのに」

「私には提案する資格はなくなったけど、他の人たちを説得してみるよ」

「けっして動揺しないでください。病院側にとっては単にスペースを取りかえすだけのことですが、私たちにとっては再度見放され排斥されることになるんです」

「わかってるよ」なんと精神科医というのはこれほど難しい立場にあるのだ。

それからというもの、カフェは戦闘の歩哨所と化した。私たちは他人の目に映るきちがいにふさわしいように、全員が奇妙な扮装をした。また「白サギ」を「きちがい船」に改めた。これはフーコーの『性の歴史』で言及されている、社会が精神異常者を集中させて排除するときの常套手段を逆手に取ったものだ。カウンターの値段表は書き換えられた。「憂うつ症、三十元。躁うつ症、四十元。パニック症候群、二十元。精神分裂、十元……。バーゲンセール！　在庫一掃！」私たちはシュプレヒコールもデモ行進することもなく、静かなものだった。時たま小憐がエレキギターを弾き、小琪が弔いの歌を歌った。そのため泣きも笑いもできない観衆が集まってきた。記者たちも英卡事件があったため噂を聞いてやってきた。もしかしたら補償心理作用なのかもしれないが、私たちのこのニュース性もない記事を大きく扱ってくれた。国外にいるEveでさえこの記事を見て、メールを送ってきた。


この何日かたくさんのことを繰りかえし考えていました。自分の傷の痛みのために、あなたが最悪な状態にいるときに遠くにいることになってしまいました。けれど最も重要なことは、私たちの関係をきちんと位置づけられないことです。患者と医師？　それともある時期の記憶を共有しているから？　あなたは私にあなたの記憶を預けている。だけどあなたも私の記憶を預かってくれているだろうか？　五年の月日が流れました。ふたりともすこし歳をとりました。いつだったか六、七十歳の患者がやってきました。容姿は老いていても依然として幼児のような天真爛漫さと情熱を持っています。彼女はひとりぼっちで、肉身も友人もいません。いつもうつむいて本を読むか、ぼんやりと窓の外を見ています。それで私はあなたのことを考えてしまいます。あなたが孤独に年をとって病気がちになり、老いてもなおひとりでさまよっていることを考えると、私は悲しくて涙がこぼれます。

私はあなたと死ぬまでいっしょにいたい。将来ではなく、今からです。ただしあなたは私のような奇怪な人間を確実に受け入れることができるでしょうか？　もしもできないのなら、返事は要りません。このことはなかったことにして、このまま気の合うネット友だちでいましょう。それもいいと思います。

私はすぐに返信した。

あなたが永遠に悠悠のことを忘れられないのはわかっています。でも彼女はもう死んでいます。彼女の死により、あなたはいっそう遠くへ自分を追放しました。彼女にとって代われるとは思いませんが、私にとってのあなたの意味はあなたにとっての私の意味よりずっと大きいものがあることをわかっています。あなたは私の想像の花園の源を開けてくれました。ひとつの美と愛の象徴が、傷ついた魂を慰めてくれています。あなたはまたひとつの証として、別の反逆の世界も美しく力強いものであることを証明してくれました。社会は私に重々しい罪名をきせ、私の情欲を封じました。私はあなたを愛しています。あなたが思っているよりずっと愛しています。あなたが私を異性愛者と思っているのはまちがいです。私は女性を、それも女性だけを愛しています。ただ私は自分に忠実になる勇気がないだけです。帰ってきてください。私たちはもう十分長いあいださまよい歩いていました。私がずっとあなたを待っていたことは、わかっているのでしょう。待ちすぎて病気になるか、体が不自由になるか、気が狂うかもしれません。

メールを送信すると、私はすぐに後悔した。長年抑えこんでいた感情をいったん解き放つと、押し流されて目がくらんでしまうのではないだろうか？　彼女は同情から私に近づいているのかもしれない。私たちはこのことによりさらにはげしく指弾されるのではないだろうか？　未開の島にとどまることがずっと彼女の選択だった。私は自分勝手すぎないだろうか？　こんなに長いあいだ待ったのだから、もっと待てないのだろうか？　くりかえしくりかえし、いろんなことを考えた。阿健は私がひどく悩んでいるのを見て、心配そうに訊いてきた。

「どうしちゃったの？　恋煩いかな？　僕のことを思ってるの？」

「誰があんたなんか？　あたしをからかってばかりいないでよ」

「あんたが僕に興味ないことはわかっているよ。だけど品格のあるTとして、自分の情熱に忠実でありながら、あんたの選択を尊重することも、僕の品格さ。あんたの選択を教えてくれ」

「阿健、あんたはほんとうに女性のよき友ね。あんたに愛される人は幸運だわ。だけどあんたも知ってのとおり、あたしはまったく経験がないの。あたしが彼女に告白したら、彼女すぐ帰ってくることになったのよ」

「僕の心は粉々だ。でもあんたが彼女を好きになったのは、僕より前のことだ。よく理解できるよ」

「あたしこれでいいんだと思う？　あたしは病人なの。おそらくもっと必要なのは医者だわ」

「病人だって愛が必要だよ。ほんとうの医者はあんたに愛を与えるはずがない。あんたはほんとうに自分を抑えすぎている。そんなに抑える必要はないのに」

「私はネコだと思う？」

「いいTにめぐりあえば、あんたはいいネコになるよ」

「何がいいTで、何がいいネコなの？」

「いいTはネコを好きになるし、いいネコはTを好きになる。いいネコがいればこそ、いいTがいる。ネコがいなきゃTにはなれないし、Tがいなくてもネコになれない。彼女たちは持ちつ持たれつなのさ」

「Tになるのは大変なの？」

「最初はね。本質的なところからジェンダーを変えるから。ネコはジェンダーを変える必要がなく、ただTを愛していとおしんでいればいいだけなんだけど」

「それなら異性愛とどう違うの？　Tとネコって異性愛の関係みたいね？　区別しないほうがいいんじゃないの？」

「Tとネコというのは多分にフェミニズム的なんだ。異性愛は父権中心で、ゲイは男性中心さ。レズビアンとゲイを区別しないというパラドックスはジェンダー意識がないということなんだ。それはジェンダーの多元化であり、性愛の対象の多元化だ。TがTを愛せるなら、異性愛の男や異性愛の女や、性転換をした人も愛せるはず。ゲイも同じ、誰だっていいはず。僕は旧式なのが好き、ロマンティックなんだよ」

「わかったわ。私は女性意識のせいで自然に反異性愛者になっちゃったのね。今の私は男を退けて、女の体に愛とつながりを求めている」

「そうだよ。だから、あんたはいいネコになると言っているんだ。だけどTにも女性中心的なところがある。それは本物の男よりずっと恐ろしい。あんたのEveもそうだろ?」

「私たちみんな同じようなものよ。ずっと男性中心の世界で生きてきて、あきらかに自分が好きなのは女性だとわかっていても、本性に逆らって男性社会に服従している。その結果、自分にも他人にも大きな苦痛をもたらしている。Eveは自分が男性社会に合わないと意識しているし、自分の欲望も意識しているけど、抵抗意識が無くて、ただ逃避を選ぶしかない」

「どうやら本質的なTが、現実的なTから逃避しているということだね。でも、あんただって以前は男性中心の社会と平和共存していたんだろ。あんたたちの苦しみはあの男性支配のしっぽを切り捨てられないってことだ」

「むずかしいのよ。ジェンダー意識は集団の潜在意識のなかに深く埋まっているからね。王子と姫、国王と妃、それは童話でもあり、神話の原型でもある。それに反抗しろと言われたら、あたしは気が狂ってしまうわ」

「それは葛藤のひとつの形なんだよ。矛盾がなければ苦痛もない」

「阿健、あんたずっとそういうことがはっきりわかっていたの?」

「違うよ、でなきゃ病気になるわけない。今はっきりわかったんだ。覚えておいてよ。もし彼女がいいTでなかったら、僕は彼女をとっちめて、あんたを奪ってやる」

「阿健ったら、もう!」

なんと私の問題はEveと同じだったのだ。私たちはみなあの男性支配のしっぽを切り取ることができないでいる。そのため私たちは引き裂かれ、遊離させられ、びくびくさせられている。大逆転させる以外ない。だけど私にできるのだろうか？　彼女にできるのだろうか？

Eveが私の目の前に現れたとき、私たちは抱き合いたいという欲望がありながら、まだためらっていた。ただ手に手を取って見つめあい、涙を流すばかりだった。だが、まもなく彼女が私たちの陣営に加わり、個人的な感情はしばらく棚上げになった。Eveは医学界に多くの親戚や友人がいた。彼女の母方のおじと学友は私たちの病院の主治医だった。それ以前は、医師も看護師も立ちあがろうとしなかったが、Eveが遊説してまわったおかげで、医師や看護師が私たちの側についた。抗議は一ヶ月あまりつづいた。病院側はついにもう一度審査することに同意した。会議の日、私たちはカフェに集まって、結果を待った。その時、私のケータイが鳴った。Eveの母親が私とふたりきりで会いたいというのだ。もしやこれもまた男性社会と女性との戦争になるのだろうか？　今度の戦争はいっそう困難な闘いになるかもしれない。

Eveの母親は伝統的な女性で、日本統治時代の女学校で学んだ。医者の家の出で、当然のように医者に嫁ぎ、息子や娘を医者に育てあげた。あまり美人とはいえない彼女は、家柄によって結婚を保証され、優勢を占めた。彼女が私のような女にどんな態度をとるかは見当がつく。七十数歳になる彼女はさほど老けては見えなかったが、皺だらけの顔に小さくて鋭い目と高い鼻がおさまり、まるで鳥のようだ。彼女の目から見れば、私はおそらく蛇蝎のごとき女に見えるのだろう。

「娘はずっと来るなって言ってたんですけど、私はどうしても来たかったんですの」

「何をおっしゃりたいかはわかります。でもこのことは私に決められることではありません」

「できますのよ。それにあなたはお子さんがほしいんでしょ?」

「それとこれとは話が別です。それに私たちもまだどうするとも決めていないんです。そちらは彼女がまた国外を放浪することになってもよろしいんですか?」

「もちろんよくはありませんわ。あなたがどうしてもとおっしゃるなら、私はあの子が戻ってこないほうがいいと思っています」

「おばさま、それはあまりにも残酷です。私たちはふたりとも四十過ぎです。歳を取ったときにいっしょにいたいというだけなのです」

「あなたにだってこの社会のことはおわかりでしょ。とくに医者の世界は、まだまだ男性の天下です。あの娘のようにしていて生きていかれるでしょうか? あなただって一度前科があるんでしょう?」

「彼女は罪を犯していません。社会はゆっくり変わりつつあります。私たちのような人間は、国外を流浪するしかないというわけではないでしょう?」

「同居はせず、公けにしないのならいいんだけど」

「同居をしないのはかまいません。公けにしないというのは私がどうこうできることではありません。噂は公けにするより怖しいですよ。おばさま、あなたは何も失うものはありませんし、私もあなたから何かを奪いとるつもりはありません。ただ自分たちを姉妹だと考えて、心のよりどころにするだけです」

「そんなふうに考えているのだったら、怖いことはないわね。ただ私もあの娘の父親に代わってお話ししただけなの。どのみち私たちにはあの娘しかいないんですから」

「私たちはみなさんよりもっと怖いんです。担わなければならないものは皆さんの比ではありませんから」

「私ももう齢(とし)ですから、じきに会えなくなるでしょう。ただ私たちが生きているあいだは、私たちのことを考えていただきたいの」

カフェに戻ると、みんなが歓声をあげていた。病院がカフェの経営を継続させることに決めたのだ。ただ後の効果を再度観察しなければならなかった。主任も替わった。小琪の担当医は辞めることになった。彼女はこのことでふさいでいた。Eveが私にさっきはどこへ行っていたのかと訊いた。私が言いよどんでいるので、彼女はそれと察した。

「いやねえ！　あんたに会いに来ないって約束したのに、こんなふざけたことをするなんて」

「遅かれ早かれよ。あたしたちがまだ決めてないのに。あちらで決めてくれるとは思わなかったわ」

「あたし決めてるわ。あなたといっしょになる」

「あたしたちこんな近くに立っているのに、まだ天と地ほど離れているのね」

「気を落とさないで。あたしたちはすでにこんなに苦しい目に遭ってきたんだから、自分の幸せを追求する権利があるわ。ふたりとも女学生じゃないんだから」

「ふたりで逃げたほうがいいんじゃない？」

「あんた本気なの？」

「本気の本気よ」

弟からのメールにはこうあった。

ついにドストエフスキーが刑に服したオムスクに来ました。ここはすでに市場に変わっていて、人がおおぜいいます。俺は長いことぐるぐる歩きまわっていました。頭のなかは空っぽで、過去のすべても空っぽ、自分が誰かも忘れました。大陸でも同じで、刑場が市場なのです。台湾みたいに、公園か墓地のような、風景のよい場所なのとは違います。俺のいた台湾大学や燕巣区（イエンチャオ）〔高雄にある学園地区〕の大学の風景は素晴らしかったです。自分の歩んできた道を振りかえることは、意味がなくはありません。今回の旅は俺の罪を洗い流してくれました。これで俺は新たな人間に生まれ変わったことになり、徹底的に過去を断ちきります。

　俺は天津に帰って仕事を続けるでしょう。その次はたぶん台湾に帰り、たぶんジェンニーと香港で会うでしょう。彼女はもう高校を卒業して、イギリスの大学に進もうとしています。彼女はだんだん世の中を知って、ゆっくりと俺とは疎遠になっていくでしょう。それでも俺はかまいません。少なくとも俺たちはかつて出会ったのです。出会いながらも光を放たないことはよくあることです。パソコンはその中ですべてを操ります。それがなければ、俺たちは出会うこともないでしょう。信じてください、そのなかに光があるのです。

解説

池上貞子

本書に収めた中篇小説の作者三人のうち、王定国と周芬伶はいずれも一九五〇年代生まれで、それぞれの人生において功成り名をとげた人物である。もうひとりの、いわゆる「九〇後〔一九九〇年代生まれ〕」、「八年級〔中華民国八十年代生まれ〕」作家である邱常婷とは一世代ほどの差がある。詳しいことは個別の解説にゆずるが、周芬伶が一貫して大学に所属して学究・教育と創作を両立させながら継続してきたのと対照的に、王定国は経歴の途中で長いあいだ創作から離れていた後、今から十年ばかり前に文学界に復帰したという事情がある。こうした差異や特質は、作風の違いと交錯しあって、この中篇小説集の世界をいっそう多彩にしていると同時に、この三人が身を置いてきた台湾史の中で、変わったもの変わらないものを明示し、作者らがそのことにどのように関わっているかも見えてくるのではないかと思う。

本書の作品世界にかぎっていうと、壮年ふたりの作品が今日の社会的な問題や感情に焦点を当てているの対して、若い邱常婷は得意の怪奇幻想的な雰囲気を漂わせながら、家族や家史に絡む問題を扱っているという、ややパラドックス的な妙味も味わえるかもしれない。けれども本書の世界の外に一歩出れば、たとえば老練な周芬伶には、長篇小説『花東婦好』（二〇一七）という、女性エクリチュールによる「家史」とも呼ぶべき意欲的な作品があり、殷代から現代までの時間と、台湾・大陸・日本という空間をまたいだ一大スペクタクルを展開している。

邱常婷と「バナナの木殺し」

邱常婷は一九九〇年生まれ。東華大学華文所創作組修士課程を修了して、現在は台東大学児童文学研究所博士課程に在籍中である。作風はストーリー性を重視し、怪奇小説や児童文学に力を入れている。幻想や怪奇をてこに、子ども向けのファンタジー的な冒険物語から、異類や異界との境界を越えた、時にはいわゆるBDSM〔嗜虐的な性的嗜好。緊縛・体罰・サディズム・マゾヒズムなど〕の要素も織り込んだ世界まで作りなしている。これまでに、『怪物之郷』（二〇一六）、『天鵝（ハクチョウ）死去的日子』（二〇一八）、『夢之國度碧西兒（Kingdom of dreams）』（二〇一八）、『魔神仔（モシナ）樂園』（二〇一八）などの著書があり、電子版も多く出ている。

近年、台湾では台湾独自の文化の再評価の一環でもあるのだろうが、怪奇文学そしてその土壌となる、台湾の伝統的な妖怪などへの関心が高まっているようだ。たとえば、「魔神仔（モシナ）」については、著名作家鄭清文（チョンチンウエン）がすでに児童文学の世界でとりあげて、童話「魔神仔」『採桃記』（二〇〇四）の中でこう説明している。「台湾にはこういう伝説がある。山や原野には、魔神仔という、一種の子どものお化けがいる。魔神仔はわるさをしかけるのが好きで、人間に危害を加えるつもりはない。夜間に出没して、道に迷った人を迷宮につれこみ、牛糞や蛆虫を餅や鶏の足と思わせて、腹一杯食べるようにしむける。／魔神仔によっては、人を谷間に連れ込んで、脱け出せないようにするので、時には凍死者や餓死者が出ることもある」

邱常婷の『魔神仔樂園』はこの魔神仔にかかわる一般的な考え方を中心に据えた、小学生四人の冒険と成長の物語で、森の中で迷ったり、ありえない場所でチキンフライを食べたりする逸話が盛り込まれている。これは児童文学書として読まれているが、この作品にも自然と人間の境界を取り払うような視点があり、作者の体験に基づくと思われる南部の農園、バナナ畑そしてバナナ収穫用の刀などは、本書に収めた「バナナの木殺し」や後述する最近作の短篇「斑雀雨」の中で共通のコード（符号）となっている。

文学賞もかなり受賞しており、金車奇幻（怪奇幻想）小説賞受賞作品のアンソロジーである『阿帕拉契（アパラチア）的火—金車奇幻小説獎傑作選』（二〇一七）では、彼女の作品が受賞作品集の表題に使われている。また昨年、「自由時報」という新聞の文芸欄に発表した「斑雀雨」は林栄三文学賞短篇部門の三位に入賞し、その後収録された張亦絢編『九歌109年短編小説』（二〇二一）では表紙に作品中のフレーズが取り上げられて代表作扱いになっている。邱常婷は戒厳令解除（一九八七年）後に生まれた、いわゆる新世代作家の期待の星のひとりなのであろう。

ところで、「バナナの木殺し」の原文「殺死香蕉樹」が収録されている『新神』（二〇一九）には他に「千萬傷疤（きずあと）」、「花」、「火夢」、「群山白百合」という作品が収録されていて、いわば怪奇・夢幻世界の話を「新たな神」というコンセプトで括った作品集である。邱常婷を文学創作における、電子ゲームの巧みな「マルチ・プレーヤー」だとする評もあるが、作者は『新神』でいくつかの共通したキーワードによりそれぞれ独立した作品を束ねて、一冊の本の世界を作りあげている。そのキーワードとは「河神の心」、「冬嶼号」、「懺悔神雲会教」などで、「バナナの木殺し」の中にも散見される。作品によって使われ方の軽重の差はあるが、見逃せない意味をもつ。

なお、昨年発表した短篇「斑雀雨」は、母親が農作業に使っていた有機肥料とイギリスで研究生活を送る夫の話からヒントを得たという。もともと原住民族の女巫(シャーマン)の家系にある母が醸す菌を使った肥料のエピソードと、「認知能力」の実験材料として日の当たらない地下研究室のかごの中で生涯を終える斑雀(すずめ)のエピソードが、時空をクロスして語られている。直接的には生態系の在り方や環境保護の問題のように思えるが、そこに父母のエスニシティと父権および父が占有する知識(裏を返せば、ジェンダー)の問題や、主人公の成長(父から母への共感の推移)などが腐葉土のように積み重なっている。

物語の中でイギリスから帰国した主人公が山村にある実家で母の農作業を手伝うのであるが、「バナナの木殺し」にも見られるような、バナナ収穫用の刀で疑偽茎を切り落とす場面なども描かれ、作者の中に一貫して存在する世界がうかがえる。女巫である母は「バナナの木殺し」の女主人公や祖母などと同じ系譜の上にあるのだろう。

王定国と「戴美楽嬢の婚礼」

王定国は二〇一六年に印刻文学より、表題作を含む中篇小説集『戴美樂小姐的婚禮』を出版した。同書のうたい文句は「王定国の最新の中篇小説、最も不可思議な残酷さと温柔」というキャッチフレーズで、以下のようなフレーズが続く。「文字一つ一つが鉤になって/運命の残酷さと寂寥を一筆で取り出し/一瞬のうちに、永遠にまとわりつく深い愛情に作り上げる/彼は物語をすることなく、直接私たちを物語に引き入れる。/彼は文章を飾り立てないが、私たちを文章の信徒にしてしまう。/彼は一年に一度出現して／そのたびに文学の世界を明るくしてくれる。王定国：行方不明だった星が戻ってきて、あなたの天空の道連れになる」

この最後のフレーズは、王定国の特異な文学人生を暗示している。彼は一九五四年に彰化県鹿港に生まれた。十七歳から創作を開始。青年期には短篇小説を中心に執筆し、いくつかの文学賞を受賞するが、その後実業畑に転身し、長年建築業界に身を置いた。やがて二〇一一年に文筆活動を再開、二〇一三年から矢継ぎ早に長篇、中篇、短篇の小説を発表して多くの文学賞を受賞するなど、またたく間に話題の人物になった。主として短篇小説に優れ、あまり感情を入れずに書くその描写力は、夫婦関係や家庭生活に潜んだ亀裂を、鋭く抉りだしたことで高く評価されている。とくに短篇「妖精」はテレビドラマ化されて、不倫問題と台湾社会で起きた認知症介護の問題と結びつけた発想が、大きく注目されて代表作となった。

また『敵人的櫻花（敵の桜）』（二〇一五）も彼の得意とする、日常生活での男女の感情の関わり合い方をテーマにした作品で、二〇一九年にはイギリスのPortobello Booksより英訳が出版された。王定国本人は、この小説について、「この卑しくも純粋な物語は、人生における隠喩として、突進せずにはいられない道を切に望むような時に用いても差し支えないのではないだろうか。やがてそうすることが強制されることなく、溶けて消滅することなく、剝奪されることがなくなるまで」と述べている。

なお、たまたまその本に収録されている周芬伶の以下の評も興味深い。「精緻さ綿密さが王定国の小説の特色である。彼の細やかな筆遣いは常にごくありふれた物事を突き抜けることを可能にし、日常性の中のある一瞬を神秘的で偉大な一刻に作り上げている」

先に紹介した、「戴美楽嬢の婚礼」を収録している同タイトルの単行本のキャッチフレーズにはさらに、

「零落した中年の人生、女の肉体と霊魂の間で揺れ、神秘的な戴美楽嬢がこっそり進入してきて、彼とともに深い愛と悲哀を乗り越える……」とある。ただし読者の人生体験はさまざまである。読者が作品に織り込まれたたくさんのエピソードとそれにまつわる感情の、どこに力点を置くかによって読み方は変わってくるにちがいない。当然、百人百様の読み方が可能だ。訳者としては、さらに文学の外の現実社会に精通した作者の余裕や磊落さも楽しんでいただきたいが、翻訳がそれを可能にしているかどうか、心許ない。

周芬伶と「ろくでなしの駭雲」

周芬伶の小説は「散文（エッセイ）式小説」と呼ばれ、エッセイ（事実）なのか小説（フィクション）なのか、読者を戸惑わせることもあるらしい。ジェンダーやエスニシティの問題を含め、作者自身のことを描いているようでいて、必ずしも事実ではない、あるいは謎であることが多いようなのだ。「ろくでなしの駭雲」の中にも彼女にかかわるスキャンダルめいた出来事として知られているエピソードも書かれてある一方で、巧妙に虚構の部分が織り込まれているらしい。

周芬伶は一九五五年、屏東（ピンドン）で生まれた。国立政治大学中文系で学び、台中にある東海大学（ドンハイ）で学位を取得。現在は東海大学教授の任にある。かつて『台湾日報』の編集者や「十三月戯劇場」の舞台監督を務めたことがあり、「ろくでなしの駭雲」にもそれらを暗示する逸話が盛り込まれている。創作歴は自身もしばしば語っているように、散文が小説に先んじており、一九八五年の『絶美』で注目された。その他、児童文学や作家の伝記（たとえば『龍瑛宗傳』二〇一五）なども手掛けている。文藝評論は『艶異－張愛玲與中國文學』（一九九九）、『芳香的秘教：性別、愛欲、自伝、書写論述』（二〇〇六）、『聖与魔——台湾戦後小説的心霊図像（一九四五－二〇〇六）』（二〇〇七）など、研究者と創作者を兼ねた独特の視点や立場から論じるものが多い。中山文芸賞、呉濁流文学賞、台湾文学賞など文学賞も多数受賞している。

彼女の文章の語り口はしばしば、明晰で流暢、構成がしっかりしていると評される。たしかに翻訳する際に文の構造は比較的取りやすかった（語彙はやや手ごわかったが）。『台湾新文学史』の著者陳芳明（チェンファンミン）は、「寓言式の文章に長けていて、現実と夢の世界の二重の隠喩を備えている」と述べ、「いわゆる母系エクリチュールというものがあるなら、周芬伶にはじまったというべきであろう」と評価している。

周は一貫して、母系エクリチュール（＝今日でいうところの女性エクリチュール）を貫いているとも言え、執筆に十年を費やし二〇一七年に単行本として出版された『花東婦好』は、その集大成の感がある。これはエッセイとも小説とも見定めがたい彼女のそれまでの短・中篇小説にちりばめられていた逸話が、殷代中国の「婦好」、一八七一年の牡丹社事件における琉球の王女「愛沙」の呪いという虚々実々のキーワードにまぶされて、作者の「家史」上の人物たちと思われる日本統治後から現代に至る男女が貫き描かれている。

本書に収めた「ろくでなしの駭雲」の原文は「浪子駭雲」で『浪子駭女』（二魚文化、二〇〇三）に収録されている。作品の一部は前年に『聯合報』に掲載され、他も単行本発行と同じころ、『自由時報』などに掲載されたようだ。単行本は、タイトルの「ろくでなし男とお騒がせ女」でもわかるように、「弟」に焦点を当てた本作品と「妹」に焦点をあてた「妹妹向左轉（妹の左傾）」の二篇から構成された、いずれも私による語りである。「妹」の物語は一九九六年に出版された『妹妹向左轉』（遠流）にすでに収録されており、作者には「家族の物語」として、新たなコンセプトを提示する意図があったのかもしれない。それは前述したように、『花東婦好』の一族の歴史を女性エクリチュールとして書く道筋へと通じている。

本書は三人の作家が独自の世界を展開している中篇小説一篇ずつを収めたアンソロジーで、ことさらに共通のコンセプトを言い立てるものではない。それぞれの作家の個性をそれぞれに、楽しく味わっていただけたらと思う。ついでながら、三作とも語り手は同じ「我（ウオー）」という一人称になっているが、日本語訳では語り手の実態に合わせて、それぞれ「僕」「俺」「私」に変えた。この措置は原文のもっている可能性や広がりをせばめてしまうことにもつながり、読者によってはいろいろな意見／異見があるのではないかと思う。とりあえずは今回のこの恣意的な試みを大目に見ていただけるとありがたいのだが。

いずれにせよ三人三様の世界で、虚々実々・混沌・洗練と土着・時空の交叉など作者たちの手法を楽しみ、歴史、政治、ジェンダー、エスニシティ、環境問題……など、様々なコードの混在によって熟成された、台湾文学特有のバイタリティの存在を感じていただけたら幸いである。

最後に、異なる原作者による作品選の個人訳という、私にとって得難く有意義な機会を与えてくださった編者の呉佩珍先生、白水紀子先生、山口守先生、そして顧問の柯裕棻先生、黄麗群先生に、心より感謝申し上げる。また資料収集や翻訳の検討などで強い味方になっていただいた清華大学の王恵珍さん、台湾大学の張文薫さん、文藻外語大学の謝恵貞さんには、あらためて共同作業ができたことの歓びをこめて謝意を表したい。

そして難しい作品選の編集を担当してくださった倉畑雄太氏のご苦労には、敬意と感謝のみである。

本選集は、国立台湾文学館の「台湾文学進日本」翻訳出版計画の助成金を得、出版されたものです。

［第2巻訳者］池上貞子（いけがみ・さだこ）

1947年、埼玉生まれ。東京都立大学大学院修士課程修了。専門は中国語圏の現代文学。跡見学園女子大学名誉教授。著書に、『張愛玲——愛と生と文学』（東方書店）など、主な訳書に、張愛玲『傾城の恋』（平凡社）、朱天文『荒人手記』（国書刊行会）、齊邦媛『巨流河』（共訳、作品社）、焦桐『完全強壮レシピ』、席慕蓉『契丹のバラ』、也斯『アジアの味』、杜国清『ギリシャ神弦曲』、夏宇『時間は水銀のごとく地に落ちる』、江文瑜『仏陀は猫の瞳にバラを植える』（共訳）（以上、思潮社）、利玉芳『利玉芳詩選』（未知谷）などがある。

［編者］呉佩珍（ご・はいちん）

1967年生まれ。国立政治大学台湾文学研究所准教授。日本筑波大学文芸言語研究科博士（学術）。専門は日本近代文学、日本統治期日台比較文学、比較文化。東呉大学日本語文学系助教授の教歴がある。現在、国立政治大学台湾文学研究所所長。著書に、『真杉静枝與殖民地台灣』（聯經出版）、訳書に、Faye Yuan Kleeman『帝國的太陽下』（Under an Imperial Sun: Japanese Colonial Literature of Taiwan and the South, University of Hawaii Press, 麥田出版）、津島佑子『太過野蠻的』（原題：あまりに野蛮な、印刻出版）、丸谷才一『假聲低唱君之代』（原題：裏声で歌へ君が代、聯經出版）、柄谷行人『日本近代文學的起源』（原題：日本近代文学の起源、麥田出版）、『我的日本』（共編、白水社）などがある。

［編者］白水紀子（しろうず・のりこ）

1953年、福岡生まれ。東京大学大学院人文科学研究科中国文学専攻修了。専門は中国近現代文学、台湾現代文学、ジェンダー研究。横浜国立大学教授を経て、現在は横浜国立大学名誉教授、放送大学客員教授。この間に北京日本学研究センター主任教授（2006）、台湾大学客員教授（2010）を歴任した。台湾文学の翻訳に、陳玉慧『女神の島』（人文書院）、陳雪『橋の上の子ども』（現代企画室）、紀大偉『紀大偉作品集「膜」』（作品社）、『新郎新「夫」』（主編、作品社）、甘耀明『神秘列車』、『鬼殺し　上・下』、『冬将軍が来た夏』（以上、白水社）、『我的日本』（共訳、白水社）などがある。

［編者］山口守（やまぐち・まもる）

1953年生まれ。東京都立大学大学院人文科学研究科中国文学専攻修了。専門は中国現代文学、台湾文学及び華語圏文学。現在、日本大学文理学部特任教授、日本台湾学会名誉理事長。著書に、『黒暗之光――巴金的世紀守望』（復旦大学出版社）、『巴金とアナキズム――理想主義の光と影』（中国文庫）など、編著書に、『講座 台湾文学』（共著、国書刊行会）など、訳書に、『リラの花散る頃――巴金短篇集』（JICC）、史鉄生『遥かなる大地』（宝島社）、張系国『星雲組曲』（国書刊行会）、白先勇『台北人』（国書刊行会）、鍾文音『短歌行』（共訳、作品社）、阿来『空山』（勉誠出版）、『我的日本』（共訳、白水社）などがある。

LITERATURE FROM TAIWAN

台湾文学ブックカフェ〈2〉

中篇小説集　バナナの木殺し

二〇二二年二月　五　日　初版第一刷印刷
二〇二二年二月一〇日　初版第一刷発行

著者　邱常婷　王定国　周芬伶
訳者　池上貞子
編者　呉佩珍　白水紀子　山口守
顧問　柯裕棻　黄麗群

発行者　青木誠也
発行所　株式会社作品社
〒一〇二-〇〇七二　東京都千代田区飯田橋二-七-四
電　話　〇三-三二六二-九七五三
ファクス　〇三-三二六二-九七五七
振替口座　00160-3-27183
ウェブサイト　https://www.sakuhinsha.com

装幀・本文レイアウト　山田和寛（nipponia）
カヴァー作品　LEE KAN KYO
本文組版　米山雄基
編集担当　倉畑雄太
印刷・製本　シナノ印刷株式会社
Printed in Japan
ISBN978-4-86182-878-2　C0097

朝鮮文学
作品社の本

続 於于野譚

［ぞく　おうやたん］

柳夢寅　梅山秀幸訳

朝鮮庶民の見た秀吉の朝鮮出兵……日本人の認識の欠落を埋める歴史古典、待望の続編、翻訳完成。朝鮮民族の心の基層をなす、李朝時代の民衆説話・伝承の集大成。貴族や僧の世態・風俗、庶民や最下層の人々の人情の機微、伝説の妓生……。

櫟翁稗説・筆苑雑記

［れきおうはいせつ・ひつえんざっき］

李斉賢・徐居正　梅山秀幸訳

14-15世紀、高麗・李朝の高官が王朝の内側を書き残した朝鮮史の原点、待望の初訳！「日本征伐」（元寇）の前線基地となり、元の圧政に苦しめられた高麗王朝。朝鮮国を創始し、隆盛を極めた李朝。その宮廷人・官僚の姿を記した歴史的古典。

慵斎叢話

［ようさいそうわ］

成俔　梅山秀幸訳

“韓流・歴史ドラマ”の原典。李朝の宮廷人や民衆が語っていた、噂話・伝説・怪奇譚の集大成。妓生や宮廷婦人の夜の顔、妖怪や亡霊が跋扈する怪奇譚、庶民の世態・人情の機微…、韓流・歴史ドラマにも登場する高官・成俔による歴史的古典の待望の初訳！

青邱野譚

［せいきゅうやたん］

金敬鎮　梅山秀幸訳

李朝末期—“民乱”と“帝国主義”が吹き荒れるなか朝鮮民衆は、いかなる人生を送っていたのか?実在の政府高官から、妓生、風水師、白丁、盗賊、奴婢まで、英雄譚あり、人情噺あり、艶笑譚ありの全262話を通して、李朝末期の社会を覗く万華鏡。

渓西野譚

［けいせいやたん］

李羲準・李羲平　梅山秀幸訳

19世紀初め、李朝末期、動乱の歴史に飲み込まれていく朝鮮社会の裏面を描いた歴史的古典。本書312篇の説話には、支配階級の両班、多様な下層民の姿が活写され、朝鮮の国家・民族のアイデンティティを模索する過程を読み取ることができる。

海東野言

［かいとうやげん］

許篈　梅山秀幸訳

北方（女真）と南方（倭）の不安を克服、国境を画定して、「朝鮮」が成立——しかし、宮廷内部は、権力闘争に明け暮れていた。“朝鮮の『史記』”外敵・党争に翻弄される歴代の王たちの姿を活写した史書！